친구 여동생이
나한테만
짜증나게
군다
vol. 2
작가
미카와 고스트
일러스트 토마리
© tomari

© tomari
“말에 채찍질하듯
엉덩이 때리지 마,
이 바보야!!
누구 때문에 이렇게
된 건지 알긴 해?!”

"때로는
턱걸이 등교도
괜찮네요~!!"

“부스에 먼저 들어가 있을게요.
선배, 대본 주실래요?”

© tomari
"급하게 의뢰 넣지 말랬지?!
죽여 버린다~?
—뭐, 딱히 상관없지만~."

"네 고백에 답할까 해.
—그게, 오늘의 취지야."
© tomari

“응? 아키, 왜 그래?”

CONTENTS

011 이제까지의 줄거리

015 프롤로그

033 제1화 나한테 고백한 여자가 현실에서만 차갑다

063 막간 이로하와 마시로

075 제2화 내 주위 녀석들이 나한테만 이상하게 군다

093 제3화 친구 여동생이 현실에서만 상냥하다

111 제4화 운동부의 고문 선생이 되면 힘들다

141 제5화 선생님의 여동생이 연기만 못한다

165 막간 이로하와 마시로 2

171 제6화 친구 여동생이 어디서나 청초하다

199 제7화 고백에 답하려 했지만 가짜 여친은 강력했다

217 제8화 친구 여동생에게 나만 사과한다

237 제9화 연극부 특훈에서 우리가 세다

275 제10화 친구 여동생이 확연히 짜증나게 군다

303 제11화 친구 여동생과 나만의 세계

333 에필로그 사장 정례회의

355 에필로그2 축배와 숙배(肅拜)

친구 여동생이 나한테만 짜증나게 군다

vol. 2

미카와 고스트 지음

토마리 일러스트

이승원 옮김

000 ····· 이제까지의 줄거리 ·····

억지 친분 사양, 여친 사절, 친구는 진정으로 가치 있는 한 명만 있으면 된다. 『청춘』의 모든 것은 비효율적이며, 가혹한 인생 레이스에서 살아남기 위해서는 낭비를 극한까지 줄여야 한다— 그런 신조를 가슴에 품고 있는 나, 오오보시 아키테루의 방에 눌러앉은 애가 있다.

코히나타 이로하. 여동생도, 친구도, 하물며 애인도 결단코 아닌, 평범한 친구 여동생.

짜증나고 성가신 후배인 이로하에게는 비밀이 하나 있다.

그것은 정체불명의 애플리케이션 게임 제작 집단 《5층 동맹》의 은밀한 멤버라는 점이다.

《5층 동맹》은 프로듀서인 나, 천재 프로그래머 OZ인 코히나타 오즈마, 일러스트레이터 무라사키 시키부 선생님인 카게이시 스미레, 라이트노벨 업계의 초신성 베스트셀러 작가면서 어째선지 우리에게 협력해주는 시나리오 라이터 마키가이 나마코, 이렇게 네 명이 중심인 창작 집단이다.

대표작인 『검은 새끼 염소가 우는 밤에』는 시장에 거의 없는 본격 호러×매력적인 캐릭터의 운영 콘텐츠로 인기를 끌어서 많은 유저가 즐기고 있다.

그 게임에 정체불명의 성우로서 몰래 참가한 이가 바로 코히나타 이로하다.

혼자서 남녀노소를 불문하고 모든 캐릭터의 목소리를 연기한, 팔색조 목소리의 소유자—.

피치 못할 이유로 이름을 밝히고 활동할 수 없는 이로하를 위해, 나는 기회와 환경을 제공했다.

보답 같은 건 원하지 않았다. 재능을 헛되이 하는 건, 이 사회의 손실이니 말이다.

낭비와 비효율을 싫어하는 나의 개인적 신조에 따랐을 뿐이고, 딱히 은혜를 베풀었다고는 생각하지 않았다.

그 후로 이로하 녀석은 나한테 치근덕대고 있다. 남의 집에 눌러앉거나, 쓸데없이 발육만 좋은 몸으로 나를 놀리는 것을 즐긴다거나, 괜히 골탕을 먹이는 식으로 말이다. 나 말고 다른 사람 앞에서는 딱히 그러지도 않는 듯하지만, 정말 곤란한 녀석이다.

그런 우리의 평범한 일상을, 외계에서 찾아온 무시무시한 존재가 뒤흔들었다.

전학생, 츠키노모리 마시로.

내 삼촌이자 세계적 대기업 허니플레이스 워크스의 대표이사 사장인 츠키노모리 마코토의 딸, 그러니까 내 사촌인 그녀는 은둔형 외톨이인 자신을 바꾸려는 일념으로 우리 학교로 전학 왔다. 그녀가 사회에 복귀할 수 있도록 《5층 동맹》은 전력을 다해 마시로를 받아들였고, 우여곡절 끝에 마시로는 새로운 한 걸음을 내딛게 되지만—.

『좋아해요. 세상에서 가장 사랑해요.』

마시로의 폭탄 고백이, 나와 이로하, 그리고 《5층 동맹》에 새로운 파란을 불러일으켰다.

등장인물 소개

오오보시 아키테루

주인공. 고등학교 2학년. 청춘을 낭비하는 걸 질색해서, 친구도 딱 한 명뿐인 극도의 효율충. 온갖 면에서 평균적인 고등학생이라고 자칭하지만, 실은 「5층 동맹」의 프로듀서라는 의외의 일면을 지녔다. LIME 아이콘은 알파벳으로 AKI.

코히나타 이로하

고등학교 1학년. 오즈마의 동생. 밝고 상냥하며 청초한 우등생으로 학교에서 평판이 매우 좋다. 하지만 본성은 분위기 파악을 안 하는 슈퍼 하이텐션 여자이며, 아키테루한테만 묘하게 치근덕댄다. 팔색조의 목소리를 지닌 천재 성우. LIME 아이콘은 토마토.

츠키노모리 마시로

고등학교 2학년. 아키테루의 동급생이자 사촌. 기본적으로 낯가림이 심하지만, 아키테루한테만 날 선 태도로 독설을 퍼붓는다. 마키가이 나마코란 이름으로 몰래 작가 활동 중. 해산물을 좋아한다. LIME 아이콘은 마시로 명의일 때는 조개껍질, 나마코 명의일 때는 해삼.

코히나타 오즈마

고등학교 2학년. 아키테루의 유일한 친구. 미남. 남을 배려할 줄 아는 전형적인 호인. 어떤 일을 계기로 아키테루에게 큰 은혜를 입었다고 여기고 있다. 「5층 동맹」의 버팀목이라 할 수 있는 천재 프로그래머. LIME 아이콘은 알파벳으로 OZ.

카게이시 스미레

25세. 아름다운 외모와 뛰어난 두뇌를 지녔고, 《맹독의 여왕》이라 불리며 학생들에게 두려움의 대상인 아키테루의 담임 교사. 마감을 절대 지키지 않는 민완 일러스트레이터 「무라사키 시키부 선생님」으로 은밀히 활동하고 있다. LIME 아이콘은 술. 술이라면 종류 가리지 않고 다 좋아한다.

prolgue …… 프롤로그 ……

6월의 약간 후덥지근한 아침.

땀에 젖어 축축한 셔츠 때문에 기분이 최악인 상태로 잠에서 깨어나곤 하지만, 오늘은 왠지 평소와 달랐다.

코를 간질이는 달콤한 우유 향기, 기분 좋게 내 몸이 흔들리는 느낌, 그리고…….

"……나. ……일어나."

침대에서 자는 갓난아기를 상냥히 감싸주는 듯한, 모성으로 가득 찬 상냥한 목소리.

나른함보다 더 기분 좋은 그 느낌에 이끌리듯, 가라앉아 있던 의식이 천천히 떠올랐다.

"드디어 일어났네."

눈을 뜨자, 상냥하게 미소 짓고 있는 소녀의 얼굴이 눈에 들어왔다.

아름다운 요정을 연상케 하는 실버 블론드 단발머리.

아담하고 호리호리한 그 몸은 데포르메된 불가사리 자수가 놓여 있는 귀여운 앞치마에 감싸여 있었다.

나는 그 소녀의 이름을 알고 있다.

"마시로?"

츠키노모리 마시로.

내 사촌이자 가짜 여친.

《5층 동맹》의 멤버 전원을 허니플레이스 워크스에 취직시켜주는 조건으로 츠키노모리 사장이 나에게 제시한 것은 바로 마시로의 가짜 남친이 되는 것이다.

하지만 현재, 그녀는 단순한 가짜 여친이 아니다.

『좋아해요. 세상에서 가장 사랑해요.』

LIME으로 그 부끄럽기 그지없고 심플한 고백을 받은 후, 우리의 관계는 변했다. 매몰찬 태도로 짜증나게 구는 사촌 겸 가짜 여친. 딱딱한 껍질 안에 틀어박혀 있던 은둔형 외톨이 인어공주.

얼굴을 마주할 때마다 독설을 퍼부어대던 그 성가신 소녀는 이제 존재하지 않는다. 지금의 마시로는 나에게 있어…… 나에게 있어…………………… 꾸욱.

내 볼에 닿은 무언가가 생각을 방해했다. 피부에 닿은 그 서늘한 도자기 질감은, 틀림없는 **사발 그릇**이다.

"자."

"……이게 뭐야?"

"아침밥. 맛있어."

핀트가 어긋난 대답을 한 마시로가 내 얼굴을 향해 그 그릇을 계속 내밀었다.

그릇 안을 보니, 성게, 연어알, 이리― 같은, 탱글탱글한 식재료가 들어 있었다.

식재료 자체는 고급이라 보고만 있어도 군침이 돌았지만, 그래도 말이야.

"다시 더 물을게. 이게 뭐야?"

"푸딩 스타일 왕 곱빼기 해산물 덮밥."

"푸딩 스타일 왕 곱빼기 해산물 덮밥."

나는 무심코 마시로가 한 말을 중얼거렸다.

"응. 푸딩 스타일 왕 곱빼기 해산물 덮밥. 맛있어."

"아침부터 이걸 먹으라는 거야?"

아니, 맛있어 보이기는 하거든? 그래도 이건 아침밥으로 먹을 게 아니잖아.

"……."

내가 딴죽을 날리려던 순간, 마시로는 움직임을 멈추며 미간을 찌푸렸다.

아차. 기분이 상한 건가?

내 주위에 있는 여자들은 하나같이 어디로 튈지 모르는 성가신 녀석들이지만, 마시로는 더 심했다.

기분이 상한 이 녀석에게 몇 번이나 따끔한 맛을 보았다. 모처럼 아침을 준비해줬는데 감히 트집을 잡아? 하고 생각한 이 녀석이 매몰찬 태도로 나한테 무모한 짓을 시켜댄다는 후폭풍이 몰아칠지도 모른다고.

저주를 두려워하는 마을 사람 같은 표정으로 다음 말을 기다리고 있을 때, 그녀가 천천히 입을 열었다.

"……미안해. 마시로, 아는 먹거리가 해산물 뿐이야……."

마시로는 다소곳한 태도로 그렇게 말했다.

—거짓말. 평소의 독설은? 언짢은 반응은? 매몰찬 태도는 어디 간 거야?

"머리라도 다친 거야? 너답지 않아."

"머리 안 다쳤어. 다친 건……, 이, 가슴……."

"누가 그런 센스…… 어, 잠깐만. 그럼 나는, 역시—."

마시로가 나를 깨우러 와서, 아침까지 만들어줬다.

그 사실은, 내가 마시로의 마음을 받아주며 고백에 오케이했다는 것을 뜻하리라. 그렇다. 아니라면 이런 광경이 펼쳐질 리가 없다.

하지만 이상하다.

오케이를 한 기억이 전혀 없다. 그 충격적인 LIME 메시지를 본 후, 나는 어떻게 했지?

"아키는 사소한 걸 너무 신경 써. 괜한 생각 안 하도록, 멋진 꿈을 꾸게 해줄게."

"멋진 꿈이라니, ……어이, 뭐 하는 거야?!"

마시로는 그릇을 발치에 두고 앞치마를 벗더니, 그 안에 입고 있던 교복의 단추를 천천히 풀었다. 옷이 벌어지면서 새하얀 어깨가 드러났다.

어리광쟁이 고양이처럼 침대 위로 기어 올라온 마시로는 내 어깨를 가볍게 밀어서 눕히더니, 요염한 입술을 살며시 내밀었다.

"커플다운 일, 할래?"

"어이, 그만…… 으읍?!"

쪽, 하는 소리를 내면서 그녀의 입술이 내 입술에 닿았다.

첫 키스는, 상당히 차가웠다.

역시 백설공주 겸 인어공주. 외모의 인상과 마찬가지로 입술까지 차갑다니, 일관성이 있는걸.

"쪼오오오오오오옥——————————…………………!!"

하지만 이 정열적인 키스는 뭘까. 내 입술 틈새로 마시로의 혀가 비집고 들어왔다.

꼬불거리며 억지로 들어온 혀 때문에, 숨을 쉴 수가 없었다.

큰일 났다. 의식이 멀어지고 있다.

괴롭다. 차갑다.

빨리 마시로의 몸을 밀어내지 않았다간, 이대로, 죽을…….

© tomari

*

"—헉!!"

바로 그때, 정신이 들었다.

커튼의 틈새로 스며드는 햇빛에 눈을 가늘게 뜨며 몸을 비틀자, 침대가 희미하게 삐걱거렸다.

아직 6월인데도 불구하고, 창밖에서는 성질 급한 매미가 시끄럽게 울고 있었다.

입술에는 여전히 차가운 감촉이 느껴졌으며, 뭔가가 안으로 비집고 들어오는데…….

단언컨대, 그것은 마시로의 입술이 아니었다.

"푸풉, 문어처럼 끝부분을 쪽쪽 빨아대네~!! 선배 입은 참 엉큼해~!!"

"……."

"자, 이걸 원하는 거죠~? 자아~, 쪽~쪽~ 빨아 봐요~."

"……."

"빨리 안 일어나면 선배의 이걸, 이로하 누나가 먹어버릴 거예요~."

"……너, 뭐 하는 거야?"

"어라라. 선배. 일어났네요."

내 귀를 짜증나게 하는 그 목소리에 정신을 차린 나는 눈앞에 있는 녀석을 도끼눈으로 노려보았다.

아름답게 빗은 황금색 머리카락, 습기와 열기가 뒤섞인 초여름 날씨에 어울리는 반소매 교복. 오른손 손목에 찬 물빛 헤어 슈슈. 패션에 민감한 요즘 고등학생 같은 패션이지만, 이상하다거나 날라리 같은 느낌이 안 드는, 그런 현실미 넘치는 여고생—.

내 친구의 여동생, 코히나타 이로하.

나는 이 맨션에서 혼자 살기에, 예기치 못한 불상사로 유명을 달리할 수도 있다. 그래서 만약에 대비해 이 집의 열쇠를 옆집에 사는 친구, 오즈한테 줬다. 그런데 그것을 횡령한 이 성가신 녀석이 툭하면 내 방에 불법 침입을 하는 것이다. 그러니 이 녀석이 내 방에 있는 건 이상할 일이 아니지만…….

이른 아침에 이렇게 침입하는 건 드문 일이다.

"인마, 자는 사람한테 이게 무슨 짓이야. 그리고, 네가 손에 든 건—."

"아이스 캔디예요~!"

"잠든 인간의 입에 아이스 캔디를 집어넣어? 네가 무슨 신종 얼음과자 요괴냐?"

"어~, 너무해~! 괴로워하는 선배의 체온을 낮춰주려는 이 후배의 마음을 몰라주는 거예요~~~?"

그렇게 말한 이로하는 내 입에 아이스 캔디를 계속 밀어 넣었다.

—짜증나…….

그것보다, 아까부터 입술이 차가웠던 건 이 녀석 때문이었던 건가.

"그냥 평범하게 깨우라고."

"에이~, 어떻게 평범하게 깨워요~. 기왕 깨울 거면 저도 즐길 수 있는 방법으로 깨워야죠!"

"왜 나를 깨우면서 네가 즐겨야만 하는 거냐고."

"선배는 일어나서 좋고, 저는 즐거워서 좋잖아요. 이런 걸 WIN-WIN 관계라고 한다고요. 참, 아이스 캔디 먹을래요? 선배가 정 원한다면 입, 으, 로, 먹여줄게요♪"

"불공정 거래만 강요하는 회사와는 거래하지 않는 주의거든. 그러니 됐어."

아이스 캔디를 밀어내자, 이로하는 불만을 표시하듯 볼을 부풀렸다.

"그건 그렇고, 이렇게 귀여운 여자애가 깨워주러 왔는데, 반응이 뭐 이래요? 선배, 여자를 너무 돌 보듯 하는 거 아니에요?"

"그걸로 충분해. 나는 여자애가 치근덕거리면 환장하는 마조히스트가 아니거든."

"흐음~. 그럼 선배는 여자가 뭘 해주면 환장하는데요?"

이로하는 입을 히죽거리며 몸을 앞으로 약간 숙였다. 위쪽 단추 두 개를 푼 교복 셔츠의 틈새로 가슴 계곡이 희미하게 보이자, 나는 허둥지둥 고개를 돌렸다.

그러자 이로하는 「아하♪」 하며 의기양양한 미소를 지었다.

“선배, 왜 그래요? 이야기를 나눌 때는 상대방의 눈을 쳐다보면서 하라고요~.”

“……가려, 바보야. 남자한테 가슴을 보여주면 어떻게 해. 경박한데도 정도라는 게 있다고.”

“저의 이게 남자— 선배에게 매력적이라는 걸 인정하는 발언으로 받아들여도 될까요?”

“큭…….”

“에이, 그렇게 분하다는 표정 짓지 말아요. 이로하 님의 매력에 마음이 흔들리는 건 당연한 일이니까요~. 남자 게이지 슈퍼 급상승! 하더라도 어쩔 수 없다고요~.”

이 꼬맹이. 남자를 놀리다간 머지않아 따끔한 맛을 보게 될 거라고.

깨자마자 이로하에게 치근덕 러시를 당한 나는 가슴 속이 부글부글 끓기 시작했다.

“아침부터 왜 이러는 거야? 평소에도 아침에는 안 오잖아.”

“아, 보아하니 눈치 못 챘나 보네요. 선배는 저한테 고마워해야 하거든요~? 봐요.”

이로하는 베갯머리의 자명종 시계를 쥐더니, 그것을 자신의 가슴 앞에 들었다.

매일 아침 정해진 시간에 자신을 깨워주는, 눈에 익은 디지털시계. 그 액정에 표시된 숫자는 평소 깨어나는 일곱

시……가 아니라, 그로부터 한 시간 넘게 지난 여덟 시였다.

“아……니……?!”

“항상 일곱 시에 꼬박꼬박 일어나는 선배가 8시가 됐는데도 LIME에 읽음 표시가 안 뜨니까, 오빠가 저한테 선배를 보고 오라고 시켰어요.”

“맙소사. 여덟 시가 지난 거야? 말도 안 돼. 네가 내 시계를 조작해서 놀리는 건…….”

“그렇게 악질적인 짓은 안 하거든요? 그리고 늦잠 좀 잔 거 가지고 너무 호들갑 아니에요?”

“한 시간이나 늦잠을 잤단 말이야! 있을 수 없는 일이라고!”

나, 오오보시 아키테루는 무엇보다도 효율을 중시하는 남자다.

학업에 힘쓰는 시간, 《5층 동맹》 활동에 할애하는 시간, 동료와 친목을 다지는 시간은 물론이고, 식사 시간과 통학 시간, 물론 수면 시간도 완벽하게 조절해왔다.

나도 인간이니 전후 5분 정도의 오차는 어쩔 수 없다. 하지만 한 시간이나 늦었다면 이야기는 달라진다.

녹슨 목을 억지로 돌리듯 고개를 돌려서 이로하를 쳐다본 나는 실오라기 같은 희망에 매달리며 물었다.

“어, 어이, 이로하. 오늘은 휴일이나 공휴일—.”

“순도 100% 평일이에요☆.”

“나 건강 검진 받고 올게. 위중한 병에 걸린 걸지도 몰라.”

“그런 이유로 병원에 갔다간, 다른 병에 걸렸단 의심을 받을걸요?”

이것만은 이로하의 말이 옳다. 아무리 내가 완벽한 타임 스케줄을 확립했더라도, 딱 한 번의 늦잠을 이유로 병을 의심하는 건 지나치다.

하지만 그 정도로 나에게는 충격적인 일인 것이다. 대체 왜 늦잠을 잔 것일까.

“늦잠을 잔 원인을 생각하는 건 좋은데, 서두르지 않았다간 지각하고 말걸요?”

“맞아, 큰일 났어! 알고 있었으면 빨리 지적하라고!”

허둥지둥 침대에서 벌떡 일어난 나는 「턱걸이 등교를 노려 보는 것도 재미있을 것 같아서요」 같은 헛소리를 늘어놓는 이로하의 옆을 지나치며 침실을 뛰쳐나갔다.

중요한 볼일이 있다면 몰라도, 단순한 늦잠으로 지각하는 건 무의미한 짓이다.

등 뒤에서 「선배, 파이팅~☆」 하는 이로하의 목소리가 들려오는 가운데, 나는 세면장을 향해 뛰어갔다.

“젠장. 이로하 녀석이 협력적인 건지, 아닌 건지 종잡을 수가 없네.”

물로 얼굴을 씻고, 수건으로 물기를 닦으면서 푸념을 늘어놓았다.

이상한 꿈을 꾸지 않나, 아침부터 이로하가 치근덕거리지 않나, 지각 위기에 처하지 않나, 오늘은 정말 최악이다.

찬물에 씻은 덕분에, 나는 마음이 조금 진정됐다.

"……꿈……인가."

마시로와 동거 중인 커플이 된 듯한 그 꿈을 떠올렸다.

—어디까지가 현실이지?

그 녀석에게 고백을 받은 건 틀림없다. 거기까지는 기억한다.

하지만 뭐라고 대답을 했고, 그 결과 우리가 어떤 관계가 됐는지는 생각이 나지 않았다.

이를 닦으면서 스마트폰을 꺼낸 나는 LIME의 이력을 훑어봤다.

《마시로》 좋아해요. 세상에서 가장 사랑해요.

《AKI》 그게…… 어떤 의미야?

《마시로》 말 그대로의 의미야.

《AKI》 LIKE가 아니라

《마시로》 LOVE. 아키와 연인 사이가 되고 싶어♡

《AKI》 그래……. 잠시 생각할 시간을 줘.

《마시로》 응♡ 대답, 기다리고 있을게♡♡♡♡♡

"이 녀석, 대체 누구야……."

평소의 마시로라면 절대 쓰지 않을 문장이다.

하트까지 붙어 있는 마시로의 글을 보니 현기증이 났지만, 고백이 진심인 건 틀림없었다.

그래. 지금은 대답을 보류한 상태구나.

그럴 만도 해. 허니플레 취직과 『검은 새끼 염소가 우는 밤에』를 성공시키기 위해 전력을 다하는 내 인생에서, 러브코미디 느낌의 연애 이벤트가 일어날 거라고는 생각도 못 했다. 그러니 바로 답할 수 있을 리가 없다.

물로 입을 헹군 후, 거울을 보며 호흡을 가다듬었다.

이거 보라고, 삼촌. 가짜 여친 같은 러브코미디의 정석을 시키니까 이렇게 되는 거라고.

가짜로 사귀는 척하다 진짜로 좋아하게 되는 건, 시놉시스만 봐도 예상이 가능한 왕도 중의 왕도 전개다.

하지만 말이다.

마시로는 진짜로 나를 좋아하는 걸까?

캐릭터가 너무 달라진 거 아닌가?

—아니다. 상대방의 마음을 의심해선 안 된다.

착각이라면 차라리 낫다. 내가 웃음거리가 되면 끝날 일이니 말이다.

하지만 진짜로 나를 좋아하는 거라면, 이 상황에서 마시로의 마음을 무시하는 건 그녀에게 상처를 입히는 짓이다.

마시로의 마음이 진심이라면, 나는 그 마음과 마주해야만 한다.

"—좋아."

몸가짐을 살핀 후, 나는 결의했다.

오늘, 마시로를 직접 만나서, 그녀의 마음을 확인하자.

그리고 나는— 그녀의 고백에, 진지하게 답하는 것이다.

*

『상대방과 진지하게 마주하려는 그 자세는 참 멋지다고 생각해. 역시 아키야.』

『빙빙 돌아가는 게 성격에 맞지 않을 뿐이야.』

무라사키 시키부 선생님

이번 주 『데스아카』 완전 최고야. 술 마시면서 보고 싶은 애니 NO.1!

AKI

원작은 데스게임물 느낌의 만화였죠? 작가가 커플절대용서못해맨이라고 불리는 거잖아요.

무라사키 시키부 선생님

그거야, 그거. 1화부터 커플이란 커플이 내장 콸콸 쏟으며 죽는데, 최신화에서는 주인공이 히로인과 커플이 된 순간에 죽어버렸어.

AKI

히익.

무라사키 시키부 선생님

주인공이 정의감 발휘해대서 혐오감 쩔었는데, 잔인하게 죽어버리니 개운하더라니깐!

OZ

인터넷에서도 좀 화제가 됐어.

AKI

데스게임물은 얼마나 캐릭터를 재미있게 죽여서 주목을 모으느냐로 승부하니까요. 뭐, 그쪽으로 너무 에스컬레이트해서 진부해진 작품도 많지만요.

AKI

그런데, 남녀노소를 다 사랑하는 무라사키 시키부 선생님으로서는 캐릭터 사망은 NG 아니에요?

5층 동맹(4)

무라사키 시키부 선생님

어떻게 죽느냐도 그 캐릭터의 일면이니 괜찮아! 밉상 캐릭터는 최후에 어떤 볼거리를 보여주느냐가 승부처거든.

AKI

취향의 범위가 넓어서 참 행복하겠네요.

무라사키 시키부 선생님

하아~. 최신화는 정말 좋았어. 그러고 보니 마키가이 선생님은 이런 걸 좋아하지 않았어?

AKI

아~, 좋아할 것 같네요.

마키가이 나마코

그렇지도 않아.

무라사키 시키부 선생님

어라? 전에 호러 영화 초반에 비동정 비처녀가 죽는 정석 최고! 같은 소리 안 했어?

마키가이 나마코

커플도 필사적으로 살아왔을 거잖아. 그 녀석들도, 커플이 되기 전에는 어떻게 고백하면 좋을지 엄청나게 고민했을 거라고.

마키가이 나마코

그런 녀석들을 영화의 정석이라는 이유로 죽여버리는 건 불쌍해.

5층 동맹(4)

무라사키 시키부 선생님

정말? 희희낙락하며 커플 죽는 장면을 감상할 줄 알았는데.

AKI

저도 그렇게 생각했어요.

OZ

응. 좀 의외네.

마키가이 나마코

커플은 소중히 여겨야 해.

마키가이 나마코

너희도 히가시노 마나의 노래를 들으며 마음을 정화해 봐. 인생이 달라질 거라고.

무라사키 시키부 선생님

어딘가 평소와 좀 다른 것 같지 않아?

마키가이 나마코

아~, 가슴이 떨려.

AKI

……선생님, 괜찮으세요?

001 제1화 …… 나한테 고백한 여자가 현실에서만 차갑다

"와하~! 때로는 턱걸이 등교도 괜찮네요~!! 이랴~!!"

"말에 채찍질하듯 엉덩이 때리지 마, 이 바보야!! 누구 때문에 이렇게 된 건지 알긴 해?!"

"선배가 늦잠꾸러기라 이렇게 된 건데요?"

"젠장, 이번만큼은 반박을 못 하겠어!!"

나는 자전거의 무거운 페달을 전력으로 밟으며, 아침 통학로를 전속력으로 달렸다.

드르르륵하는 체인 소리와 함께, 등 뒤에서 이로하의 환한 목소리가 들려왔다. 필사적으로 페달을 밟고 있는 내 엉덩이를 손바닥으로 찰싹찰싹 때린 그녀는 애마 실버를 모는 서부극 주인공 같은 소리를 하며 깔깔 웃었다.

예, 도로교통법 위반 맞습니다.

인터넷상에서 활동하는 일반 시민 경찰에게 적발될 짓인 건 알지만, 나와 이로하는 자전거를 같이 타고 학교로 향하고 있었다.

어쩔 수 없잖아. 걸어가면 지각 확정이란 말이야.

물론 경찰에게 잡히면 시간 낭비를 어마어마하게 할 테니, 경찰의 순찰 코스를 피하는 최단 루트를 골라서 달리고 있다. 모든 요소를 망라한 지도를 머릿속에 만드는 건 RTA에서 기본 중의 기본이다. 그런 쪽으로는 빈틈이 없다.

—시끄럽고 무거울 뿐만 아니라 성가시기까지 한 짐 덩어리를 태운 점은 계산 밖이지만 말이다…….

내가 뒤편을 힐끔 쳐다보니, 이로하가 짐칸에 옆으로 앉아서 발을 흔들고 있었다.

"너, 균형 감각이 되게 좋구나? 그래도 위험하니까 나를 꼭 잡아."

"아~, 괜찮아요~. 저는 천재거든요! ……선배가 정 신체 접촉을 원한다면, 꼬옥~ 끌어 안아줄 수도 있지만요♪"

"자아~. 모퉁이 돈다~."

"어, 잠깐, 갑자기— 꺄아아아아아아아아아아?! 떨어지겠어어어어어어어!!"

건방진 소리를 흘려넘긴 나는 속도를 줄이지 않은 채 자전거를 기울였다.

균형을 잃고 허둥대던 이로하가 내 허리를 꽉 끌어안았다.

서서 페달을 밟기 어려워졌기에, 나는 안장에 앉았다.

뭐, 이제는 전속력을 내지 않더라도 지각은 면할 테니 괜찮을 것이다.

"가속하면서 모퉁이를 돌면 어떻게 해요!"

"기고만장해져서 사람을 말 취급하니까 그런 거야. 말에서 떨어질 뻔하면, 좀 반성할 거라고 생각했거든."

“으으으…….”

이로하는 분하다는 듯이 신음을 흘렸다. 하지만— 갑자기 히죽거리는 분위기가 등 뒤에서 느껴졌다.

“아하~. 실은 제가 딱 들러 붙어주기를 바란 거 아니에요?”

“뭐……?”

“하긴~. 이렇게 귀여운 애와 『두근두근☆밀착 자전거 통학!』 같은 건 사춘기 남자 고등학생이라면 누구나 꿈꾸는 일일 테니까요! 이야~, 한 건 해버렸네~. 또~ 동정 한 명의 꿈을 이뤄주고 말았나~.”

이로하는 짜증나게 말꼬리를 늘리면서 나와 몸을 밀착시켰다.

일전의 노브래지어 사건 때보다 마시멜로 지수가 낮지만, 그래도 등에서 느껴지는 탄력의 임팩트는 충분했다.

“기어오르지 마, 바보야.”

“에이~! 허세 부리지 말아요! 실은 가슴이 뛰어서 죽겠죠?”

“……시끄러. 입 다물고 꽉 잡기나 해.”

평상심. 평상심. 불설마하반야바라밀다심경, 색즉시공, 공즉시생.

반야심경을 외워서 내 마음에 슬며시 다가온 악한 사념을 떨쳐낸 후, 열심히 페달을 저었다.

이로하가 내 허리를 안고 있는 만큼, 이 상황에서 남자 특유의 빅 오더를 빌드해버렸다간 그녀한테 바로 들킨다. 그러면 분명 놀림을 당할 것이다. 더는 이 여자한테 주도권을 빼앗길까 보냐.

"그래도, 선배는 참 성실하네요~."

"……무슨 소리야?"

"늦잠을 잤으면 그냥 지각하면 되잖아요."

"지각하면 괜히 평판이 나빠져. 우선도가 더 높은 일이 있다면 몰라도, 가능하면 지각은 피하고 싶어."

"그렇게 신경 쓸 일은 아닐 것 같은데요~. 평소에 성실하니까, 지각 한 번 한다고 아무도 뭐라 하지 않을 거예요."

"그건 그렇지만……. 문제가 하나 더 있어."

"문제?"

"우리 반 담임이 무라사키 시키부 선생님이라는 건, 너도 알지? ……그 망할 교사에게 시간 관련으로 설교를 당한다면 못 참을 것 같거든."

엄격한 도깨비 교사이자, 한 번도 마감을 지킨 적 없는 일러스트레이터인 카게이시 스미레.

무라사키 시키부 선생님이란 펜네임으로 활동하는 그 프리덤한 누님쇼타 마니아의 얼굴을 떠올리자, 내 볼이 희미하게 떨렸다.

"그 녀석의 재갈을 계속 움켜쥐기 위해선, 빈틈을 보일 수 없어."

"아하하……. 프로듀서도 참 고생이 많네요~."

이로하도 이 말을 듣고는 쓴웃음을 지었다.

"하지만 괜찮겠어요~? 지각 회피를 위해서라고는 해도, 저와 자전거를 같이 타고 있잖아요."

"괜찮아. 알지도 못하는 통행인이 봐봤자 아무렇지도 않거든. 뭐, 츠키노모리 사장님이 목격하면 문제가 되겠지만…… 아침부터 이 근처에 있을 리가 없어."

"아니, 그게 아니라—."

이로하는 내 말을 듣더니, 약간 답답한 듯한 어조로 말을 이었다.

"마시로 선배가 오해할걸요?"

"……윽!"

그 이름이 언급된 순간, 핸들을 쥔 손에 괜히 힘이 들어갔다.

"너…… 이 상황에서 걔를 언급해야겠어?"

"이야~, 인기남~."

"그게 놀리는 거야? 인기가 있는 것 자체는 딱히 문제 될 게 없잖아."

"에이. 아직 거들먹거리기엔 일러요, 선배. 동정 기간이 너무 길면, 인기남이 됐을 때도 기회를 활용하지 못해 비인기남으로 복귀! 같은 일도 있다니까요."

"그 정보는 어디서 나온 거야? 어디 데이터인지 털어놔 봐."

"CAPI-CAPI의 칼럼에서 읽었어요!"

"여성용 패션지냐. 신빙성 제로잖아."

"후후. 마시로 선배와 『처음』할 때 실패하지 않도록, 저와 연습할래요?"

이로하가 내 귓가에 유혹의 말을 속삭였다.

하지만, 이 녀석의 경우…….

"바보, 속을 것 같아?"

"어어어어어, 방금 반응은 너무 재미없어요!! 얼굴 붉히며 부끄러워하라고요!!"

"내가 부끄러워하기를 바라면, 자는 사이에 동정을 빼앗아 봐. 절대 못 하겠지만 말이야."

"오, 진담이죠? 이로하 님의 서큐버스 파워를 보여줄까요?"

"좋아, 어디 해봐. 하복부의 에로 문신에 펀치를 꽂아서 닥치게 해주겠어."

"발상이 너무 바이올런스한 거 아니에요?! 저는 일단 여자애거든요?!"

이런 식의 어이없는 수다로 방향 전환을 했다.

나와 이로하의 주위에는 그런 자기장이 형성되어 있었다. 야릇하면서 시리어스한 분위기가 순식간에 증발하더니, 농담 대결로 이어졌다.

그래서 아까 한 말도 진지하게 받아들이지 않았다. 이 녀석의 유혹은 반쯤 농담이라 딱 흘려넘기기 좋다.

“좋아. 다음 모퉁이를 돌면 외길이지. 속도 좀 내볼까!”

다시 페달을 힘차게 밟았다. 자전거가 가속하자, 허리를 감싸 쥔 이로하의 팔에 힘이 들어갔다.

“……선배는 역시 만만찮다니까요~. 뭐, 이래서야 딱히 달라질 건 없겠네요.”

이로하의 중얼거림은 바람 가르는 소리에 가렸다.

*

의욕이란 금융 상품 같은 것이다.

숙제나 과제처럼 『꼭 해야만 하는 일』이 생긴 순간, 이자가 붙는 빚을 졌다고 생각하면 될 것이다.

많은 이들은 『나중에 하면 돼』, 『다음에 하자』 하고 이유를 붙이며 뒤로 미루지만, 이것은 완벽한 악수다.

왜냐하면, 날이 갈수록 불어나는 이자와 마찬가지로 그 작업에 필요한 에너지도 늘어나기 때문이다.

바로 착수하면 한 시간 만에 끝낼 일을 안 하면서 질질 끌면, 같은 양의 일을 몇 시간 혹은 며칠 동안 하게 되는 것이다.

낭비 그 자체다. 비효율적이기 그지없다.

당연히 그것은 인간관계에도 적용된다.

발생한 문제를 질질 끌며 미루는 것은 명백한 NG이며,

뭔가를 전하고 싶다고 생각하면 즉시 행동에 옮겨야 한다.

물론 상황에 맞는 타이밍은 필요하다. 시간, 장소, 상황을 고려할 필요가 있는 것이다.

그런 요소에 기반해, 가능한 한 서둘러 행동해야 한다.

만화에 애니메이션에서 드물게 볼 수 있는 『나중에 전하면 되겠지』 같은 전개나, 어렴풋이 눈치챘지만 확신이 없으니 이야기하지 않는다 같은 전개를 나는 질색한다.

바보냐. 지금 바로 이야기하라고.

그리고 상대가 듣지 못했다면 다시 이야기해. 「아무것도 아냐」 하고 말하며 관두지 말란 말이야.

그런 가치관을 지닌 나이기에, 괜한 억측에 따라 일을 미루지 않는다.

가짜 커플이란 관계였던 여자에게 느닷없이 고백을 받더라도, 괜히 빙빙 돌려 이야기하기보다는 솔직하게 답할 생각이다.

조례 개시 직전에 겨우겨우 교실에 들어가 보니, 마시로는 이미 자기 자리에 앉았다.

고백을 받았기 때문일까?

마시로의 얼굴이 평소보다 요염해 보였다.

곁에 있을 뿐인데, 현기증이 날 정도의 달콤한 향기가 느껴지는 것 같았다.

진력으로 꿀을 분비하며 곤충을 유혹하는 가련한 꽃이 내 곁에 있었다.

……이러면 안 된다. 지지 마라, 나. 미소녀의 색기에 휘둘리지 말고, 머릿속 대본대로 행동을 옮기는 거다!

호흡을 가다듬으며 내 자리에 가방을 두고 옆자리에 있는 마시로에게 말을 걸자…….

"저기, 마시로—."

"……응?"

마시로는 독서가 취미인 내성적인 소년이라면 단숨에 마음이 꺾이고 말 정도로 인상을 쓰며 나를 쳐다보았다.

내 멘탈의 남은 목숨이 한 개 줄었다.

"이, 일전의, LIME 말인데……."

"무슨 권리로 마시로한테 말을 거는 거야?"

마시로는 25년간 성실하게 근무해온 온화한 국어 교사라면 안경 너머의 안구에 습기가 찰 정도로 차가운 목소리로 대꾸했다.

내 멘탈의 남은 목숨 중 다섯 개 정도가 한꺼번에 사라졌다.

"……저, 저기, 왜 그래? 기분이 나빠 보이는데, 내가 뭘 잘못했어?"

"딱히 잘못한 건 없거든? 아키의 목소리를 듣기만 해도 컨디션이 나빠지니까, 말 걸지 마."

번화가에서 거들먹거리는 젊은이조차도 목 놓아 울며 도

망칠 정도로 가시 돋친 말이 나를 꿰뚫었다.

내 멘탈의 남은 목숨 중 열 개 정도가 순식간에 소멸했다.

"커……억……."

어마어마한 대미지를 견디다 못한 나는 가슴을 움켜쥐며 몸을 웅크렸다.

이 철저할 정도로 매몰찬 태도는 뭐야. 게다가 전학 직후 때보다 레벨이 오른 거 아냐?

그것보다 이 녀석은 여전히 가짜 커플 행세를 할 생각이 없나 보네.

혹시 모르니 클래스메이트들의 반응에 주의를 기울여볼까.

(이야, 저 두 사람은 오늘 아침에도 저러네.)

(그런데, 오오보시 녀석이 철저하게 거부당하는 거 같지 않아? 아무래도 저 둘은 안 사귀는 것 같아.)

(바보, 그러니까 너는 동정인 거야. 대화가 필요 없는 이심전심 커플이니까 저러는 거라고.)

(아하! 듣고 보니 아까 전의 매몰찬 대꾸도 오래 사귀어서 닮을 대로 닮은 커플이라 그런 것 같기도 해!)

—알고는 있었지만, 이 녀석들은 진짜 바보네.

대체 눈이 얼마나 삐었으면 방금 그게 이심전심으로 보일 수 있는 건지 부디 알려줬으면 좋겠다.

"……흥."

마시로를 쳐다보니, 고개를 숙인 채로 언짢다는 듯한 아우라를 뿜고 있었다.

뭐가 어떻게 된 걸까.

재가 LIME으로 나한테 고백을 한 여자애와 동일 인물 맞아……?

내가 멋대로 착각을 했을 뿐, 애초에 그건 고백조차 아니었던 건가?

……아니다.

그것은 틀림없는 고백이었으며, 고백을 한 것은 마시로의 LIME 계정이 분명하다.

솔직하게 고백을 한 여성의 호의는 신용해도 된다고 생각했지만, 마시로의 이 태도는 어떻게 받아들여야 할까?

큰일 났다. 예상 밖의 일이라 뭐가 어떻게 된 건지 짐작조차 안 된다.

게다가 지금 눈치챈 건데, 마시로와 내 책상이 평소보다 떨어져 있었다.

……이대로는 죽도 밥도 안 된다.

거리를 두려고 한다면 어쩔 수 없지. 물리적인 거리를 없애주는 현대의 이기(利器)— LIME으로 말을 걸어볼까.

《AKI》 왜 무시하는 건데? 고백에 관해 이야기 좀 하려는 건데 말이야.

《마시로》 부, 부끄럽단 말이야(///) 아키가 너무 좋아서 얼굴만 봐도 죽어버릴 것 같아!

메시지를 보내니, 총알 같이 답장이 왔다.

달콤하기 그지없는 답장이었으며, 분위기에서도 애정이 묻어났다.

아까 전의 매몰찬 태도와는 180도 다른, 설탕처럼 달콤한 반응이다.

적어도, 미움받는 것 같지는 않지만…….

"……."

"……왜 쳐다보는 거야?"

시험 삼아 마시로의 얼굴을 힐끔 쳐다보자, 마시로는 역사에 이름을 남긴 세계적 야구 선수조차도 은퇴를 결심할 듯한 절대 영도의 눈빛으로 나를 노려보았다.

어이, 너무 좋아서 얼굴을 볼 수 없다는 사람이 이런 표정을 짓는 게 말이 되냐고.

부모 원수라도 본 듯한 눈길이잖아.

그 직후, 또 LIME이 왔다.

《마시로》 아키가 뚫어지게 쳐다보니 부끄러워……. 학교에서는 제대로 꾸미지도 못하는걸.

《마시로》 교복 차림이라 수수한 나를 보고 아키가 실망하는 건 싫단 말이야.

《마시로》 아키에게 보여주려고, 어른스러운 느낌의 멋진 옷을 샀어.

《마시로》 그 옷을 선보일 날을, 기대해줬으면 해♪

—진짜로 이건 대체 누구일까.

LIME에서와 현실에서의 대응이 달라도 너무 달랐다.

혹시 마시로는 자기 LIME 계정을 해킹당한 것 아닐까…….

위잉…… 하고 스마트폰이 또 진동했다.

또 마시로일까, 이번에는 어떤 괴상한 메시지를 보냈을까, 하고 생각하면서 팝업 알림에 표시된 이름을 보니, 거기에 표시되어 있는 건—.

"……윽!"

츠키노모리 마코토.

그 단어가 눈에 들어온 순간, 등골에 철심이 박힌 것처럼 등을 꼿꼿이 폈다.

—이 사람, 왜 이렇게 나쁜 타이밍에 메시지를 보낸 거지.

츠키노모리 마코토. 이름으로 알 수 있다시피 츠키노모리 마시로의 아버지이자, 내 삼촌이며…….

지금 나에게 가장 중요한 점은, 그가 주식회사 허니플레이스 워크스 대표이사 사장이라는 사실이다.

《5층 동맹》 멤버 전원의 허니플레 취직의 조건으로, 마시로의 가짜 남친이 되라는 말도 안 되는 교환조건을 제시한 장본인이기도 했다.

청춘에 대한 잘못된 편견을 가졌는지, 리얼 청춘을 구가하고 있는 녀석들을 매우 혐오했다. 그래서 딸이 그딴 녀석들에게 잡아먹히게 둘까보냐, 하는 생각도 가지고 있는 것 같았다.

또한, 내가 까딱 잘못해서 마시로와 진짜로 사귀게 되는 것도 절대 허락 못 한다고 선언했다.

……설마 마시로가 나한테 고백을 한 게 들통났나?

그렇다. 마시로가 집에서 나와 혼자 살기 시작했다고 해도, 그녀와 삼촌은 부녀관계다.

평범하게 대화를 나누던 도중에, 마시로가 별생각 없이 그 이야기를 했을 가능성이 있다.

대체 무슨 말을 듣게 될까? 머뭇거리며 LIME을 열어보니—.

《MAKOTO》 어제는 멋진 밤이었어. 우리의 앞날에 건배♪

그런 메시지와 함께, 사진 한 장이 첨부되어 있었다.

야경이 멋진 고급 레스토랑. 술이 담긴 잔으로 건배를 하며 서로를 향해 얼굴을 내민 남녀.

한 사람은 멋진 수염을 기른 댄디즘의 화신 같은 남성—

삼촌.

그리고 다른 한 사람은…… 모르는 여성, 이지만 왠지 낯익었다.

황홀한 눈길로 삼촌을 바라보며 볼을 내밀고 있었다. 완전히 반한 것 같지만, 그녀는 삼촌의 아내가 아니다. 내가 기억하는 마시로의 어머니는 다른 사람이며, 게다가 외모가 너무 젊었다.

으음, 이 사람은 누구일까. 삼촌과 같이 있는 자리에서 봤던 것 같은데…….

…………………….

아, 생각났다!! 그 사람이다!! 『로열 게스트』의 웨이트리스!!

삼촌이 거기 갈 때마다 헌팅하려 했던 여자다. 단말을 조작하는 손가락이 아름답니 뭐니 같은 소리를 하면서 말이다. 그러고 보니 한 번만 더 유혹하면 베드인이 가능할 것 같다고 삼촌이 말했던 것 같은데…… 삼촌. 당신, 설마…… 설마, 진짜로…… 건드린 거야……?!

바람둥이라는 건 알고 있었지만, 이렇게 빠르게 행동에 옮길 줄은 몰랐다. 스캔들로 사장 퇴임 같은 건 피해달라고. 하다못해 우리를 취직시켜준 후에 모가지를 당하란 말이야.

그런데 이 메시지와 사진은 대체 뭘까. 대체 어떤 의미로 나한테 보낸 거지?

내가 그런 고민에 잠겨 있을 때, 삼촌한테서 또 메시지가 왔다.

《MAKOTO》 아, 잘못 보냈어.

잘못 보낸 거냐.

이 사람, 하필이면 이런 당치도 않은 사진을 잘못 보낸 거냐고. 교묘한 방식으로 바람을 피우면서, 항상 마무리가 어설프다니깐……. 그러니 아내한테 들켜서 아수라장이 벌어지는 거라고.

뭐, LIME 내용은 저질 그 자체지만 마시로가 나한테 고백한 게 들통나지는 않은 것 같았다.

삼촌에게 들키기 전에 해결해야만 한다.

하지만 이 문제의 핵심인 마시로와 제대로 이야기를 나눌 수가 없는 이 상황에서, 어떻게 하면 좋을까.

한동안 고민해봤지만, 답을 찾기도 전에—.

—조례의 시작을 알리는 벨 소리가 들렸다.

*

드륵!! 하는 소리를 내며 문이 열렸다.

방금까지 느슨하던 교실의 분위기가, 마치 찬물이라도 뒤집어쓴 것처럼 차갑게 식었다.

그렇다. 《맹독의 여왕》이라 불리는 여교사가 지배하는 『여왕의 시간』이 시작된 것이다.

얼어붙은 시간 속에서 하이힐 소리만이 교실 안에 울려 퍼졌다.

깔끔하게 올려묶은 머리카락, 그리고 칼날처럼 날카로운 눈빛.

여왕이라는 말에 걸맞은 위용을 자랑하며…….

"다소 버릇이 들기 시작한 것 같네."

여교사— 카게이시 스미레는 교실을 둘러본 후, 차가운 어조로 그렇게 말했다.

"왜 얼이 나가 있는 거지? 당번, 빨리 인사를 해."

"아, 예……. 차렷."

얼굴이 새파랗게 질린 당번이 떨리는 목소리로 그렇게 말하면서, 인사를 했다.

클래스메이트들은 잡담을 삼가며 당번의 말에 귀를 기울였다.

군대 훈련을 연상케 하는 기묘한 광경이다. 하지만 이것이야말로 《맹독의 여왕》이 이끄는 교실에서의 일상이다.

물론, 스미레의 방식에 반발하는 사람 또한 많다. 하지만 스미레는 그들을 합리적인 말이라는 칼로 전부 베어 넘겼다.

스미레의 방식은 엄격하지만, 합리적일 뿐만 아니라 결과로 이어졌다.

실제로 그녀가 담임을 맡은 반의 평균 점수는 전교 평균을 크게 웃돌았다.

그런 실적을 냈기에, 학생들과 다른 교사들도 불만을 늘어놓지 못했다.

—**또 하나의 업무**도, 이렇게 성실하게 해주면 좋을 텐데 말이야.

카게이시 스미레, 또 하나의 이름은 무라사키 시키부 선생님.

단 한 번도 마감을 지킨 적 없는 일러스트레이터이자, 《5층 동맹》의 일원이기도 했다.

그녀의 여왕 캐릭터가 연기에 불과하며 본성은 아무짝에도 쓸모없는 게으름뱅이라는 게 알려진다면, 그녀를 두려워하는 클래스메이트들이 졸도할 것이다.

내가 그런 생각을 하는 사이에 조례가 순조롭게 진행되더니, 마무리 단계에 들어서고 있었다.

“마지막으로 연락 사항이 있어.”

여왕의 가면을 쓴 스미레가 담담히 말을 이었다.

“7월에 전국 고등학교 연극 페스티벌이 열려. 내가 고문인 이 학교의 연극부도 참가할 건데, 참가하는 이상 목표는 상위 입상이야. 어중간한 결과는 필요 없어. 그러니—.”

텅, 소리가 나게 교탁을 내려쳐서 학생들 전원의 주목을 모은 그녀가 날카로운 어조로 말했다.

“희귀한 재능을 지닌『기적의 세대』라 불리는 우리 연극부의 입상을 확실시하기 위해, 실력 있는 새로운 인재를 모집하고 있어. 자신 있는 사람은 나를 찾아오도록.”

그 말에, 교실 안에 약간 술렁거렸다.

(어…… 카게이시 선생님이 연극부의 고문이었어……?)

(이 학교의 연극부가 어떤 활동을 했지?)

(잘은 모르겠지만, 카게이시 선생님이 고문인 걸 보면 스파르타한 실력주의일 거야.)

(맞아~. 되게 힘들겠네…….)

“잡담을 허락한 적은 없는데 말이야.”

““““…………윽!!””””

스미레가 날카롭게 노려보자, 술렁거리던 학생들이 새파랗게 질린 얼굴로 입을 다물었다.

잡담 불필요론에는 나도 공감하지만, 이번만큼은 클래스메이트들의 편을 들고 싶다.

그것도 그럴 것이, 나도 마음속으로 놀라움을 금할 수 없었기 때문이다.

스미레가 연극부의 고문이라는 말도 처음 들었다.

“레벨 차이를 느끼고 움츠러들 떨거지들은 필요 없어. 즉시 전력감에, 기존의 멤버를 휘어잡을 자신이 있는 실력자만 와. —이상이야.”

그 말을 남긴 스미레는 또각또각하는 발소리를 내면서 바람처럼 교실을 나섰다.

몇 초 후, 그제야 교실 안의 분위기가 이완됐다.

"연극부 고문……."

그 사람, 교사와 일러스트레이터를 겸업하느라 부활동 고문 같은 걸 할 시간은 없을 텐데 말이다.

대체 언제부터 한 거지?

대회가 가깝다면 지금보다 더 바빠질 테니, 이참에 스케줄을 조정해두는 편이 좋을지도 모르겠는걸.

일러스트를 완성하지 못해 무릎을 꿇고 용서를 비는 스미레의 모습이 눈앞에 어른거렸다.

두통이 난 나는 또 하나의 골칫거리— 마시로 쪽을 힐끔 쳐다보았다.

"……이쪽 쳐다보지 말아 줄래?"

절대영도의 대답이 들려오자, 나는 대꾸조차 하지 못했다.

아무래도 기존의 접근 방식으로 현실의 마시로에게서 적당한 반응을 얻는 건 무리일 것 같았다.

이대로 계속하는 건 효율이 낮다. 일단 다른 방법을 생각해볼까.

그렇게 억지로 일단락을 지으려고 한 바로 그때였다.

"아키, 오늘 아침에는 괜찮았어?"

뒷자리에서 차분한 목소리가 들려왔다.

뒤를 돌아보니, 황금색 머리카락의 미소녀가 하품을 하며 나를 쳐다보고 있었다.

이세계에 전생하면 그냥 미소 짓고 있기만 해도 하렘을 만들 수 있을 듯한, 압도적인 미남.

효율을 중시하는 내가, 오랫동안 친분을 이어가고 싶어 하는 친구— 코히나타 오즈마다.

나는 친애의 정을 담아서, 그를 오즈라고 부른다.

"응. 늦잠을 좀 잤을 뿐이야."

"드문 일도 다 있네. 요즘 이런저런 일이 이어져서 지친 것 아닐까? 아키는 앞으로도 쭉 건강했으면 하니까, 너무 무리하지는 마."

"오즈는 여전히 좋은 녀석이네."

"요란 떨 일은 아냐. 친구가 건강하기를 바라는 건 당연한 일이잖아?"

"요란 떨 일 맞아. 오즈의 그런 면이 나를 구원해준다고."

마시로와 스미레 일로 현기증이 날 것만 같았기에, 오즈의 말이 가슴에 스며드는 것 같았다.

역시 오즈는 짜증나는 여자들이 지배하는 《5층 동맹》의 유일한 오아시스다.

물론 그것만은 아니다.

"오즈야말로 너무 무리하지 마. 네가 없으면 농담이 아니라 《5층 동맹》은 무너진다고."

천재 프로그래머인 OZ, 그러니까 오즈는 게임 제작 집단

《5층 동맹》의 기둥이다.

이 녀석의 압도적인 재능 및 실력 덕분에 재미있는 게임의 근간이 유지되는 것이다.

내 몸보다 항상 밤샘 작업을 하는 오즈가 더 걱정이다.

"진정한 기둥은 프로듀서인 아키라고 생각하는데 말이야. 하지만 늦잠을 잔 이유가 피로 때문이라면, 여동생에게 가 보라고 한 건 실수였을지도 모르겠네."

"아…… 뭐, 그렇긴 해."

"항상 미안해."

"괜찮아. 오빠인 오즈가 사과할 일은 아니잖아."

나쁜 건, 나한테만 짜증나게 구는 이로하다.

오즈는 남을 배려할 줄 아는 이렇게 멋진 녀석인데, 왜 그 녀석은 그렇게 짜증나게 구는 걸까.

"그 녀석, 내가 괜찮은가 보러와서 턱걸이 등교할 시간까지 깨우지를 않았다고."

"잠든 아키의 얼굴을 감상하느라 그런 것 아닐까?"

"그렇다면 공포 그 자체라고……. 나를 공격할 방법을 차분히 생각한 거 아냐?"

"으음, 좋아하는 사람의 잠든 모습을 관찰하고 싶었을 뿐일 것 같은데 말이야."

"그럴 리 없어. 그 녀석이 나를 좋아해? 말도 안 돼. 그런 녀석이 실존할 리가—."

나는 말을 이으려다 말았다.

마시로에게 고백을 받았으니, 나의 이런 생각은 잘못된 것일까?

여성의 취향은 내가 생각하는 것보다 훨씬 분석하기 어려우며, 딱히 미남이 아닐 뿐만 아니라 특수한 재능을 지닌 남자가 아니더라도 남에게 사랑받을 가능성이 존재하는 걸까?

가설을 다시 세워야만 하는 시기가 찾아온 건가.

하지만 그 고백도 좀 뚱딴지같기는 했다.

마시로를 떠올리며, 말로 형용할 수 없는 기분에 사로잡혀 있을 때…….

"아, 맞다. 피곤한 사람한테 이런 소리 해서 미안한데, 좀 물어볼 게 있어."

오즈는 진지한 표정으로 이야기를 꺼냈다.

"마키가이 나마코 선생님, 지난주 주말부터 좀 이상하지 않아?"

"……그 이야기구나."

나는 눈가를 손가락으로 누르면서 땅이 꺼지게 한숨을 내쉬었다.

마키가이 나마코― 《5층 동맹》에서 시나리오를 담당하고 있는, 인기 라이트노벨 작가다.

직접 만난 적은 없지만, 보이스 채팅을 했을 때의 목소리는 젊은 호감형 청년 같은 느낌이었다.

그가 쓴 소설에 완전히 빠졌던 나는 그를 어찌어찌 《5층 동맹》에 영입했다.

그런 마키가이 나마코 선생님이, 오즈가 방금 말했다시피 지난주 주말부터 좀 이상했다.

"LIME의 그거, 역시 이상하지?"

"커플은 소중히 여겨야 해…… 말이구나."

UZA문고에서 대상을 받은 작품의 후기에 『빌어먹을 현실을 죽여버리기 위해 썼다』라는 말을 적을 정도로 비틀린 인간이 한 발언이라는 것이 믿기지 않았다.

"뭐, 백 보 양보해서 그건 괜찮아. 잠시 마음이 흔들리고 있는 걸지도 모르고, 갑자기 박애주의에 눈떴다고 해서 비난할 필요는 없거든. 하지만…… 문제는 이거야."

나는 가방에서 A4용지를 꺼냈다.

일전에 마키가이 나마코 선생님이 노도 같은 기세로 보낸 차기 추가 출시 예정 시나리오를, 수업 틈틈이 읽으려고 인쇄해서 가져온 것이다.

"이것이 지난 주말부터 오늘까지 받은 원고야. 살펴봐줘. 이걸 어떻게 생각해?"

"으음…… 어디 어디."

《5층 동맹》에서 만들고 있는, 미소녀 호러 애플리케이션—『검은 새끼 염소가 우는 밤에』.

무라사키 시키부 선생님이 그린 탐미적이면서 애교 있는

캐릭터, OZ의 최신 수수께끼 기술에 의한 극상의 공포 연출, 정체불명의 **실력파 복면 성우 집단**의 긴박감 넘치는 연기— 그리고 그것을 돋보이게 하는 것이 바로, 압도적인 필력으로 플레이어를 공포의 구렁텅이에 밀어넣는 마키가이 나마코의 강렬한 시나리오다!

그런 마키가이 나마코 선생님의 최신 시나리오, 그 내용은 바로……!

『검은 새끼 염소가 우는 밤에 제1장 ~있는 그대로의 나~』

내 친구가 죽어버렸어! 슬퍼!

피가 잔뜩 뿜어져 나와서 너무 무서웠어.

믿었던 동료 중에 친구를 죽인 범인이 있을지도 몰라.

너무 무서워…….

하지만 유우토가 나한테 말했어!

"괜찮아, 키리카. 내가 너를 이 저택에서 탈출시켜주겠어!"

미남!

너무 기뻐서 가슴이 콩닥콩닥!

남자는 얼굴이 전부가 아니라고 생각해.

역시, 상냥해야 한다니깐.

유우토는 미남에, 정말 멋져.

다들 죽어버려서 두려움에 떨던 나를 구해준 사람…….

그와 함께 죽는다면, 그것도 괜찮을 것 같아.

유우토는 정말 멋지고 대단한 사람이라, 노리는 애들이 많지만…….

나, 지지 않을 거야!

그러니까 나도 힘내야지!

저택은 어둡지만, 점점 햇살이 스며들어왔다.

※여기서 성우 분의 피아노 연주에 맞춰 뮤지컬 시작.

새들도, 아침을 축복해주듯 즐겁게 지저귀고 있어!

나, 유우토와 함께 이 저택에서 빠져나갈 수 있게 힘낼 거야!

"이건, 심하네."

"그렇지?"

원고를 다 읽은 오즈가 굳은 표정으로 그렇게 말하자, 나는 고개를 끄덕였다.

나도 이 원고를 읽은 후, 오즈와 같은 표정을 지으며 머리를 감싸 쥐었다.

"여기는 친구의 죽음으로 절망한 메인 히로인이, 주인공 덕분에 긍정적으로 변한다……라는 장면이지?"

"그렇긴 한데……."

확실히 긍정적으로 변하기는 했지만, 이건 과했다.

히로인이 정서 불안정이 됐다.

그리고 『남자는 얼굴이 전부가 아니다』라고 말하며 튀긴 침이 땅에 떨어지기도 전에 『미남』이라는 소리를 지껄이고 있잖아.

그것보다 사람이 죽었는데 새가 즐겁게 지저귀는 것도 문제잖아.

※의 지시 파트를 성우가 피아노를 칠 수 있다는 전제하에 짠 것도 문제인 데다, 뮤지컬 용의 노래도 발주한 적 없기에 존재하지 않는다.

이 장면은 극히 일부에 불과하며, 이 뒷부분의 원고도 받았다.

예상이 되겠지만, 전부 이런 느낌이다.

이제까지 묘사된 저택 안의 묵직한 분위기, 의심에 사로잡힌 등장인물, 서서히 마음을 좀먹어 들어가는 공포—.

그 모든 것이 뇌가 녹아내릴 정도의 블링블링 텍스트에 의해, 호러에서 러블리 큐트 연애 스토리로 변해버린 것이다.

솔직히 말해, 너무 심각했다.

"마키가이 나마코 선생님, 슬럼프에 빠진 걸까?"

"그럴지도 몰라. 아무리 그래도, 이제까지와는 문장이 너무 달라."

사적으로 심경의 변화 같은 것이 있었던 걸까.

이리저리 생각해봤지만, 느닷없이 이런 연애 폭주 막장 시나리오가 된 이유를 짐작조차 할 수가 없었다.

이러는 사이에 벨이 울리더니, 1교시 교사가 교실에 들어왔다.

"일단 마키가이 나마코 선생님과 시나리오에 관해 한번 이야기해볼게."

"응, 부탁해."

오즈와 이야기를 마친 내가 자리로 돌아가 보니…….

"지그시———."

마시로가 도끼눈으로 나를 응시하고 있었다.

"……왜 그래?"

"아무것도 아냐. 말 걸지 마."

마시로는 언짢은 표정으로 신랄한 말을 뱉은 후, 고개를 휙 돌렸다.

—왜 저러는 건지 진짜 모르겠네.

마시로와 고백과 현실에서의 매몰찬 태도, 마키가이 나마코 선생님의 급변, 왜 이렇게 문제가 연거푸 터지는 걸까…….

마시로의 고백도 중대사지만, 실은 나에게 있어 마키가이 나마코 선생님의 슬럼프도 그냥 넘어갈 수 없는 사태다.

왜냐하면 그의 시나리오는『검은 새끼 염소가 우는 밤에』의 인기를 지탱하는 가장 중요한 요인이다.

유저의 무의식 면의 만족도를 충족시켜주는 건, 오즈가 짠 시스템에 의한 게임성이다. 하지만 후기 내용이나 라이트층의 수요로 추정해볼 때,『나마코 테이스트 텍스트』는 가장 큰 호객 요소다.

그런데 말이다.

이 쓰레기 같은 블링블링 시나리오가 출시된 세계선을 상상해봤으면 한다.

『《5층 동맹》 녀석들은 마키가이 선생님을 제대로 활용하지 못하네.』

『이딴 시나리오 쓰지 말고, 신작 소설이나 내.』

『실망했어요. 무라사키 시키부 선생님의 팬 관둘래요.』

『와 그라는 기고?! 시키부는 상관 없다 아이가!!』

……같은 비판이 쇄도하며 초대형 불판이 깔릴 게 틀림없다.

그리고 인기가 떨어져서 매상이 줄어든다면, 허니플레 취직도 물 건너갈지도 모른다.

츠키노모리 사장과 뒷거래를 했다고는 해도, 그것은 『검은 새끼 염소가 우는 밤에』의 인기와 퀄리티를 전제로 한 이야기다. 실력 없는 이를 받아줄 만큼 대기업은 만만치 않다.

《5층 동맹》의 미래를 위해서도, 이 쓰레기 시나리오를 어떻게든 해야 한다.

그리고 수업 시간 동안, 나는 이 골치 아픈 현재 상황을 호전시킬 방법을 계속 생각했다…….

*

『이로하 녀석이 여전히 평소와 다름없이 짜증나게 구는 점만이, 유일한 구원인걸…….』

『……이대로 이로하한테 아무 일도 안 일어날 거라고 생각하는 거야?』

『무서운 소리 하지 마. 그 녀석은 안정적으로 짜증나게 굴 뿐이잖아. ……그렇지?』

『(빙긋)』

『더 이상의 트러블은 사양이야~!』

interlude 막 간 …… 이로하와 마시로

학교 교실은 나, 코히나타 이로하의 무대다. 나야말로 스타! 리얼충 그룹의 중심인물! ……같은 소리를 하고 싶은 건 물론 아니다. 막이 오른 극장 무대, 그 위에 서서 맡은 역할을 꾸준히 연기해야만 하는 장소— 그런 의미에서의 『무대』다.

이 장소에서 나는 여배우다. 우등생 코히나타 이로하란 캐릭터를 완벽하게 연기해서, 관객이 나를 진짜로 그런 인물로 착각하게 해야만 한다.

매일 6교시 동안. 절대 실패해선 안 되는 연기.

어찌 보면 현실 사회에서 연기 수행을 하는 것이나 다름없다.

……그래서! 오늘은 솔직히 너무 위험하다!

수업 도중 뿐만 아니라 쉬는 시간에도 히죽거리려 하는 표정을 관리하느라 너무 힘들다!

아침에 선배와 자전거 한 대에 같이 탔을 때를 떠올렸다.

선배가 지각 위기에 처하는 것 자체가 드문 일이라, 이럴 기회가 거의 없었다. 만약 이런 이벤트가 생긴다면, 진짜로 자명종 시계의 알람을 바꾸는 것도 괜찮을지도? 하는 생각도 들었다. 뭐, 그런 짓을 할 마음은 없지만 말이다.

선배는 등이 참 넓네~, 필사적으로 페달을 밟는 1분 1초,

어찌 보면 그 모든 게 나를 위한 행동이잖아~, 훈훈해~, 행복해~ 같은 다양한 생각이 들었다. 그리고 곤란한 것은 자전거에서 내리고도 이 다양한 생각들이 머릿속에서 사라지지 않는다는 점이다.

감촉과 체온과 행복한 마음이 가슴과 품속에 전부 새겨져서 사라지지 않았다.

덕분에 큰일 났다! 우등생으로 알려져 있는데, 한심하게 히죽거리는 표정을 남들이 보면 어쩌지?!

—뭐, 불평을 해봤자 소용없지만 말이야.

게다가 난처하게도 들뜬 기분만 느끼는 건 아니란 말이죠.

마시로 선배의 고백…….

그걸 보고 뭐랄까, 묘한 응어리 같은 게 느껴졌다고나 할까요.

뭐, 난공불락의 선배라면 한가운데 160km 직구(스트레이트)가 꽂혀도 쉽사리 넘어가지는 않을 것이다.

하지만 설마 마시로 선배가 이 정도로 화끈하게 공세를 펼칠 줄이야…….

다들 별다른 움직임을 보이지 않고, 마시로 선배와도 친구인 채, 다 같이 즐겁게 시끌벅적 떠들며, 쭉 언제까지나 시간이 흘러가겠지~ 하고 멋대로 생각하고 있었는데 말이야. 나는 물러터졌다니깐.

"하아……."

교실 구석에서 혼자 한숨을 내쉬었다. 이제부터 어떻게 한다~. 선배를 빼앗기기는 싫지만, 그래도 마시로 선배와도 사이좋게 지내고 싶어. 으음~, 이 답답한 상황 좀 어떻게 안 되려나~!

그런 생각을 하던 3교시 쉬는 시간에 있었던 일이다.

"코히나타 양~. 손님이 찾아왔어~. 상급생 같아."

"……아, 예. 고마워요."

클래스메이트의 목소리를 듣고 허둥지둥 청초 모드로 대답!

이 시간, 겨우 콤마 1초. 주의력이 뛰어난 사람이 아니면 눈치채지 못했을 거야☆

하지만 상급생이 무슨 일로 나를 찾아온 거지?

선배나 오빠 말고는 나를 찾아올 상급생이 없는데, 두 사람 다 학교에서는 나와 얽히려고 않하거든~. 그런 생각을 하며 복도에 나와보니 어머나, 세상에! 이 이로하 님도 깜짝 놀라고 말았어요! 왜 하필이면 이 사람이 찾아온 거지?!

"마시…… 츠키노모리 선배. 무슨 일인가요?"

이름으로 부르려다 허둥지둥 성으로 불렀다. 청초 모드의 나는 상급생을 부를 때는 보통 성에 선배를 붙여서 부른다. 왜냐하면, 그것이 가장 정중하기 때문이다.

그렇다. 나를 찾아온 사람은 마시로 선배다. 복도를 지나다니는 남학생들이 뚫어지게 쳐다보는 데다, 교실 안의 학생들에게 호기심 어린 시선을 받은 탓에 남의 집에 온 고양이처럼 오들오들 흠칫흠칫하고 있었다.

“아, 이로하 양. 와줘서 고마워. ……겁탈당하는 줄 알았네.”

“어흠…… 츠키노모리 선배? 아직 낮이잖아요. 그런 표현은 자제하는 편이…….”

“어? ……저기, 이로하 양. 왠지…… 캐릭터가, 다르네?”

“그렇지 않거든요? 저는 원래 이런 느낌이에요.”

윙크를 깜빡이면서 무언의 메시지를 보냈다.

눈치채! 맞춰줘!

“어? 으음, 으음~……………………아!”

한동안 당혹스러워 하던 마시로 선배는 몇 초 후 뭔가를 눈치챈 표정을 지었다.

“꺄홍~☆(포즈를 취하면서).”

——그게 아니————————야!!!!

자의식 과잉에 모델병 걸린 여자애 특유의 귀여운 셀카 포즈는 왜 취하는 건데요?!

그래도 이런 짓을 절대 안 할 듯한 마시로 선배가 저러니 반전 매력이 느껴지면서 엄청 귀엽지만, 그래도 지금은 그런 짓을 할 타이밍이 아니라고요~!!

나는 딴죽을 화끈하게 날려주고 싶은 심정을 꾹 눌러 참으면서, 청초 모드의 방긋방긋 미소를 억지로 유지했다.

아무 말도 할 수가 없었기에, 결과적으로 묘한 침묵이 흘렀고—.

© tomari

"……혹시, 마시로가 실수한 거야?"

"……예. 유감스럽게도 말이죠."

"어, 어버…… 어버버……."

마시로의 새하얀 얼굴이 데친 것처럼 순식간에 벌게졌다.

"미, 미안해. 요즘 여고생들은 일상적으로 이런 걸 하는 줄 알았어. 틱탁이나 인스테 같은 걸로 말이야. 그래서 그런 신호인 줄…… 으으, 부끄러워……."

이 사람, 너무 귀엽잖아.

이렇게 가까이에서 마시로의 얼굴을 보니, 샘이 날 정도로 귀여웠다.

남자 클래스메이트들의 반응도 「코히나타 양과 이야기를 나누는 저 사람, 엄청 귀여운걸」, 「우오오오, 미소녀와 미소녀의 하모니!」, 「누구지?」, 「얼마 전에 전학 온 2학년 아냐? 우와아, 엄청 미인이네」 같은 목소리가 드문드문 들렸다.

역시 객관적으로 봐도 평가가 엄청 좋네요~. 나도 동감~.

하지만 너무 주목을 모은 걸지도 모른다. 나는 마시로 선배에게 귓속말로 말했다.

"보는 눈이 많으니 이동하죠. 이쪽이에요."

"으, 응……."

마시로 선배를 데리고 복도 구석으로 가자, 우리를 향한 시선이 줄어들었다.

여기서라면 청초 모드를 좀 느슨하게 해도 괜찮을까?

"으음~. 저기, 마시로 선배. 무슨 일로 제 교실까지 온 거예요?"

"아, 평소 분위기로 돌아갔네."

"뭐, 완전하지는 않지만요. 그것보다 용건 플리즈~."

"아, 맞다. 저, 저기……. 이로하 양한테, 물어볼 게 있어."

"흠흠. 화장법? 아니면 생리용품의 올바른 사용법?"

"그, 그런 게 아냐. 저기…… 아키에 관한 거야."

"……윽!"

큰일 났다. 올 것이 오고야 왔다.

으음~~~, 여기서 선배 이야기를 하는 건 위험해! 위험천만 그 자체야!

왜 위험하냐면, 마시로 선배가 고백을 한 걸 저만 알고 있다고요!

응원도 할 수 없고, 방해하는 것도 좀 찝찝한 데다, 알고 있다는 걸 숨기기도 해야 하잖아요! 완전 성가신 상황이란 말이에요!

자, 마시로 선배가 물으려는 건 대체 무엇일까요?!

"오늘, 아키…… 교실에 평소보다 늦게 왔어. 지각은 안 한 것 같았는데…… 무슨 일이 있었나 싶어서 말이야. 이로하 양은…… 아는 것 없어?"

"으음~. 지각은 안 한 거죠? 그럼 문제 될 게—."

"아냐. 아키는 항상 같은 시간에 교실에 온다는 걸, 마시로는 알아."

"뭐, 선배한테는 그런 면이 있긴 해요. 그래도 인간이니까 다소의 오차는 발생할 수 있을 거예요."

"16분 34초."

"예?"

"평균 등교 시간보다 16분 34초나 늦었어. 이건 비정상."

마시로 선배? 차분한 표정으로 말하기는 하지만, 그렇게 초 단위까지 재는 건 섬뜩하거든요?! 매일 선배를 대체 얼마나 신경 쓰는 거예요?! 아니, 나도 남 말을 할 자격은 없지만, 아, 젠장! 같은 반이라 참 좋겠네!! 동급생의 특권!! 나도 선배 옆자리에서 그런 짓 하고 싶어~!!

내가 그런 생각을 하는 사이, 마시로 선배는 진심으로 가슴 아파하는 듯한 표정으로…….

"저기, 아키…… 몸이 안 좋은, 건…… 아니지?"

……하고 말했다.

"……아~. 마시로 선배, 혹시 순수하게 선배를 걱정할 뿐인 거예요?"

"응……. 턱걸이 등교 같은 건, 아키답지 않은 일이야. 무슨 일 있는 건가 걱정돼."

"그래도 왜 저한테 묻는 거예요? 선배에게 직접 물어보면……."

어차피 바로 옆자리잖아! 하고 마음속으로 덧붙여 말했다.

그러자 코끝이 빨개진 마시로가 애니메이션 속의 첫사랑 캐릭터 같은 갸륵한 어조로 말했다.

"말을 걸려니, 부끄러워. 게다가…… 지금은, 잡담 같은 건, 하기 힘든 타이밍, 이야. 이유는, 말 못 하지만……."

알고 있어~!! 알고 있어서 죄송합니다~!! 그래요. 고백했으니까요!! 선배가 답을 했는지는 모르겠지만, 마시로 선배가 이런 소리를 하는 걸 보면 아직 답은 안 한 상태 같네요! 딱 감이 와요!! 아아, 알고 있다는 걸 숨기려니 죄책감이 어마어마해! 이럴 바에야 그 LIME을 안 볼 걸 그랬어~!!

"그래서, 이로하 양한테 물어보는 거야. 친구라고는…… 이로하 양뿐이거든."

"으윽……."

게다가 이런 말을 한다고요. 대단하네~. 의도적으로 한 말이 아니라 자연스럽게 말한 거야~.

사랑의 라이벌인데, 전혀 미워할 수가 없네. 아니, 미워하고 싶지가 않네요.

하지만, 뭐랄까— 마시로 선배는 너무 강캐 아냐?

……하아. 졌어. 졌다고요. 이런 사람한테 부탁을 받고 모르는 척을 어떻게 하냐고요.

"선배가 오늘 늦잠을 잔 것 같아요. 뭐, 피곤했나 봐요~."

아마 마시로 선배의 고백 때문에 고민하느라 밤늦은 시간까지 깨어 있었을 거겠지만, 그 말은 하지 않았다. 아니, 말할 수 없다.

그래서 말할 수 있는 범위 안에서, 사실대로만 가르쳐주겠어요.

"병에 걸린 건 아닌 거야?"

"그런 걱정은 안 해도 될 거예요. 선배는 알아주는 건강마니아거든요."

"그렇구나. 그럼 다행이야."

마시로 선배는 가슴을 쓸어내리며 미소 지었다.

그 표정만 봐도, 진심으로 선배를 걱정하고 있다는 걸 알 수 있다.

"하지만, 피곤한 거구나. ……그럼, 점심은…… 혼자 먹어야겠네. 마시로와 같이 먹으면, 느긋하게 식사를 할 수 없을 거야."

"어~, 생각이 지나친 거 아닐까요? 평소 혼밥만 하니까, 같이 먹자고 하면 기뻐할 것 같은데요."

"아냐. 아키는 배려심이 깊어. 응. 같이 먹자는 소리는 안 해야겠어."

마시로는 고개를 끄덕이며 되뇌듯 그렇게 말했다.

으음, 이 배려는 강력해. 너무 강렬하잖아.

선배 앞에서는 솔직해지지 못하는 것 같지만, 선배에게 이런 배려심을 선보였다간 KO급의 파괴력일 거야. 으으윽…….

이러는 사이, 쉬는 시간의 끝을 알리는 예비종이 울렸다. 복도와 교실이 술렁거리기 시작했다.

"아, 슬슬 교실로 돌아가야겠어. 고마워, 이로하 양."

"아뇨. 아는 걸 이야기했을 뿐이니까요. 그럼 나중에 또 봐요!"

"응. ……아, 맞다."

계단을 아장아장 내려가려던 마시로 선배가 갑자기 멈춰서며 돌아보았다.

그리고 머뭇거리며 질문을 던졌다.

"또…… 찾아와도 돼? 민폐, 아냐?"

"하아~……."

어이없을 만큼 큰 한숨이 내 입에서 흘러나왔다.

어, 어, 역시 민폐였어?! 하고 중얼거리며 당황한 마시로 선배를 향해, 나는 환하게 웃으며 말했다.

"물어볼 것도 없이 OK!! 인게 당연하잖아요! 우리는 친구니까요!!"

"……아! 으, 응. 고마워. 또 올게!"

환한 미소를 지은 마시로 선배가 이번에야말로 계단을 아장아장 내려갔다.

마시로 선배의 뒷모습이 시야에서 사라지자, 나는 또 거대한 한숨을 투하했다.

뭐~, 나오는 게 당연하죠. 무한정 나올걸요?

"……선배, 진짜로 괜찮을까……."

벽창호일 뿐만 아니라 연애에 눈곱만큼도 흥미가 없는 선배라도, 상대가 마시로 선배라면 홀딱 넘어가 버릴지도 모른다. 그렇게 생각하고도 남을 만큼, 마시로 선배는 매력적이다.

"하지만…… 선배라면, 괜찮……은 거죠?"

선배는 내 애정 공세를 전부 피했다. 나를 여자 취급을 하지 않는 건, 그날의 **약속** 때문……인 거죠? 그렇다면, 그렇다면, 마시로 선배가 아무리 귀엽고, 상냥하며, 매력적이기까지 한, 이상적인 여자라도……. 넘어가지는…… 않을 거죠?

그 후에 수업이 시작되고 점심시간이 되었지만, 내 마음 속 응어리는 결국 사라지지 않았다.

002 제2화 …… 내 주위 녀석들이 나한테만 이상하게 군다

오전 수업이 끝나고, 점심시간이 되었다.

4교시 동안 골똘히 생각해봤지만, 영 해결법이 생각나지 않았다.

수업 시간에 마시로와 접촉을 시도해봤지만 영양가 있는 반응을 얻지 못했다.

LIME으로 『그렇게 뚫어지게 쳐다보지 마……. 부끄러워(///)』라는 메시지만 받았을 뿐이다.

나를 뚫어지게 쳐다본 건 마시로인데 말이야…….

아무튼, 상황을 바꾸기 위해서는 다음 한 수를 둘 필요가 있다.

마시로에게 메시지를 보냈다.

《AKI》 점심시간에 약속이나 일정 있어?

《마시로》 딱히 없어. 매점에 가서 주먹밥이나 사 올 거야.

좋아.

마시로의 반응을 보니, 클래스메이트와 같이 점심을 먹으려는 눈치는 아니었다.

단둘이 있는 상황을 만든 후, 차분히 이야기를 나눠보자.

"마시로, 매점에서 먹을 걸 사다가 같이 먹자."

"둘이서 같이 먹으면 피곤해. 아키 혼자 먹지 그래?"

어째서야.

더는 좋은 방법이 생각나지 않았다. 대체 와 이러는 기고.

일종의 정신 공격을 하는 게 아닐까 하는 생각마저 들었다.

……어쩔 수 없다. 마시로의 일은 일단 제쳐두고, 혼자서 매점에 가야겠다.

자리에서 일어난 나는 빠른 걸음으로 매점을 향했다.

빠르게 매점에 도착하는 방법은 대다수 학생들이 이용하는 경로를 피하는 것이다.

좀 돌아가야 하기는 하지만, 학생 집단에 휩쓸리지 않는 편이 결과적으로 빨리 매점에 도착할 수 있다.

"카레 빵."

숫자는 입에 담지 않고, 검지 하나만 세웠다. 최소한의 주문만 매점 아주머니에게 전해서 효율적으로 빵을 확보했다.

그대로 학생 식당에 향한 나는 항상 비어 있는 카운터 구석 자리에 앉았다.

이것이 매점에서 빵을 사서 점심을 해결하는 최단 루트다.

비닐을 찢어서 꺼낸 빵을 입에 넣으려던 바로 그때였다.

"옆자리에 좀 앉을게요~☆"

어디선가 불쑥 나타난 이로하가 내 옆자리에 앉았다.

"외톨이 옆에 화려하게 강림! 불쌍한 선배를 위해 친사 같은 후배가 이렇게 왕림했어요!"

"내 냄새를 쫓아서 여기까지 온 거야? 진짜 견공 같은 녀석이네."

"또 츤데레 대사 늘어놓기는~. 속으로는 기쁘면서~."

"……짜증나."

이로하가 내 볼을 손가락으로 톡톡 누르며 웃자, 나는 땅이 꺼지도록 한숨을 내쉬었다.

"복도에서 우연히 보고 쫓아왔어요♪ 항상 혼자 밥 먹는 불쌍한 선배에게 아량을 베풀어주려고요!"

"혼자서 밥을 먹는 게 왜 불쌍한 건지 모르겠네. 여럿이서 시간 낭비를 하며 밥을 먹는 것보다 이게 훨씬 편해. 괜한 잡담을 안 해도 되는 만큼, 최고 효율로 식사를 마칠 수 있거든."

"아하하, 선배는 여전히 배배 꼬였네요~."

안 그래도 성가신 일이 연달아 터지고 있는데, 더 성가신 녀석이 나타났다.

이로하가 내 옆자리에 앉은 바람에, 식당에 있는 학생들의 무례한 시선이 내 쪽으로 쏠렸다.

"코히나타 양이 남학생과 같이 밥 먹고 있어."

"저 남자는 누구지? 저런 녀석이 우리 학교에 있었나?"

나를 부러워하는 녀석들의 목소리가 들렸다.

정 부러우면, 교대해주고 싶을 정도다.

"학교에서 괜히 나와 얽히지 마."

"가짜 여친 설정 때문인가요~? 다른 여자애와 친한 게 알려지면 곤란한 거죠?"

"그래. 허니플레에 들어가기 위한 거니까, 협력 좀 해."

나는 세계적 대기업 허니플레이스 워크스의 사장인 마시로의 아버지— 마코토 삼촌과 어떤 계약을 맺었다.

그것은 고교 졸업 후, 《5층 동맹》 멤버들을 무조건 및 무시험으로 허니플레에 취직시켜주는 것이다.

그 교환조건으로 삼촌— 츠키노모리 사장이 제시한 것이, 마시로의 가짜 남친이 되어서 그녀의 주위에 이상한 벌레가 꼬이지 않도록 그녀의 고교 생활을 지원해주라는 것이다.

거기엔 나에게 애인이 없다는 것이 전제 조건이며, 삼촌은 툭하면 불순 이성 교제를 하는지 캐물었다.

"으음~. 뭐, 괜찮을 거예요. 선배에 대해 아는 학생은 몇 안 되니까요."

이로하는 그렇게 말하면서 자신의 도시락 뚜껑을 열었다. 왜 학생 식당에서 MY 도시락을 먹느냐는 딴죽을 날리고 싶지만, 옆에 놓인 종이팩을 보고 납득이 됐다. 학생 식당 한정 오리지널 브랜드, 치바 현의 농가에서 직송된 토마토로 만든 100% 농축 토마토 주스. 저것 때문에 온 건가.

도시락까지 깐 것을 보면, 이로하 녀석은 교실로 돌아갈 생각이 눈곱만큼도 없는 것 같았다.

여전히 학생들의 시선이 우리에게 쏠리고 있었지만, 이 녀석은 전혀 개의치 않았다.

“당당하게 행동하면 돼요. 허둥대면 오히려 의심받을걸요~?”

“그래?”

“그렇다고요☆ 자아, 이렇게 귀여운 여자애와 같이 밥을 먹는 거니까, 좀 즐거워하세요. 아, 달걀말이 먹을래요? 먹여줄까요?”

“……됐어.”

이로하가 그런 능청스러운 말을 늘어놓자, 나는 무심코 한숨을 내쉬었다.

“또~ 건강 나빠 보이는 표정 짓네요~. 그렇게 한숨만 쉬면 행복이 도망쳐버린다는 말도 있잖아요? 뭐, 점심때 혼자 밥 먹는 걸 보면 행복 게이지는 바닥을 치고 있을 것 같지만요~!”

“한숨은 흐트러진 자율신경의 균형을 잡아주는 효과가 있으니까, 건강에 좋아.”

“흐음~. (무관심)”

괄호 열고 무관심 괄호 닫고, 라고 이로하는 일부러 말했다.

이 녀석, 나를 가지고 노는 건가.

“그러는 너도 내가 한숨 쉬는 원인 중 하나라고. 반성 좀 해.”

“어, 그런가요?”

이로하는 스마트폰을 꺼내더니, 여고생 특유의 초고속 터치 타이핑으로 뭔가를 적고 있었다.

자아, 짜잔! 하고 말하며 이로하가 보여준 것은 메모장 앱에 적혀 있는 정체불명의 식이었다.

"한숨 이퀄 건강에 좋다, 저 이퀄 한숨의 원인…… 즉, 저 이퀄 건강에 좋다! 이로하 선생님의 치근덕은 디톡스 효과 만점이라는 거네요! 고마워하라고요!!"

"네 머릿속에는 꽃밭이 펼쳐져 있으니까, 항상 디톡스 중이겠네."

하아, 하고 또 한숨을 내쉬었다.

이로하의 실속 없는 하이텐션 대화에 어울려주다간, 진짜로 행복이 도망쳐버릴 것 같다.

어차피 이야기를 나눌 거면 좀 더 견실한 대화를 나누고 싶다.

—견실한 대화, 인가.

이 녀석도 일단 생물학적으로는 여고생이잖아.

어쩌면 마시로가 요즘 들어 보이는 요상한 행동의 진의에 관한 힌트를 얻을 수 있을지도 모른다.

곰곰이 생각해보니, 내가 고백 LIME을 받은 걸 알고 있는 유일한 사람이 바로 이로하다.

그것을 가지고 놀리지 않는 걸 보면 이로하도 최소한의 배려를 하는 건지도 모르지만, 지금은 일부러 화제를 그쪽으로 틀어보자.

"어이, 이로하. 너한테 전혀 적성이 없다는 걸 알지만, 그래도 여자 마음에 대해 좀 물어보고 싶은데 말이야."

"잠깐만, 그건 너무 무례한 소리 아니에요?! 저도 엄연한 여자거든요?!"

"응? 아, 그건 그렇지."

"선배, 저한테는 무슨 말을 해도 된다고 생각하죠?"

"뭐, 평소에 네가 나한테 그렇게 굴잖아."

"저를 소중히 여기지 않았다간 후회할 거예요~. 이렇게~ 귀여운 애가 남친도 안 만들며 선배만 계속 신경 써준다는 건, 엄청 희귀한 일이거든요?"

"알았다, 알았어. 그럼 이제 본론에 들어가도 되지?"

"부우. 진짜인데……. 뭐, 됐어. 물어볼 게 뭔데요?"

이로하는 불만을 표시하듯 입술을 삐죽 내밀면서 물었다.

"마시로에 관한 거야."

"……윽!"

그 말을 꺼낸 순간, 이로하의 눈썹이 움찔했다.

"일전에, 그, LIME으로 온…… 너도 봤던, 그 문장 말이야."

"……아~, 그거 말이군요."

"나는 그 고백에 대해 진지하게 생각을 해본 다음, 답하려고 했어—."

나는 단적으로 상황을 설명했다.

마시로의 고백에 답하려 했지만, 매몰차게 거부당했다.

현실에서는 엄청 매몰찬 태도를 보이는 마시로가, LIME에서는 달콤하기 그지없는 메시지를 보내온다.

마시로의 마음이 진짜라면, 그 마음에 진지하게 마주하며 답하고 싶다. 그리고 그 답은 LIME의 메시지가 아니라, 얼굴을 마주하며 전해야 한다고 생각한다.

하지만 현실에서는 답을 할 기회조차 얻지 못하고 있다.

"이런 일은 태어나서 처음 겪는 거라, 어떻게 대처하면 좋을지 모르겠어. 내가 대체 어떻게 하면 좋을까……?"

창피를 당할 것을 각오하며, 이로하에게 현재 상황을 털어놨다.

여자애의 고백에 휘둘리며 마음이 흐트러지다니, 그런 약점을 드러내기 싫지만…….

왠지 이로하와 상의하고 싶다는 생각이 들었다.

그 이유를 묻는다면 답하기 어렵지만 말이다.

마시로가 나에게 고백한 사실을 아는 이가 이 녀석뿐이라서 그런 걸지도 모른다.

"저기, 이로하. 나는…… 이로하?"

갑자기 눈치챘다.

이야기 도중부터 이로하가 전혀 맞장구를 치지 않았다는 사실을 말이다.

퍼뜩 옆을 쳐다보니…….

© tomari

폭발 직전의 복어처럼 볼을 부풀린 채, 눈동자에 언짢은 기색이 역력하게 어린 이로하가 눈에 들어왔다.

"이, 이로하……?"

어, 뭐야? 이 반응은 어떤 의미지?

희로애락이 격렬한 아드레날린 걸인 이로하는 평소 쉴 새 없이 표정을 바꿔대지만, 이런 삐친 표정은 생전 처음 봤다.

바늘로 콕 찔러서 터뜨리고 싶다는 생각이 문뜩 들었지만, 물론 그런 짓은 안 했다.

뭐가 어떻게 된 건지 영문을 모르겠지만, 확실한 사실이 딱 하나 있다.

—이 녀석, 엄청 언짢나 보네.

"흐음~, 허어~. 마시로 선배의 고백은 그렇게 진지하게 고민하는 건가요. 흐~~~~~음."

"하아~, 그런가요. 호오~, 그런가요."

"왜, 왜 그래?"

"태어나서, 처음으로, 고백을 받은 건가요. 『좋아한다』는 어필을 받은 게, 처음인가요."

"네가 의미심장한 어조로 그렇게 말하는 이유는 모르겠지만, 진짜로 처음이라고. 대체 왜 기분이 상한 거야?"

"아하, 자~~~알 알았어요. 아무래도 선배는 마시로 선배처럼 어른스럽고, 청초하며, 지켜주고 싶은 느낌의 미소녀만 이성으로 여기나 보네요!"

"아, 그렇지도 않아. ……어이, 어디 가는 거야?"

갑자기 벌떡 일어선 이로하를 불러세웠다.

그러자 그녀는 꽁한 표정으로…….

"둔감 마인인 선배한테는 주위 여자가 전부 청초 타입이 되는 저주를 걸어줄 거예요!"

그렇게 말하며 『메롱』을 한 후, 가버렸다.

"어, 어이! 도시락 통 가져가야지!"

"설거지해서 돌려주세요!"

"너무한 거 아냐?!"

자기가 가져와서 자기가 다 먹어놓고 도시락 통 설거지만 나에게 시키다니, 아무리 이로하가 짜증녀라도 이건 좀 심했다.

농담이라고 여겼지만, 이로하는 내 말을 무시하며 그대로 식당을 나섰다.

술렁…… 술렁……. 주위의 학생들이 소동이 일어난 것을 눈치채고 수군거렸다.

(코히나타 양이 화내면서 가버렸어.)

(저 남자, 차인 걸까. 꼴 좋다!)

들린 목소리는 일부에 불과했지만, 하나같이 멋대로 지껄이고 있는 것 같았다.

뭐, 그건 됐다. 이제 와서 주위에서 뭐라고 떠들든 내 인생과는 눈곱만큼도 상관없다.

하지만 이로하의 기분이 상했다는 건 큰 문제다.

게다가 더 성가신 점은— 뭐 때문에 기분이 상한 건지, 짐작조차 안 된다는 것이다.

"저 녀석, 대체 왜 저러는 거야……."

결국, 마시로에 대해서도 제대로 상의하지 못했다.

트러블이 하나 더 늘어났을 뿐이다.

올해가 내 삼재(三災)인가 하고 생각하며 얼이 나가 있을 때, 호주머니 안의 스마트폰이 진동했다.

꺼내서 화면을 보니, 이로하한테서 신규 LIME 메시지가 와 있었다.

《이로하》 선배는, 바————————보!!

"어어어어……."

솔직히 말해, 당혹스럽기 그지없었다.

이로하가 이렇게까지 대놓고 욕을 하는 경우는 의외로 드물다.

동서고금의 온갖 어휘를 동원하는 그 녀석의 놀림 워드는 욕설과 거리가 멀며, 따지자면 예술성이 뛰어난 언어유희에 가깝다.

나와 대결했다가 지고 어린애처럼 욕을 하기도 하지만, 방금은 그런 케이스도 아니었다.

맙소사. 마시로, 마키가이 나마코 선생님에 이어, 이로하까지 이상해진 건가.

내 주위에서 무슨 일이 일어나고 있는 거지?

한동안 LIME의 화면을 쳐다보며 굳어 있을 때, 딩동댕동~하면서 방송이 들려왔다.

『2학년, 오오보시 아키테루 군. 2학년, 오오보시 아키테루 군. 지금 바로 학생지도실로 오세요.』

스피커에서 흘러나온 것은 여왕 모드인 스미레의 목소리다.

"누구인지 모르겠지만, 여왕에게 불려가나 봐."

"우와아."

"죽었네. 누군지는 몰라도."

그 느닷없는 방송 때문에 식당 안은 술렁거리는 목소리로 가득 찼다.

"……윽."

식은땀이 송골송골 맺혔다.

물론 여왕에게 호출을 당해서 두려움에 떨고 있는 건 아니다.

그 골때리는 여자의 정체를 안다면, 두려워하는 것 자체가 애초에 무리다.

이유는 따로 있다.

마시로, 마키가이 나마코 선생님, 이로하. 이렇게 연이어 문제가 발생하고 있는 상황에서 호출을 받은 것이다.

뭔가 문제가 일어난 게 틀림없다.

현재, 스미레— 무라사키 시키부 선생님의 마감일은 일주일 후다.

아직 시간적 여유는 있다. 하지만 작업 진행을 방해할 문제가 발생했을 가능성이 매우 크다.

"안 그래도 문제가 산더미 같은데, 나를 더 궁지에 몰려는 거냐! 무라사키 시키부!!"

욱신거리는 머리를 움켜쥔 나는 천근같은 발을 억지로 옮기며 학생지도실로 향했다.

*

"아키테루 님, 마감 일주일 전에 일러스트가 완성됐어요!!"

"왜 너희는 짜기라도 한 것처럼 내 의표를 찌르는 거냐고!!"

학생지도실. 여왕의 정원이라 몰래 불리는 이곳은 《맹독의 여왕》의 성이다.

이 방에는 작화 자료용 고문 도구(복제품)가 줄지어 놓여 있었다.

그런 어둑어둑한 공간에 발을 들인 순간, 안에서 기다리고 있던 스미레가 절도 있게 무릎을 꿇으면서 태블릿PC를 내밀었다. 그리고 나는 그런 그녀에게 반사적으로 딴죽을 날렸다.

"어? 어? 나, 왜 혼난 거야?! 진행 상황이 순조로운데?!"

"이제까지 한 번도 마감을 지킨 적 없으면서, 왜 하필 오늘 지키는 거냐고! 으으, 예정대로 되는 게 하나도 없네! 뭐가 어떻게 된 거야?!"

그것보다 일러스트가 완성됐으면 평범하게 보여달라고!

왜 무릎을 꿇는 거냔 말이다!

"하아, 하아, 하아, 하아…… 젠장, 내가 이 정도로 이레귤러적인 상황에 약할 줄은 몰랐어."

나는 가슴에 손을 댄 후, 거칠어진 숨을 골랐다.

나는 모든 사물 및 현상을 패턴화한 후, 최고 효율로 매사를 진행하려 한다.

무라사키 시키부의 마감도 어기는 것을 전제로 삼고 있었다.

물론 마감을 지켜주면 고마운 일이며, 그녀는 아무런 잘못도 없다. 잘못이 없지만…….

예정 외, 예상외의 사태가 너무 많아서 뇌가 **오버플로**됐다.

사고 회로가 완전히 합선되었다.

"내, 내가, 뭐, 잘못했어……?"

"무라사키 시키부 선생님은 아무 잘못 없어요. 흐트러진 모습을 보여서 죄송해요."

나는 무릎을 꿇은 채 울먹거리며 올려다보는 무라사키 시키부 선생님에게 솔직히 사과했다.

당연했다. 이번에는 내가 명백하게 잘못했다.

하지만 학생지도실에서 내가 사과를 하는 날이 올 줄이야. 뭐, 무릎을 꿇고 있는 건 선생님이지만 말이다.

"일단, 수고하셨어요. 다음 의뢰 때까지 푹 쉬세요. 심야 애니를 마음껏 보며, 누님쇼타 망상에 빠지도록 해요……."

얼이 나간 상태에서 그렇게 말한 나는 비틀거리는 몸을 억지로 움직여서 뒤돌아섰다.

바로 그때, 등 뒤에서 아양 섞인 목소리가 들려왔다.

"저, 저기, 아키테루 님. 실은 부탁이 하나 있어요~. 일러스트를 마감 전에 끝낸 포상 삼아, 부탁을 들어줬으면 하는데요~."

"부탁? 그거, 이야기가 꽤 긴가요?"

"으, 응. 아마 이야기가 꽤 길어질 거야."

"죄송하지만, 그렇다면 다음에 이야기하죠. ……저, 오늘은 조퇴할래요. 열이 있거든요."

"뭐?! 괘, 괜찮아?!"

"한나절 정도 머리를 식히면 나을 것 같아요. 그럼 이만 가볼게요……."

"모, 몸조심해……."

망연자실한 스미레를 학생지도실에 남겨둔 채, 나는 비틀거리며 복도로 나왔다.

마시로의 고백과 달콤한 LIME 메시지, 그리고 현실에서의 매몰찬 태도.

마키가이 나마코 선생님의 상상을 초월하는 블링블링 러블리 큐트 시나리오.

이로하의 영문 모를 언짢음 모드.

스미레의 영문 모를 마감 준수.

오늘 하루 동안 이레귤러적인 사태가 지나칠 정도로 발생했다.

마시로의 고백에 대해 나름 진지하게 생각해본 후에 답을 준비했지만, 그 답을 전할 기회를 얻지 못했다. 그리고 그 뒤를 이어 비정상적인 사태가 연달아 발생했다— 미처 소화 못한 안건이 대량으로 남아 있는 상태에서 새로운 소프트를 마구 깔아댄 PC가 된 심정이다.

이래서야 먹통이 되는 게 당연하다.

일단 오늘은 잠이라도 자면서 마음을 추스르자.

……젠장, 지금은 시간을 허비할 때가 아닌데 말이다.

우리에게 있어, 《5층 동맹》 전원에게 있어, 최고의 장래를 거머쥐기 위해서는 멈춰 설 시간이 없단 말이다.

물론, 그 녀석들에게 잘못이 있는 건 아니다.

하아…….

이 정도 문제쯤은 여유롭게 해결하라고. 너무 미숙하잖아, 나.

*

『아하하. 다들 귀엽기는 하지만, 하나같이 만만치 않은 애들이네.』

『왜 내 주위에는 제대로 된 여자가 없는 걸까…….』

『제대로 된 애는 아니지만, 그래도 미소녀니까 괜찮잖아. 그런 분에 넘치는 소리 하면, 사람들이 너한테 저주를 걸걸?』

『그 사람들이란 건 대체 누구냐…….』

003 제3화 …… 친구 여동생이 현실에서만 상냥하다

조퇴하고 집에 돌아간 나는 머리에 냉각 시트를 붙인 후, 몇 시간 동안 침대에서 데굴데굴했다.

뇌가 냉각되면서, 조금씩 머릿속이 정상으로 되돌아왔다.

하지만 여전히 몸이 나른해서 체온을 재보니, 미열이 남아 있었다.

"젠장, 시간 낭비할 때가 아닌데……."

벌써 저녁때가 되었다.

창문을 통해 스며들어온 황금색 빛을 쳐다보며, 나는 비효율적이었던 오늘 하루를 곱씹었다.

LIME을 확인해보니, 오즈와 마시로, 스미레한테서 나를 걱정하는 메시지가 와 있었다.

괜찮다고 대답해주기는 했지만, 실은 아직 문제가 잔뜩 남아 있다.

해야만 할 일이, 산더미처럼 쌓여 있는 것이다.

무엇부터 손대는 게 가장 효율적일까.

아직 약간 멍한 머리로, 그런 생각을 하고 있을 때…….

철컥.

벨이나 노크 소리 없이, 현관문이 무단으로 열렸다.

가벼운 발소리가 복도에서 들려왔다.

아무래도 이로하가 또 멋대로 내 집에 들어온 것 같았다.

아까 전의 언짢음 모드는 대체 뭐였냐, 그것보다 함부로 들어오지 마라, 등등, 불평을 퍼부어줄 생각으로 몇 초 동안 기다렸지만, 이로하가 침실로 다가오는 기척이 느껴지지 않았다.

거실 쪽에서 물소리, 그리고 뭔가를 두드리는 리드미컬한 소리가 들려왔다.

"……뭐 하는 거야?"

신경이 쓰여서 거실을 살펴보러 갔다.

이로하는 부엌에 있었다.

"어머, 선배. 일어나도 괜찮은 거예요?"

뒤를 돌아본 이로하는 교복 위에 앞치마를 걸치고 있었다.

가스레인지 위에는 뚝배기가 놓여 있었다. 아무래도 죽을 만드는 것 같았다.

"응. 좀 나아졌어."

"그거 다행이에요. 조퇴했다는 말을 듣고 걱정했어요."

이로하는 옅은 미소를 머금더니, 자애에 찬 상냥한 목소리로 그렇게 말했다.

평소의 이로하와는 동떨어진, 상냥한 분위기가 느껴졌다.

유심히 보니 교복도 평소와 다르게 단정하게 입었으며 투박한 헤드폰도 걸치고 있지 않았다.

나는 이로하의 이 태도를 안다.

밖에서 선보이는 완전무결한 우등생 모드다.

"그래도 무리하지 말아요. 죽이 다 되면 부를 테니까, 그때까지 누워 계세요."

"……응."

내 몸에 소름이 돋았다.

이 녀석, 뭐 잘못 먹었나.

왜 우리 집 안에서까지 저 모드냐고. 뭘 꾸미고 있는 거지?

"걱정하지 말아요. 아무 짓도 안 할 거예요."

이로하는 내 마음을 읽은 것처럼 등을 보이며 선 채로 그렇게 말했다.

일단 시키는 대로 침실로 돌아갔다.

침대 위에서 안절부절못하며 몇 분 정도 보냈을 때, 냄비가 놓인 쟁반을 든 이로하가 방으로 왔다.

"잘 소화될 만한 걸 만들어봤어요. 먹을 수 있겠어요?"

"으, 응."

내가 침대에서 일어나려 하자…….

"그대로 있어요. 제가 먹여줄게요."

이로하가 상냥한 어조로 말렸다.

"아니, 그렇게까지 안 해도 돼."

"아뇨. 와병 중인 선배를 간호하는 건, 후배의 소임이에요."

"너무 오버하는 거 아냐?"

"오버가 아니에요. 평소의 선배라면 조퇴 같은 건 절대 안 했을 테니까요. 몸이 자산이라면서, 건강 관리에 최선을 다하잖아요."

뭐, 그건 그런데…….

"선배는 자기 자신도 눈치채지 못할 만큼 지쳤던 거예요."

"뭐…… 그럴지도 몰라."

"예. 그러니까 선배가 건강해질 수 있도록, 돕고 싶어요. 항상 선배한테 신세만 졌으니까요. 이럴 때만이라도 저한테 기대 주세요."

"으, 응……."

이로하가 진지한 어조로 그렇게 말하자, 나는 무심코 고개를 끄덕였다.

아무래도 거절할 분위기가 아니었다.

이로하가 냄비의 뚜껑을 열자, 김과 함께 가다랑어포의 향긋한 냄새가 방 안에 퍼져나갔다.

건더기가 들어가지 않은 간단한 죽이지만, 그래서 지금은 맛있어 보였다.

취향에 맞춰 곁들이라는 듯이 쟁반 구석의 조그마한 접시에 담긴 다진 파에서 배려심이 느껴졌다.

숟가락으로 죽을 뜬 이로하가 자신의 입으로 그것을 가져가더니, 후~ 후~ 하고 불어서 식혔다.

"어, 어이."

“그냥 먹었다간 화상을 입을 테니까요.”

그 후, 이로하는 나를 향해 숟가락을 천천히 내밀었다.

“자아, 선배. 아~.”

이 더럽게 부끄러운 이벤트는 대체 뭘까.

“후후, 부끄러운가요? 하지만 개의치 마세요. 병간호를 받는 건, 부끄러워할 일이 아니잖아요.”

마치 딴사람 같았다.

말로 형용할 수 없는 거북함을 느끼면서 이로하가 내민 죽을 먹었다.

가다랑어포의 감칠맛이 입안에 퍼져나갔다.

육수와 소금만으로 간을 한 소박한 죽이지만 간이 딱 적절했다.

입김으로 식혀준 덕분에 온도도 딱 좋았다.

몸이 따뜻해지면서 기분이 좋아졌다.

“……맛있어.”

“그거 다행이에요.”

이로하는 작게 미소 짓더니, 또 숟가락을 내밀었다.

내 입안이 빈 타이밍에 맞춰 적절한 페이스로 먹여주고 있었다.

목이 마른 내가 무슨 말을 하기도 전에 이로하가 차를 건네줬다.

일류 간호복지사 혹은 20년 내공의 베테랑 간호사의 품격

마저 느껴지는 완전무결한 간병이다.

이렇게 극진한 보살핌을 받으면서 식사를 한 나는…….

어느새, 죽을 다 먹었다.

"자, 잘 먹었어."

"다 먹어줘서 고마워요. 어머, 선배. 입가가 더러워졌네요."

이로하는 손수건으로 내 입가를 닦아줬다.

"아…… 미안해."

"괜찮아요. 선배는 지금 많이 지쳤잖아요. 저도 좋아서 이러는 거고요."

"……."

"혹시 제가 해줬으면 하는 건 없나요? 제가 할 수 있는 거라면, 뭐든 해드릴게요."

"아…… 괜찮아. 고마워."

"그런가요. 제가 계속 있으면 선배도 신경 쓰일 테니, 저도 뒷정리만 해놓고 돌아갈게요. 푹 쉬세요."

이로하는 그렇게 말하며 방을 나섰다.

한동안 부엌에서 설거지하는 이로하의 기척이 느껴지더니, 그 기척이 잦아든 후에는 철컥 하고 현관문을 열쇠로 잠그는 소리가 들렸다.

침묵과 정적. 그리고―.

『흥이다~! 순순히 돌아갈 줄 알았어요~~?!』

그런 페인트 짜증 무브를 펼쳐질 줄 알았더니, 그런 일도 없었다.

처음부터 마지막까지 청초했다.

상냥하고, 포용력이 넘치며, 극진히 병간호해주는 여자애.

지금의 이로하를 형용하면, 그런 단어가 나열될 것이다.

짜증나는 여자는 딱 질색이라고 툭하면 말하던 나에게 「자, 그럼 이런 여자애라면 좋지?」 하고 말하듯 도발적으로 내놓은, 평소의 이로하와 정반대인 귀여운 여자애다.

그렇다고 해서 덩실덩실 춤추며 기뻐할 만큼, 나란 인간의 머릿속에는 꽃밭이 펼쳐져 있지는 않았다.

그렇잖아. 상대는 바로 그 이로하라고.

남에게 아무렇지 않게 폐를 끼치고, 짜증나게 치근덕대는, 그 건방지고 짜증나는 망할 여자란 말이야.

평소와 너무 달라서 오히려 기분 나쁘다고.

딱히 함정을 파는 것 같지는 않지만, 저런 청초함을 순수하게 즐길 수는 없다.

……뭐, 좋다. 일이 잘 안 된다고 일을 번거롭게 푸는 건 딱 질색이다.

나는 스마트폰을 꺼낸 후, 이로하에게 메시지를 보냈다. 신경 쓰이는 점이 있으면 직접 물어보면 될 일이다.

《AKI》 무슨 속셈이야? 왜 우리 집에서까지 연기를 하는 건데?

읽음 표시가 바로 떴다.

《이로하》 그야 선배는 그런 걸 좋아하잖아요? 청초한 사람을 좋아하죠? 어땠나요? 좋아서 환장하는 청초 미소녀가 실컷 상냥하게 대해주니 만족했나요? 평소의 저보다, 이런 걸 더 좋아하잖아요. 이제 두 번 다시 치근덕거리지 않을 거예요! 바보, 바보!

이런 내용의 문장이 답장으로 왔다. 안심과 신뢰의 짜증 문장을 본 나는 어처구니없게도 안도하고 말았다.

—이건 마시로와 정반대 무브인 걸까?

마시로는 LIME에서는 달콤하게 굴지만, 현실 세계에서는 신랄하다.

이로하는 현실 세계에서는 달콤하게 굴지만, LIME에서는 신랄하다.

양쪽의 공통점을 꼽자면, 이러는 이유를 모르겠다는 점이다.

이거…… 어떻게 하면 좋지.

여자 마음에 대해 알고 싶을 때는 항상 이로하와 상의했지만 이번만큼은 그럴 수 없다.

그리고 내가 그런 쪽으로 물어볼 수 있는 여성이라고는 무라사키 시키부 선생님, 그리고 이로하의 리코딩에 협력해주는 사운드 엔지니어인 오토이 씨 뿐이지만…… 전자는 거론할 가치도 없고, 후자는 세간의 일반적인 『여성』과는 꽤 다르다.

위이이잉, 위이이잉…….

내가 고민에 빠져 있을 때, 스마트폰에서 전화가 왔다는 것을 알려주는 진동이 발생했다.

상대방의 이름을 확인해보니, 오즈한테서 온 전화였다.

"아, 오즈. 무슨 일이야?"

『아키가 곤란해하는 기척이 느껴져서 전화한 건데, 몸은 좀 어때?』

"네가 무슨 멘탈리스트냐?"

상대방의 눈치가 너무 좋아 경악하고 있을 때, 오즈는 전화 너머에서 웃었다.

『실은 아키의 심박수를 24시간 모니터링하는 시스템을 개발했어. 이것만 있으면 네 심리 상황을 항상 파악할 수 있어.』

"……정말? 아무리 절친이라고 해도 그건 좀 뜨악하겠는데……."

『아하하, 당연히 농담이지. 그렇게 정밀도가 뛰어난 모니터링 시스템을 만들어낸다면, 특허로 떼돈을 벌 수 있을 거야.』

"너라면 진짜로 만들어낼 것도 같거든. 그래서 전혀 농담으로 들리지 않아."

『뭐, 실은 아까 이로하가 집에 돌아왔는데, 다녀왔다는 말도 하지 않고 방에 틀어박히지 뭐야. 꽤 기분이 나빠 보였어. ……무슨 일 있었던 거지?』

"그랬구나. ……뭐, 맞아……."

무심코 투덜댈 뻔한 나는 퍼뜩 놀라며 입을 다물었다.

다양한 미소녀와 마주치는 러브코미디 주인공 화신 같은 이 남자, 오즈라면 이 상황을 타파할 힌트를 나에게 알려줄지도 모른다.

하지만 상세하게 설명하기 위해선, 마시로에게 고백을 받았다는 사실을 알려줘야만 한다.

그건…… 안 된다.

지난번 소동을 통해, 내성적인 마시로에게도 자존심이 있다는 것을 알았다. 겁쟁이면서도 용기를 쥐어짜서, 새로운 인생을 걸으려 한 것도 말이다. 그리고 자기 자신의 솔직한 마음을, 있는 그대로의 욕망을 드러내는 것을 부끄럽게 여긴다는 것도 알았다.

그런 마시로가 자신이 모르는 곳에서, 자신이 고백했다는 사실이 알려졌다는 것을 알면 어떻게 생각할까?

―죽고 싶어질 정도로 부끄러워할 것이 틀림없다.

모처럼 학교생활에 익숙해졌는데, 자칫하면 다시 은둔형 외톨이로 되돌아갈지도 모른다.

그렇게 된다면, 나는 옛날에 그 녀석을 괴롭혔던 여자들이나 다를 게 없다.

……아니, 허울 좋은 말은 제쳐놓고 내 이익만 생각해봐도 츠키노모리 사장의 신뢰를 잃게 되는 결과만은 피하고 싶다.

그런 생각을 하고 있을 때, 전화 너머에서 또 웃음소리가 들렸다.

『아하하. 한참을 고민하는 걸 보면, 말해줄 수 없는 이유가 있는 거지?』

"……너처럼 눈치 빠른 친구는 정말 최고야."

『아키의 성격은 잘 알고 있거든. 오케이, 말할 수 없다면 나도 묻지 않을게. 그렇게 되면 도와줄 수도 없는데, 혼자서 괜찮겠어?』

"그래……. 이건 나 혼자서 결판을 내야만 하는 일이거든."

마시로의 고백. 그리고 그 영향으로 삐쳐버린 이로하.

익숙하지 않은 사태가 연이어 터진 바람에 혼란에 빠졌지만, 오즈와 이야기를 나누다 보니 각오가 섰다.

이건 남에게 뒤처리를 떠넘길 일이 아니다. 내가 스스로 결판을 내야만 하는 일이다.

"고마워, 오즈."

『나, 고맙다는 말을 들은 일은 딱히 안 했거든?』

"절묘한 타이밍에 전화를 줬어. 역시 너는 내 오아시스야."

아무리 카오스한 사태에 처하더라도, 오즈만은 언제 어디서나 안정적이다.

내 주위의 시공을 안정시켜주는 데우스 엑스 마키나 같은 존재, 라고 하면 과장일지도 모른다. 그래도 나는 옛날부터 오즈에게 눈에 보이지 않는 무언가를 받는 듯한 느낌이 들었다.

오즈가 앞으로도 이 안정감을 유지해줬으면 한다. 유지할 수 없게 된다면, 가장 위험해지는 사람도 오즈니까 말이다.

……어이쿠, 옛날 일을 생각할 때가 아니지.

나는 화제를 바꾸기로 했다.

"이로하 일은 내가 어떻게든 해볼 건데, 실은 오즈에게 협력해줬으면 하는 일이 하나 있어."

『응? 뭐야?』

"마키가이 나마코 선생님에 관한 거야."

그렇다. 지금 내가 안고 있는 문제는 마시로와 이로하가 얽힌 사적인 일만이 아니다.

어찌 된 건지 망가지고 만 마키가이 나마코 선생님의 시나리오를, 《5층 동맹》의 리더로서 어떻게든 손봐야 한다는 서브 퀘스트도 동시에 발생했다. 운영 측이 너무 의욕적인 거 아냐? 같은 생각이 들 정도로 콘텐츠 양이 많아서 트림이 나올 것 같지만, 푸념을 늘어놓을 때가 아니다.

『아…… 그 시나리오 말이구나. 어떻게 하면 좋지?』

"이제부터 LIME으로 수정 요청을 할 거야. ……가슴 아프지만 말이지."

처음으로 경험하는 일이다.

마키가이 나마코 선생님이 쓴 작품은 항상 내 마음을 후벼팠다. 데뷔작 시리즈의 소설은 종이가 닳을 때까지 몇 번이나 읽었으며『검은 새끼 염소가 우는 밤에』의 시나리오 또한, 새로운 장을 받을 때마다 한 사람의 유저로서 두근거리는 가슴을 안고 읽었다.

제작진 관점에서 색안경을 낀 것이 아니라, 진짜로, 진심으로 그 재능에 반했다.

그래서 그의 시나리오에 수정을 요청하는 건 처음이고, 가슴이 아프기도 했다.

하지만 해야만 한다.

프로듀서로서, 아니, 마키가이 나마코의 팬으로서 말이다.

세계관과 분위기를 박살내는 이 블링블링 러블리 큐트 시나리오에 딱 잘라 NO라고 말해야 한다.

하지만 시나리오의 지적에는 곤란한 점이 하나 있다.『재미없다고 말씀하시는데, 그건 당신의 주관 아닌가요?』라고 상대가 반박하면 말문이 막히고 마는 것이다.

"……그러니, 오즈가 내 감상에 무게가 실리도록 거들어줬으면 해."

『아하. 마키가이 선생님이 따지고 들면, 나도 아키와 비슷한 느낌을 받았다는 메시지를 올리면 되는 거지?』

"그래. 그 사람은 개인적으로 재미있을 거라고 여겨서 그런 글을 쓴 것 같거든. 설득하려면, 나 혼자만의 의견으로는 힘들 거야."

『오케이, 그런 거라면 협력할게.』

"고마워. 그럼 잠시 후에 《5층 동맹》 그룹에서 발언을 할게. 잘 부탁해."

『오케이.』

우리는 어떤 식으로 이야기를 풀어갈지 논의한 후, 통화를 마쳤다.

이야, 믿음직한 친구를 두면 이렇게 좋다니깐.

5층 동맹_시나리오 방(3)

AKI
마키가이 나마코 선생님, 지금 시간 있으세요

마키가이 나마코
오K.

AKI
일전에 보내주신 시나리오 말인데요.

마키가이 나마코
아, 읽어봤구나. 어땠어?

마키가이 나마코
소름 돋을 정도의 최고 걸작이지?

AKI
어떤 의미에서 소름이 돋긴 했네요.

AKI
저기 말이죠. 이런 말씀 드려 죄송하지만, 전량 폐기했으면 해요.

마키가이 나마코
……리얼리?

AKI
리얼리예요.

마키가이 나마코
그 완벽한 시나리오의 어디에 문제가 있는 거야?

AKI
이제까지의 『검은 새끼 염소가 우는 밤에』와 분위기가 너무 다른 데다, 직전의 이야기와 매치되지 않아요.

AKI
그리고 주인공과 히로인의 연애 묘사가 너무 과해요. 위기 상황에서 이렇게 자주 러브러브 신을 넣는 건 과하지 않을까요.

마키가이 나마코

위기 상황이니, 더 러브러브하지 않을까?

마키가이 나마코

오히려, 이제까지 그런 묘사가 너무 부족했을 지경이야.

마키가이 나마코

사랑의 소중함을 그리고 싶어.

AKI

으음…….

AKI

선생님은 진짜로 이 시나리오가 재미있다고 생각하나요?

마키가이 나마코

당연하지.

마키가이 나마코

자기가 재미없다고 여기는 글을 쓸 리가 없잖아.

AKI

우리 게임을 즐기는 오타쿠 유저가 바라는 방향성이 아니라고 생각하는데요.

마키가이 나마코

요즘 오타쿠는 이런 걸 좋아하잖아? 『적의 이름은.』은 너도 봤을 거 아냐. 그걸 커플끼리 보러 가는 게 리얼 영 오타쿠의 NOW라고.

AKI

아니, 그런 흐름도 존재하기는 하지만…….

마키가이 나마코

뭐, AKI는 동정이니까, 리얼충화가 진행 중인 오타쿠의 현재 흐름에 뒤처지고 있는 것도 무리는 아냐.

AKI

제 취향만 가지고 이야기하는 게 아닌데요…….

OZ

잠시 실례할게.

마키가이 나마코

오, OZ에몽.

OZ

그 별명, 마키가이 선생님만 쓴다고요.

OZ

저도 읽어봤는데, AKI와 같은 생각이에요.

OZ

이래선 우리 유저가 만족하지 못할 거예요.

마키가이 나마코

OZ, 너마저…….

AKI

봐요. 저만 그런 게 아니잖아요.

AKI

생각을 바꿔주지 않겠어요?

마키가이 나마코

즉, 너희는 내 원고가 재미없다는 거지?

AKI

직설적으로 말하자면 그래요.

마키가이 나마코

……그래.

마키가이 나마코

좋아. 작가 본인보다는 너희의 객관적인 의견이 아마 정확하겠지.

AKI

이해해줬군요!

마키가이 나마코

그래. 알았어. 내 러브 신이 기존의 틀에 사로잡힌 녀석들의 입을 다물게 할 퀄리티에 도달하지 못했다는 걸 말이지.

AKI

어.

OZ

잠깐만요.

마키가이 나마코

파괴력이 지금의 100배면 문제가 없겠지.

마키가이 나마코

인터넷 차단하고 한동안 폐관 수련하겠어.

마키가이 나마코

최강의 명작을 완성해서 보내줄 테니까, 고대하고 있으라고!

AKI

잠깐만요! 하다못해 수정의 방향성을 상의한 후에!

OZ

……대답이 없네.

AKI

읽음 표시도 안 떠.

OZ

진짜로 인터넷을 차단한 걸지도 몰라.

AKI

저기, 오즈.

OZ

응?

AKI

어쩌다 이렇게 된 거지?

004 제4화 …… 운동부의 고문 선생이 되면 힘들다

불행 중 다행인지, 몸은 하루 만에 나았다.

산산조각이 난 직소 퍼즐 같던 머릿속도 드디어 정리되기 시작했다.

아직 문제는 하나도 해결되지 않았지만, 내가 이대로 당하기만 할 거라고는 생각 말라고.

이제부터 단숨에 대역전극을 펼쳐주겠어.

하나같이 제멋대로 문제를 일으켜? 그럼 하나씩 냉정하게 대처해주마.

매사를 효율적으로 추진하기 위한 기본은 바로 우선순위를 매기는 것이다.

우선 내 인생의 최우선 사항을 재인식했다. ―그것은 《5층 동맹》의 허니플레 취직이다.

마시로의 마음에 성실히 답해주고 싶지만, 그 녀석이 도망을 다니니 어쩔 수 없다. 일단 그쪽은 나중으로 미루겠다.

지금은 우선 『검은 새끼 염소가 우는 밤에』의 유저 평가를 지키는 것이 최우선이다.

마키가이 나마코 선생님의 시나리오를 어떻게 해야 할지 머리 한편으로 생각하면서, 눈앞에 산재한 일을 하나씩 착실히 해결해나가자.

학교 쉬는 시간.

숙제를 다 못했다, 다음 수업의 교과서를 깜빡했다, 같은 한심한 일로 클래스메이트들이 떠들어대는 사이…….

나는 스미레— 무라사키 시키부 선생님이 웬일로 일찌감치 완성한 캐릭터 다섯의 보이스 각본 작업에 착수했다.

스마트폰을 전용 키보드에 연결한 후, 딸깍딸깍 소리를 내며 타이핑을 했다.

『검은 새끼 염소가 우는 밤에』의 메인 스토리는 마키가이 나마코 선생님이 담당하고 있다.

하지만 캐릭터의 배틀 보이스나 시스템 보이스 등은 내가 맡고 있다.

장편 시나리오를 집필할 재능은 없지만, 각 캐릭터에 관련된 짤막한 텍스트 정도라면 나도 어찌어찌 집필할 수 있다.

처음에는 마키가이 나마코 선생님에게 감수를 받았지만, 일전에『너, 꽤 필력이 있네. 최정상 프로급은 아니지만, 시나리오 라이터의 평균 수준에는 이르렀어.』라는 칭찬인지 비난인지 알쏭달쏭한 말을 들은 후로는 내가 완전히 전담하게 됐다.

두드러진 재능을 지니지 못한 나답게, 어중간한 실력이라는 말일까. 한가한 내가 자잘한 텍스트를 맡으면, 마키가이 나마코 선생님은 본편에 집중할 수 있을 테니 잘 됐다 싶었다.

"좋아, 일단락됐어."
"수고했어, 아키. 나도 일러스트 확인을 마쳤어~."
완성된 캐릭터들의 보이스를 완성하고 가볍게 기지개를 켰을 때, 뒷자리에서 일러스트를 체크하던 오즈가 나에게 말을 걸었다.
"땡큐, 오즈. 어땠어?"
"괜찮은 것 같아. 요즘 유행을 따르는 캐릭터 디자인에, 세세한 장식도 정성을 들여서 그렸어. 역시 무라사키 시키부 선생님이야. 디자인 안에 해외 전개에 문제가 될 만한 표현도 없어."
아무래도 문제없어 보였다.
오즈는 내가 확인을 마친 시나리오와 일러스트를 항상 다시 체크해준다.
다중 체크 체제가 미스를 줄일 수 있는 것이다.
"오케이. 그럼 이게 내가 방금 쓴 보이스인데—."
그리고 다음 항목의 체크를 시작했다.
이번에 넣을 신 캐릭터는 하나같이 독특했다.
과거에 오빠를 잃은 바람에 젊은 남성 모두 오빠로 보이는 브라콤 소녀, 사람이 타인을 의심하게 되는 모습을 보며 쾌락을 느끼는 위험한 노인.
그리고 근육질 폭주족 같지만 실은 여성스러운 취향을 지닌 불량배 등…….

캐릭터들이 하나같이 독특한 만큼, 대사를 짜는 게 쉬웠다.

“이 브라콤 소녀만 묘하게 현실성이 있네.”

“……그래? 이런 애가 진짜로 있으면 무서울 것 같은데 말이야.”

“역 앞에서 비슷한 느낌의 애가 나한테 말을 건 적이 있어. 「오빠?! 10년 전에 생이별한 내 오빠 맞지?!」 하더라니깐.”

“미소녀 게임이었다면 완벽한 재회 장면이네.”

“하지만 현실이라서 살짝 호러 느낌이었다니깐.”

“신종 헌팅법일 거야. ……그런데, 그 후에 어떻게 됐어?”

“근처에 있는 파출소로 데려다줬어.”

“인정사정없네!!”

이 녀석은 또 미소녀와의 만남 플래그를 부러뜨린 건가.

하지만 실제로 자칭 생이별 여동생 같은 위험한 애가 말을 걸어온다면, 파출소나 병원을 소개해주는 게 정답일 것 같은 느낌이 들었다.

“경찰이라면 그 애의 진짜 오빠를 찾아줄 거라고 생각했는데, 그 애는 파출소에 도착하자마자 도망치지 뭐야.”

“그랬구나. 섬뜩한 이야기인걸. ……그것보다, 전에는 연상의 누님이 너한테 대시했다며? 내 동생이 돼! 같은 소리를 했다면서.”

“아, 응. 그때도 파출소에 데려다줬어. 지금도 몇 달에 한 번꼴로 나를 오빠나 동생으로 착각한 사람과 마주쳐. 나,

어쩌면 생이별한 가족이 잔뜩 있는 걸지도 몰라."

"네 동생은 이로하뿐이니까, 그런 고민을 진지하게 할 필요 없어."

역시 마을 안을 걷다 보면 열 명 중 열 명이 돌아보는 미남이다. 헌팅 당한 적이 어마어마하게 많을 것이다.

오즈 본인은 그것을 바라지 않을 뿐만 아니라, 이 묘한 러브코미디 흡인력에 끌려드는 것이 현실미 없는 2차원 괴짜들이니 순순히 기뻐할 수는 없을 것이다.

그래도 역시 **타고 났다**고, 말할 수밖에 없다.

"보이스 대본, 다 읽었어."

"오, 빠르네."

대화를 나누면서 경이적인 멀티태스크로 대본 데이터를 확인하던 오즈가 만족한 것처럼 고개를 끄덕였다.

"괜찮은 것 같아. 각 캐릭터의 개성에 부합되는 대사들이야."

"그렇구나. 그럼 다행이야."

"폭주족 남자의 대사를 아키가 썼다는 게 좀 재미있네."

"……그런 소리 하지 마."

자신이 쓴 글을 남이 읽는다는 건 솔직히 멋쩍었다.

머릿속을 남이 억지로 들여다보는 것 같았다.

자신의 성적 취향이 훤히 드러나는 글을 쓰는 마키가이 나마코 선생님처럼은, 몇 번을 윤회 전생하더라도 될 수 없을 것 같았다. 어찌 보면 그것이 그의 가장 뛰어난 재능일지도 모른다.

“하지만 농담이 아니라, 정말 잘 썼어. 대사 표현에 위화감이 없고, 일러스트와도 잘 어울려. 아키는 정말 못 하는 게 없네.”

“전부 어중간할 뿐이야. 두드러진 재능이 없어서, 그런 자잘한 부분이나 맡는 것뿐이라고. 시간이 된다면 마키가이 선생님이 보이스 대본도 전부 쓰는 편이 퀄리티 면에서는 훨씬 나을 거야.”

“그런 선생님을 커버해줄 수 있다는 것 또한 재능이라고 생각하는데 말이야.”

“내가 진짜로 만능이라면 혼자서 게임을 만들 거야. 너희의 재능에 기생하고 있는 건, 따지고 보면 나 혼자서는 아무것도 못 하기 때문이라고.”

“으음, 진짜 겸손 마인이라니깐.”

우리는 그런 대화를 나누면서도, 손으로는 계속 작업을 진행했다.

나는 보이스 대본의 작성을 이어갔다.

오즈는 대본을 확인하면서, 가로쓰기 텍스트 데이터를 자동 음성 리코딩용 대본화 툴에 넣고 있었다.

성우가 보기 편하도록 세로쓰기로 바꾸고, 메모를 할 여백을 준비하며, 사운드 엔지니어가 납품 파일을 관리하기 쉽도록 대사 하나하나에 파일 번호를 기술하는 등의 성가신 작업을 일괄적으로 자동 처리해주는 소프트를 오즈가 만들었다.

처음에는 리코딩을 도와주는 오토이 씨에게 「파일명도 안 붙이고 대본을 보내? 장난해~? 죽고 싶어~?」 라는 상냥한 지적을 받았다.

지금은 「급하게 의뢰 넣지 말랬지?! 확 죽여버린다~?」 라는 소리만 한다.

음음, 우리도 성장했는걸.

나는 그런 식으로 작업을 착착 진행했고, 3교시 쉬는 시간에 모두 끝마쳤다.

어제 발생한 시간 낭비를 메우기 위해 빠른 페이스로 진행했다고는 해도, 하니까 되는군.

어제 바보처럼 잠만 잔 덕분에 머리가 잘 돌아갔다.

이것으로 오늘 방과 후에는 이로하의 음성 리코딩을 할 수 있다.

나는 즉시 LIME로 이로하와 사운드 엔지니어인 오토이 씨에게 연락을 했다.

《AKI》 저기, 좀 급해서 그러는데 오늘 음성 리코딩 가능할까?

《이로하》 에이~~~, 의욕 안 나는데~~~. 이로하 님의 미성을 꼭 듣고 싶어요, 하며 싹싹 빈다면 한번 생각해볼게요~~~.

이로하가 바로 대답했다.

짜증이 났기에 일단 무시했다.

《오토이》 츄파드롭 스무 개.

그 뒤를 이어 오토이 씨도 바로 대답을 했다.

츄파드롭이란 츄파츄파드롭스의 줄임말이다. 아메리칸하고 하이텐션한 CF로 유명한 국민적 막대사탕이다.

사운드 엔지니어인 오토이 씨와는 금전이 아니라, 막대사탕을 비롯한 각종 과자로 거래를 하고 있다.

《AKI》 스무 개나 먹으려고요? 당뇨 걸릴걸요.

《오토이》 오, 지뢰 발언.

《AKI》 어, 방금 그게요?! 몸 걱정을 했을 뿐인데…….

《오토이》 뭐~, 아무래도 상관없어~. 츄파드롭 스무 개. 대답은 YES나 NO로만 해~.

《AKI》 YES예요.

《오토이》 오케이~. 스튜디오에서 기다릴게~.

교섭 성립.

도중에 지뢰를 밟은 바람에 한 소리 들었지만, 어찌어찌 일이 잘 풀렸다.

오토이 씨는 마시로와 이로하에 비해 어른스럽다. 언짢게 하더라도 금방 예전 관계로 돌아갈 수 있다.

하지만 매우 드물게 그녀의 지뢰를 밟는 경우가 있으며, 그 지뢰의 종류가 너무 다양할 뿐만 아니라 공통점이 거의 없는 게 문제다.

예를 들자면, 이번에는 당뇨다.

예전에 화나게 했던 건 『호수에서 놀 때의 효과음을 녹음하고 싶다』는 의뢰를 했던 때였나. 오토이 씨가 그때 왜 화낸 건지 아직도 잘 모르겠는데……. 『하수도 안을 걷는 발소리를 녹음하고 싶다』 때는 아무 말도 안 했던 것을 보면, 작업 내용에 문제가 있었던 건 아닌 듯한데 말이다.

지뢰를 밟아도 뭐가 지뢰인지 가르쳐주지 않기 때문에, 원활한 인간관계를 구축하기 위해 『내가 지뢰를 밟으면 알려줬으면 한다』라고 부탁해뒀다.

방금 대화도 그렇게 된 것이다.

"으음, 『당뇨』는 NG……."

스마트폰 안의 『오토이 씨 지뢰 워드 메모』에 새로운 한 줄이 추가됐다.

·호수에서 놀 때의 효과음.

·좀 참아.

· 백조.

· 그냥 넘어가자.

· 비가 새서 말이야.

· 미사여구를 늘어놓는다.

· 당뇨 ←NEW!

정리해둔 NG워드를 봐도, 공통점을 찾을 수 없었다.

으음, 어려운걸.

팔짱을 끼며 생각에 잠겼다.

바로 그때, 위이잉 하고 스마트폰이 진동했다.

이로하한테서 메시지가 온 것 같았다.

《이로하》 제 메시지를 봐놓고 무시하는 건 너무하잖아요!!

《이로하》 저의 아름다운 목소리가 듣고 싶지 않은 거예요?!

《이로하》 지금 바로 사과하면 용서해줄 테니까, 이로하 님의 목소리가 듣고 싶어요~ 하고 말하며 싹싹 빌라고요!!

내가 메시지를 보고도 무시하고 넘어간 것이 영 마음에 들지 않은 것 같았다.

하지만 나와 단둘이 있을 때 청초 모드를 한다는 영문 모를 무브를 당했을 때는 어떻게 대처해야 할지 몰랐지만, 이 LIME의 태도는 평소와 같아서 대처하기 편했다.

고향집에 온 듯한 안도감을 느낀 나는 또 그 메시지를 무시했다.

기고만장한 발언을 연이어 할 때는 전부 깔끔하게 무시해주는 게 효과적이다.

그렇게 하면…….

《이로하》 알았어요! 알았다고요! 음성 리코딩하러 가면 되잖아요!

이런 답장이 오는 것이다.

나를 놀릴 거리를 찾으면 인정사정없이 골탕을 먹이려고 하지만, 일에 관해서는 성실한 녀석이다.

내 대답이 마음에 들지 않는다고, 리코딩을 거부하지 않는다.

그 녀석이 분통을 터뜨리는 얼굴을 상상하니, 입가에 자연스레 미소가 어렸다. 꼴좋다. 내가 골머리를 썩이게 만든 벌이야.

《AKI》 그래. 부탁해. 나이스 연기를 기대하겠어.

짧고 간결하면서도, 의욕이 날 만한 말을 조미료처럼 조금만 가미했다.

이로하는 발끈한 마스코트 캐릭터 이모티콘을 올렸다.

—뭐, 어쨌든 간에 방과 후에 할 일은 정해졌다.

그러는 사이에 4교시가 끝나고, 점심시간이 됐다.

우선순위를 낮추기는 했지만, 그래도 마시로와 대화를 나눌 기회가 없나 싶어 옆을 쳐다보니…….

마시로는 아무 말 없이 스마트폰을 노려보며, 초고속 타이핑으로 문자를 입력하고 있었다.

온몸으로 말 걸지 말라는 아우라를 분출하고 있다.

클래스메이트들도 설산에서 동면 중인 고슴도치 같은 그 모습을 보더니, 함부로 다가가지 않았다.

누군가와 LIME으로 이야기를 나누고 있는 걸까. 그런 것 치고는 꽤 긴 문장을 입력하는 것 같았다.

그러고 보니 마시로는 취미로 소설을 쓰고 있다는 말을 들은 적 있다. 만약 집필 중이라면 방해하는 것도 좀 그랬다.

마시로와 얼굴을 마주한 상태에서 고백에 대한 답을 하고 싶지만, 이대로 대화를 나눌 수 없는 상황이 이어진다면 LIME로 답을 하는 것도 고려해야 할지도 모른다.

뭐, 좋다. 일단 그건 제쳐두자.

다음으로 해결해야 할 과제는 마키가이 나마코 선생님의 시나리오다.

어제 LIME을 통한 원고 수정을 요청했지만, 실패로 끝났다. 지금쯤 그는 착각에 빠진 채, 러블리 큐트 성분이 잔뜩 들어간 시나리오를 양산하고 있을 것이다.

만약 내 눈앞에 있다면 완력으로라도 말리겠지만, 어디에 있는지도 모르는지라 그럴 수도 없다. LIME으로 계속 갈궈서 선생님의 창작 의욕에 찬물을 끼얹는 것도 피하고 싶으니, 다른 방법으로 객관적 시점을 가지게 해서 원래의 암흑 잔혹 문장으로 되돌려야 한다.

그런 생각을 하면서 자리에서 일어선 내가 빵을 사기 위해 복도로 나갔을 때였다.

"오오보시 군."

나를 부르는 귀에 익은 목소리가 들렸다.

마치 나를 기다리고 있었던 것처럼 교실 앞에 서 있는 이는 여교사의 본보기 같은 복장을 한 카게이시 스미레였다.

"무슨 일이에요? 오늘은 따로 지도받을 일을 한 적 없는데요."

"열은 내렸어?"

"예? 아, 예. 어제 푹 쉬었더니 좋아졌어요."

"그래. 다행이야. 그럼 가자."

"어디에요?"

스미레가 뒤돌아서서 하이힐 소리를 내며 걸음을 옮기자, 나는 그녀의 등을 쳐다보며 물었다.

나를 향해 고개를 돌린 그녀는 날카로운 눈빛으로 쳐다보며 대답했다.

"아무것도 묻지 말고 따라와. 약속했잖아?"

"약속? ……아."

그러고 보니, 어제 스미레가 헤어질 때 무슨 말을 했던 것 같다.

일러스트를 마감 전에 끝냈으니, 포상으로 부탁을 들어달라고 했던가.

지금까지 수도 없이 마감을 어겼으면서, 겨우 마감 한 번 지켰다고 뻔뻔하게 구는 게 어이없었다. 하지만 무라사키 시키부 선생님이 마감을 지키면서까지 부탁하는 것을 보면, 꽤 중요한 부탁일 것이다.

"알았어요. 별것 아닌 일이면 용서 안 할 거예요."

"중요한 일이야. 그것도 그럴 게—."

무시무시한 미인 교사와 얼굴도 알려지지 않은 엑스트라 남자애가 학교가 나란히 걷는 모습을 본 주위 사람들이 술렁거리는 가운데, 우리는 아무에게도 들리지 않도록 작은 목소리로 이야기를 나눴다.

그리고 스미레는 기품있게 아이섀도를 바른 눈을 덧없는 느낌으로 가늘게 뜨더니, 한숨 섞인 목소리로 이렇게 말했다.

"내 미래가 걸린 일을 상의하고 싶거든."

*

특별교실관 4층은 우리 학교의 구룡성이라고 불린다. 이과실과 역사자료실, 음악실과 공작실, 시청각실과 도서실 같은 기본적인 특별 교실은 전부 3층에 있고, 4층에는 빈 교실뿐이다. 게다가 쓰이지 않는 공간이랍시고 쓰지 않는 책상과 의자, 특별 교실 수업에서 생긴 쓰레기와 잡동사니 같은 게 잔뜩 쌓여 있다. 게다가 이렇게 더러우니 뭘 해도 괜찮다는 생각으로 학생들이 빵 포장 봉지와 페트병, 빈 캔 따위를 버리면서 카오스한 공간이 되어버린 안타까운 무법지대다.

발 디딜 곳이 없을 만큼 비위생적인 공간이며, 이 참상에 속이 끓은 교장의 지시로 학생들의 출입이 금지된 장소이기도 했다.

스미레는 나를 그런 폐허 같은 장소로 데려왔다. 봉쇄된 곳이란 사실을 알리는 노란색 비닐 테이프를 넘어서 4층으로 이어지는 계단을 올라가니, 비도덕적인 짓을 하는 느낌이 들어서 가슴이 뛰었다.

—여기는 대체 뭐야. 세계관이 너무 달라진 거 아냐? 게다가 이런 장소에서 무슨 이야기를 하려는 거지? 남들의 시선을 피할 수 있다는 점에서는, 학생지도실에 버금갈지도 모르겠는걸.

4층 복도에서 멈춰선 스미레가 창문을 열었다.

그러자 「점심 훈련을 시작할게~. 우선 랠리 100번!!」 하는 힘찬 여자 목소리가 들렸다.

아무래도 특별교실관 뒤편에는 테니스 코트가 있는 것 같았다. 점심시간이 이제 막 시작됐지만, 여자 테니스부는 벌써 훈련에 열을 올리고 있는 것 같았다.

그들은 청춘의 비지땀을 흘리고 있었다. 우리 스타일과는 정반대인 광경을 내려다보며, 스미레는 심각한 어조로 말했다.

"오오보시 군, 저기서 청춘의 비지땀을 흘리고 있는 애들이 보이지?"

"보이네요. 그게 왜요?"

"너는 이해가 돼? 점심시간의 자유를 버리고, 귀중한 모든 시간을 테니스에 바치는 저 삶 말이야."

"우리 학교 여자 테니스부는 강호니까요."

"그렇더라도, 저 중에서도 프로가 되는 건 많아봤자 한 명이야. 다른 애들은 고교 대회라는 매우 좁은 세계에서, 소소한 명예를 얻을 뿐이지. 그것에 어느 정도의 가치가 있을까? ……정말 덧없고, 공허하다는 생각 안 들어?"

"매사의 가치는 당사자가 결정하니까요. 뭐, 저는 죽어도 안 할 거예요."

운동부에 들어가 열심히 활동한다고 생각하는 것 자체가 말도 안 된다.

한 분야를 열심히 판다면, 프로가 되는 것도 불가능하지 않을지도 모른다.

하지만 그것은 타고난 체격과 센스를 지닌 인간이 노력했을 때의 이야기다. 가지지 못한 자인 내가 그럴 필요는 전혀 없다. 내가 노력을 해봤자 도달할 수 있는 수준이 뻔한 만큼, 거기에 코스트를 할애하는 것 자체가 비효율적이다.

내가 무미건조한 의견을 내놓자, 스미레는 깊이 고개를 끄덕였다.

“그래. 나도 동감해.”

“……하고 싶은 말이 뭔지 모르겠네요. 스미레 선생님이 하고 싶은 말은 대체 뭐죠?”

“실은 말이야. 최근 들어 선생님 한 명이 출산 휴가를 받았어.”

“네에.”

대체 언제 본론에 들어가는 거냐고.

“그것 자체는 경사야. 축하해 마땅할 일이지. 하지만 슬프게도, 이 세상에는 질량 보존의 법칙이라는 게 존재해. ……그건 물리 법칙만이 아니라, 눈에 보이지 않는 『행복』이란 것에도 작용하지. 이 세상에 존재하는 행복의 전체 양은 정해져 있어. 누군가가 행복해지면, 다른 누군가에게는 불행이 찾아와.”

“그런 측면도 전혀 없지는 않을 거예요. 그건 그렇고, 이

동문서답은 언제까지 이어지는 거죠?"

"단적으로 이야기할게."

"이미 단적이라고 하기에는 늦었지만, 어디 말해봐요."

내가 어이없어하면서 그렇게 말하자, 스미레는 타이츠를 신은 다리를 굽히며 무릎을 꿇더니, 머리를 조아리며 이렇게 말했다.

"우리 연극부를 도와주세요!!"

…………………….

…………….

……뭐?

"이제까지 한 이야기와 아무 상관없지 않아요? 왜 제 시간을 왜 헛되이 빼앗는 거죠? 아까 전의 의미심장한 발언은 제 화를 돋우기 위한 주문 영창 같은 거였어요?"

"끄아아아아아아아아, 아야야야야야얏!! 요통에 좋은 혈을 발끝으로 누르지 마아아아아아아앗!!"

요양관(腰陽關)이라 불리는 혈을 발로 정확하게 자극해주자, 스미레는 황홀경에 빠진 듯한 표정을 지으며 쓰러졌다. 바닥에 완전히 널브러진 채, 경련을 일으키고 있었다.

"하앙, 흐윽, 이, 악마…… 나를 능욕하며 즐기찌 마……."

"남들 듣고 오해할 소리 하지 말아요. 일러스트 업무와 음주 탓에 비틀린 골반을 교정해줬을 뿐이라고요. 그리고 처음부터 본론에 들어가란 말이에요. 왜 말을 빙빙 돌린 거예요?"

"아, 아냐아아아……. 관계 이써……."

"그래요? 그럼 그렇다고 말하라고요."

"너무하짜나! 이제뿌떠 말하려꼬 해는떼~!"

스미레는 울상을 지으며 호소했다.

"아키테루 님은 진짜 성급하다니깐. 조루는 미움받아. ……쇼타가 조루면 매력이지만 말이야."

"아무래도 더 건강해지고 싶나 보네."

"미안해요! 잘못했어요! 이제 안 할게요! 헛소리 그만하고 용건만 말할게요!!"

내가 손가락 관절을 풀면서 노려보자, 스미레는 허리를 꼿꼿이 폈다.

평소 학생들의 잡담을 용납지 않는 냉철 교사답지 않은 모습이다.

"으음, 차근차근 설명할게. 내가 연극부의 고문이라는 건 아키테루 님도 알지?"

"그래. 일전의 조례 때 처음 알았지만 말이야. 네가 부활동 고문을 맡았다는 걸 처음 들었어."

"그랬을 거야. 말한 적 없거든."

스미레는 한숨 섞인 목소리로 말을 이었다.

"그리고 연극부 말인데, 실은 현재 **폐부 위기**에 처해 있어."

"폐부?"

"응. 다음 전국 고등학교 연극 페스티벌의 지역 예선에서 상위 입상해서 현(縣) 대회에 진출하지 못하면, 폐부야. 교장이 최후통첩을 했어."

"그건 꽤 갑작스러운 이야기네요. 연극부가 그렇게 간당간당한 상황이었어요?"

"응. 부원도 적은 데다, 이렇다 할 실적도 없거든. 학교에서도 연극부에 예산을 할애할 수는 없다고 판단했나 봐."

"……희귀한 재능을 지닌 『기적의 세대』가 모인 부라고 전에 말했잖아요?"

어렴풋한 기억이지만, 조례 때 그런 말을 들었던 것 같은 느낌이 들었다.

악의 여간부처럼 훗 하고 웃은 스미레가 딱 잘라 이렇게 말했다.

"그건 거짓말이야."
"1미리눈곱만큼은 미안해하라고, 이 망할 교사야."

"정확하게는 해석의 차이야. 희귀한 재능을 지닌 『기적의 세대』인 건 틀림없어. 응, 진짜야. 그래서 더 골치라니깐……."

"……어? 무슨 소리인지 모르겠네요. 대체 실력이 있는 거예요, 없는 거예요?"

"아무튼, 연극부는 폐부 위기에 처했어."

두루뭉술 넘어갔다.

하지만 나도 본론에 들어가고 싶었기에 괜히 딴죽을 날리지 않았다.

"뭐~, 폐부가 되더라도 문제 될 건 없지 않아요?"

우리는 일주일에 한 번 정기적으로 파티를 하는 사이지만, 스미레가 연극부 이야기를 한 적은 단 한 번도 없었다.

즉, 스미레 본인도 연극부 고문이란 자리를 중요시하지 않는 것이다.

"솔직히 말해, 폐부된다면 선생님도 한가해져서 좋잖아요?"

부활동 고문이 교사에게 상당히 부담되는 자리라는 것은, SNS에서 화제가 된 적이 있어서 알고 있다.

일반 업무뿐만 아니라, 토요일과 일요일에 출근해서 부활동 지도 및 인솔을 해야 한다.

할애해야 하는 시간이 극적으로 늘어나는 데 반해, 급여는 그다지 늘어나지 않는다.

교육이라는 화려한 간판으로 감추고 있지만, 블랙 기업에서나 할 법한 짓거리다.

안 그래도 교사와 일러스트레이터를 겸업하고 있는 만큼, 부활동 고문은 상당한 부담이 됐을 것이다.

일러스트가 늦어지는 것에도 정상 참작의 여지가 있다는

생각이 들 정도다.

"그게…… 실은, 그렇지도 않아."

하지만 스미레는 인상을 굳히며 고개를 저었다.

"이 학교에는 말이지? 모든 교사가 부활동 고문을 담당해야만 한다는 어이없는 교칙이 있어. 연극부가 폐부 되더라도, 상황은 호전되지 않아. 아니…… 오히려 악화된다고 해도 과언이 아닐 거야."

"그것참 쓰레기 같은 교칙이네요. ……그런데, 악화된다는 게 무슨 소리예요?"

"실은 우리 연극부의 부장은 미도리야."

"미도리?"

"아, 이야기 안 했어? 내 여동생이야. 카게이시 미도리."

"어…… 카게이시, 미도리……."

그 이름이 왠지 마음에 걸렸다. 어디선가 들어본 적이 있는 듯한 이름이다. 스미레의 동생이라 그런 걸지도 모르지만, 다른 일로 그 이름을 들은 적이 있는 것 같네. 어디서였더라?

"스페셜 큐트한 내 여동생인데, 아키테루 님한테도 절대 안 줘."

"아, 필요 없어요."

그러고 보니 스미레의 가족 관계에 관해서는 들은 바가 거의 없었다.

알고 있는 것이라면, 고지식한 교사 일족이라는 점 정도다. 그리고 그 탓에 프로 일러스트레이터가 된다는 꿈을 접고, 교사를 본업으로 삼을 수밖에 없었다고…….

설마 이 학교에 그녀의 여동생이 다니고 있을 줄이야.

대체 어떤 녀석일까.

"미도리는 어어어어엄청 성실하고 똑 부러진 애야~."

"호오."

"멋진 언니의 말이라면, 뭐든 다 따르는 착한 애야~."

"……아하?"

"연습 지도와 잡무처럼 고문이 해야 할 일을 대신 전부 해줘서, 엄청 편하단 말이야!!"

"그건 완전 명의 도용이잖아."

정상참작의 여지가 있을지도 모른다고 한순간 생각한 내가 바보였어.

이러면서 일전의 조례 때는『내가 연극부를 상위 입상으로 이끌 거야』같은 투로 말한 거였냐.

"문제 될 건 없잖아. 그 덕분에『검은 염소』일러스트를 그릴 수 있는 거야."

"뭐, 그야 그렇지."

"아아, 정말, 천국 같은 환경이었어!"

스미레는 두 손을 치켜들며 하늘을 우러러보았다.

하지만 그런 그녀의 표정이 갑자기 어두워졌다.

"하지만 연극부가 폐부 된다면, 내가 가게 될 곳은 바로……저기야."

"응? ……아하. 그래서……."

스미레가 손가락으로 가리킨 곳— 여학생들의 쾌활한 함성과 뺑~ 뺑~ 하고 공을 치는 소리가 울려 퍼지고 있는 특별교실관 옆 테니스 코트를 본 나는 납득했다.

즉, 그렇게 된 건가.

"출산 휴가를 받은 교사를 대신해, 여자 테니스부의 고문이 되는 거네요."

"맞아아아아아아아아아아아!! 테니스부 같은 건 질색이야아아아아아아아아!!"

이제까지 유지해온 철가면 교사 페이스가 순식간에 무너졌다. 눈물과 콧물 범벅이 된 스미레가 나에게 매달렸다.

"이 학교 여자 테니스부는 엄청 강해! 연습 시간도 길고, 아침 점심 저녁, 평일 휴일 가리지 않고 연습, 연습, 연습! 미도리가 없으니 대충 떠넘기고 농땡이를 칠 수도 없으니까, 거기 고문이 되면 그림 그릴 시간이 없을 거야!"

"그건 곤란한데……. 어, 그래도 강호 테니스부를 가르칠 만큼 테니스를 잘 쳐요?"

"잘 칠 리가 없잖아! 자랑은 아니지만, 나는 중학생 때부터 대학생 때까지 10년 동안 쭉 문예부 쪽이었거든?!"

"그렇겠죠. 일러스트레이터니까요."

“그리고 겸사겸사 밝히자면, 체육 평가는 5점 만점에 2점이 가장 잘 받은 거야!”

“그런 슬픈 진실은 알고 싶지 않았어요. 아무튼, 절망적일 정도로 적성에 맞지 않은 거네요. 왜 그런 스미레 선생님한테 테니스부 고문 제안이 들어온 거예요?”

“…………윽.”

그런 소박한 질문을 입에 담자, 스미레는 그대로 굳어버렸다.

삐질삐질 땀을 흘리는 그녀의 눈동자가 불안한 듯이 흔들리고 있었다. 거짓말 탐지기로 검사를 하면, 올림픽 선수가 사이드스텝을 하는 듯한 기세로 바늘이 흔들리지 않을까 싶을 정도로 동요했다.

“설마…….”

“어…… 어쩔 수 없었어어어어어어어어어어!!”

스미레를 얼굴을 나한테 비벼대며 그렇게 외쳤다. 어이, 하지 마! 콧물이 묻는다고!

“무심코……! 교장 선생님이 「카게이시 선생님은 스포츠도 잘할 것 같군요」 하고 말했을 때……! 「감히 누구한테 그딴 소리를 하는 거야? 이 운동선수 뺨치게 날씬한 몸매가 안 보여?」 하고 말해버렸지 뭐야……!!”

“교장 상대로도 그딴 식으로 행동하는 거냐! 진짜 못 말리겠네!”

“그, 그, 그치만~! 운동 하나 할 줄 공부벌레라고 여겨졌다

간, 다른 교사들에게 교무실에서 괴롭힘을 당할 거야! 교감 선생님이 정치력을 행사해서, 나를 징계 면직시킬 게 뻔해!!"

"그러니까 그런 건 만화 속에서나 벌어지는 일이라고! 그런 무시무시한 공간이 현실에…… 있을지도 모르지만, 네가 걱정하는 것만큼 대놓고 그러지는 않아. 잘은 모르겠지만 말이야."

말을 하는 도중에 자신감이 없어져서 목소리가 작아졌다. 어른의 세계는 더럽다고 하니, 그 정도 일은 일어날지도 모른다는 생각이 들었다. ……그렇지 않을 거라 믿고 싶지만 말이다.

"하아…… 정말. 본성을 숨기려고 하니 이런 일이 벌어지는 거야."

"으윽, 훌쩍……."

하아, 정말. 어린애처럼 질질 짜지 마.

이런 모습을 다른 학생들이 보면 어쩌려고 그래.

"어떻게 된 건지는 알았어. 연극부가 폐부 되는 건, 우리한테도 득 될 게 없겠네. ……하지만, 뭘 어떻게 도와달라는 거야? 이 일만큼은 연극부가 자력으로 어떻게 할 수밖에 없지 않아?"

"그게 가능할 것 같으면 마감을 지켜서 빚을 지우면서까지 이런 부탁을 하지는 않았을 거야!"

"그건 빚이 아니라 당연히 해야 할 일이거든?"

"협력해주지 않으면 나는 여자 테니스부 고문 취임 확정이거든?! 그렇게 되면 앞으로 절대 마감을 지키지 못할걸?!"

"이제까지도 마감을 지킨 적 없잖아."

"아무튼 딱 한 번만이라도 좋으니까 점심 때 걔들이 연습하는 모습을 봐봐. 보면 내 말이 바로 이해될 거야!"

스미레는 코알라처럼 내 팔에 매달리더니, 한사코 떨어지지 않았다.

묘령의 여성 특유의 부드러운 감촉과 따뜻한 체온이 느껴지자 가슴이 두근거렸다.

하지만 그것은 갑작스러운 마음의 흔들림에 지나지 않는다. 겉모습만 보면 성적 매력이 넘치는 여교사와 몸을 밀착시키고 있지만, 전혀 흥분되지 않는 것도 참 불가사의했다.

짜증나, 떨어져, 하고 말하며 스미레를 억지로 떼어낸 나는 한숨을 내쉬면서…….

"하아…… 어쩔 수 없네……."

"만세~! 아키테루느님~!!"

스미레는 기쁜 나머지 껑충껑충 뛰었다.

네가 무슨 응석 부려서 게임기를 얻어낸 어리광쟁이냐.

나는 어이없어하며 물었다.

"그런데…… 연극부는 어디서 연습을 하는 거야?"

"저기야."

"어?"

스미레가 손가락으로 가리킨 곳은…….

쓰이지 않는 책상과 의자를 무수히 쌓아서 길을 막아둔 복도였다.

유심히 보는 그곳에는 사람 한 명이 겨우겨우 지나다닐 수 있는 틈새가 있었다.

"이 특별교실관 4층, 가장 안쪽에 있는 빈 교실. 저주받은 교실이라 불리며 아무도 다가가지 않는 그곳이 바로, 우리 연극부의 활동 장소야."

*

『역시 아키는 무라사키 시키부 선생님과도 잘 어울리는 것 같아.』

『오즈, 아무리 너라도 그런 소리를 하면 화낼 거야.』

『미안해. 나도 좀 말이 심했다고 생각해. 반성할게.』

005 제5화 …… 선생님의 여동생이 연기만 못한다

구룡성도 상대도 안 될 정도로 지저분한 잡동사니 산의 틈새를 지나자, 그 너머에는 낙원이 존재했다.

깨끗한 복도는 창문에서 스며드는 햇빛을 반사하며 찬란히 빛났고, 책상과 의자도 복도 구석에 잘 정리되어 있었다. 쓰레기는 물론이고 먼지 한 톨 없는 청결한 공간이었다.

소문으로 들었던 특별교실관 4층과는 확연하게 달랐으며, 어쩌면 우리 교실 앞 복도보다 깨끗할 것 같았다.

꼼꼼한 사람이 신경 써서 청소한 듯한 복도를 스미레의 뒤를 따르며 걷고 있을 때, 어디선가 여자애의 목소리가 들려왔다.

"……자! ……부분………… 더…………게……!"

그 목소리를 들은 내가 무심코 중얼거렸다.

"진짜로 이런 곳에서 활동하고 있구나."

"체육관과 운동장은 운동부, 안뜰은 관현악부에게 밀리거든. 우리처럼 존재 자체가 거의 알려지지 않은 약소 연극부는 빈 교실도 겨우 빌려. 그래도 4층을 쓰겠다고 했더니 교장이 투덜거렸지만…… 미도리의 내신 점수 덕분에 허락을 받아냈어."

"활동 장소조차도 여동생 덕택에 얻어낸 거냐. 고문이면서 진짜 아무것도 안 하네."

"해! 서류에 도장 찍기 같은 거!"

"그런 소리 하면서 슬프지 않은 거야?"

우리는 한심한 대화를 나누면서 복도 가장 안쪽에 있는 빈 교실의 문 앞에 도착했다.

완전히 닫혀 있는 교실 안에서 목소리가 흘러나오는 것을 보면, 아무래도 이곳이 연극부실이 맞는 것 같았다.

"…………(살금~)."

스미레가 아무 말 없이 소리 하나 내지 않으며 문을 열었다.

왜 살금살금 저러는 거지? 그렇게 생각하며 고개를 갸웃거리고 있을 때, 스미레가 검지를 입술에 댔다.

무언의 눈짓을 보내는 것을 보면, 아무래도 이대로 몰래 안에 들어가라는 것 같았다.

몰래 훔쳐봤다가 문제 되는 거 아냐?

제삼자의 눈을 의식하지 않는, 있는 그대로의 연습 풍경을 보기 위해서는 이것이 효과적일지도 모르지만 말이다.

일단 납득을 한 나는 시키는 대로 안을 살펴보았다.

빈 교실 안에는 연극용 도구가 잔뜩 놓여 있었다.

책상과 의자는 교실 구석으로 옮겨져 있으며, 그 위에 도구가 놓여 있었다.

언뜻 보니, 부원 숫자는 여섯 명 정도인 것 같았다.

다른 부활동에 비해 숫자가 압도적으로 부족하지만, 그래도 연극 연습을 하기에는 이 교실은 좁아 보였다.

"자아! 다음으로 넘어가자!"

우리를 눈치채지 못한 부원들은 열심히 연습하고 있었다.

지휘를 맡은 여자애의 호령에 맞춰, 부원들은 일제히 빠른 어조로 이야기를 시작했다.

지금은 발음 연습을 하는 것 같았다.

그것이 끝나자, 전원이 드러누워서 천천히 숨을 깊이 들이마셨다 내뱉었다.

복식호흡 연습을 하는 걸까.

교실 바닥에 드러눕는 모습을 보고 한순간 흠칫했지만, 곧 납득했다.

우와, 복도만이 아니라 교실에도 먼지 한 톨 없다.

이 정도면 교복 차림으로 드러눕는 것도 이상하지 않았다.

"자아, 다음! 시간은 한정되어 있으니까, 서둘러 진행하겠어!"

""""예, 부장님!!""""

곧 복식호흡 연습을 마친 후, 지휘를 맡은 여자애가 벌떡 일어나면서 바로 다음 훈련을 시작했다.

다른 부원들도 규율이 엄격한 군인처럼 그녀의 지시에 절도있게 따랐다.

부장님이라 불린 이는 꽤 기가 세 보이는 여자애였다.

진지한 눈길. 꾹 다문 입. 차분한 느낌의 머리카락은 고무

줄로 모아 묶었다.

교복에는 주름 하나 없으며, 셔츠는 가장 윗단추까지 전부 잠갔다. 치마 또한 접어 올리지 않았으며, 학교에서 지정한 길이를 유지하고 있었다.

키는 여고생의 평균 수준이지만, 등을 꼿꼿이 펴고 있어서 그런지 다른 사람보다 좀 커 보였다.

모든 외견적 특징이 단 하나의 진실을 가리키고 있었다.

성실.

외골수.

고지식.

태어나서 지금까지 단 한 번도 규칙을 어긴 적이 없다고 말한들, 그 누구도 이의를 제기하지 않을 것 같다.

킹 오브 우등생이라고 불러야 할 듯한 여고생이다.

"쟤가 내 여동생인 미도리야."

그 성실녀— 카게이시 미도리를 가리키며, 스미레가 그렇게 속삭였다.

"아."

그녀의 얼굴을 본 순간, 나는 낮은 목소리로 그렇게 말했다.

생각났다. 저 녀석, **학년 수석 학생**이다.

우리 학교는 비교적 학업 성적이 높은 진학고이며, 그중에서도 가장 우수한 점수로 입학한 그녀는 수석으로서 우리 학년을 대표해 입학식에서 답사를 했다.

대단하네~, 나와는 사는 세상이 달라~, 하고 당시에 남일처럼 생각했던 게 기억났다.

나와 같은 2학년. 입학 후로 지금까지 전 교과목 100점 만점을 받았으며, 한 번도 전교 1등을 놓친 적이 없는, 수재 중의 수재.

그래. 그녀의 성이 뭔지 흥미가 없었던 데다, 스미레를 『무라사키 시키부 선생님』이라 기본적으로 기억하고 있어서 눈치 못 챘지만, 카게이시— 두 사람은 성이 같았구나.

"아하. 봉쇄된 이 4층을 자유롭게 쓸 수 있는 것도, 저 애의 뛰어난 성적 덕분이구나."

"응. 이 나라 최고의 대학교로 진학할 게 틀림없거든. 학교 선생님들은 미도리의 비위를 맞춰주려고 필사적이야."

"그런 성적을 유지하면서, 리더로서 연극부를 이끌고 있다니……."

"맞아. 공부도, 부활동도 완벽하게 해내. 그거 저 애의 신념이야."

"혹시 4층의 청소 및 정리 정돈한 것도—."

"물론, 미도리야."

"대단하네. DNA 감정을 해보고 싶을 정도야."

"친남매가 맞는지 의심하지 말아줄래?!"

의심되는 게 당연했다.

구룡성이라 불리는 특별교실관 4층을 개조한 솜씨, 연극부 연습을 적절하게 리드하는 모습, 그리고 시간을 낭비하지 않는 감성에도 매우 호감이 갔다.

게다가 하늘이 불평등한 건지, 외모도 꽤 준수한 편에 속했다. 외골수 같은 표정 때문에 고지식해 보이지만, 조금만 꾸며도 아이돌이나 여배우가 될 수 있을 것 같았다.

생각하면 할수록, 스미레와는 하늘과 땅만큼 차이가 났다.

“그러고 보니 입학식 이후로는 한 번도 본 적이 없네. 유명인인데도 말이야.”

“미도리는 특별진학반이거든. 교실이 다르니 어쩔 수 없어.”

“아, 그래서구나…….”

그렇다면 나와 접촉이 없는 것도 무리는 아니다.

얼굴을 꼼꼼히 살펴보니, 스미레와 닮은 구석이 있는 듯한 느낌도 들었다.

……하지만, 좀 김이 샜다.

절망한 스미레를 보고, 엄청 레벨이 낮고 머릿속에 꽃밭이 펼쳐진 부활동 풍경을 보게 될 거라 여겼다. 하지만 이제까지는 나무랄 구석이 없었다.

이것이 연극부의 올바른 활동 내용인지는 모르겠지만, 아마 평범한 연습 풍경일 것이다.

게다가 저렇게 똑 부러지는 미도리가 연극부를 이끌고 있으니, 걱정할 필요는 없을 거란 생각마저 들었다.

“자아, 기초 연습 끝! 그럼 실전 형식의 연습을 하겠어!”

좁은 교실 안에서, 연극 준비가 착착 이뤄졌다.

역할 분담도 깔끔하게 되어있으며, 배우, 무대 장치 준비, 음향 담당 등, 각자가 맡은 역할에 성실히 임했다.

또한, 미도리는 이 연극의 주연을 맡은 것 같았다.

암막을 쳐서 어두워진 교실 중앙에 선 그녀가 준비에 들어갔다.

그 모습은 당당하기 그지없었으며, 전혀 흐트러지지 않았다.

그녀가 뿜는 기백에 압도되듯, 교실 안의 공기에 긴장감이 흘렀다.

극의 개시를 기다리는 그녀의 표정은 일류 여배우를 연상케 할 정도였다.

"그럼 10초 후에 시작하겠어!"

카운트가 시작되더니, 극이 시작될 순간이 점차 다가왔다.

세고 있는 숫자가 「3」에 이른 순간, 미도리는 크게 숨을 들이마시더니—.

"오오, 로미오여. 한심하게도 죽어버렸구나."

…………어?

방금 그 SIRI나 ALEXA 같은 AI 어시스턴트를 연상케 하는 전자 음성은 뭐지?

동영상 사이트의 실황 플레이 영상에서 쓰이기도 하는 토크 소프트 특유의 기운 빠지는 목소리다.

스마트폰이 오작동한 건가 싶어서 내 폰을 확인해봤지만, 곧 그런 게 아니라는 사실을 깨달았다.

이 목소리는 교실 안에서 들려왔다.

정확하게는, 미도리의 입에서 흘러나왔다.

미도리가 눈을 치켜떴다. 아무래도 자신의 절망적인 목소리를 눈치챈 것 같았다.

아무래도 이제 시작이라 캐릭터에 몰입하지 못한 걸까? 노래방에서 노래를 부를 때도 첫 소절이 가장 어렵다고 이로하가 전에 말했었다.

이게 무대 위라면 처음부터 완벽해야만 하겠지만, 이건 연습이다. 도중에 수정하면 될 것이다.

미도리는 억양을 의식하는 건지, 과장된 표정을 지으며 힘찬 목소리로 대사를 읊었다.

"卍$#▼×￥Ψ∑——β卍￥Ψ?卍$濡Ψ!!"

……어어?!

방금, 뭐라고 했지?

미도리의 혀가 너무 잘 돌아가서, 그녀의 대사를 전혀 알아들을 수 없었다.

일본어로도, 영어로도, 중국어로도 들리지 않았어.

혹시 가상의 언어 같은 건가?

가상 언어로 연극을 한다는 건 너무 전위적이지만, 당연히 그런 건 아니……겠지?

내가 당혹감에 사로잡힌 가운데, 이번에는 미도리의 대사가 끝나는 것에 맞춰 짤라————앙!! 하고 음향 담당이 아무런 맥락도 없이 탬버린을 쳤다.

그리고 천장에 설치된 무대 조명이 켜지면서, 미도리를 비췄다.

영문 모를 보라색 빛에 비친 미도리가 사랑에 빠진 소녀처럼 달아오른 표정으로…….

“卍#ΨΣ濡Ψ————β卍¥Ψ~~~.”

(아마도)가슴속의 사랑을 애절하게 노래하고 있다.

그 후로도 단 한 마디도 알아들을 수 없는 대사가 빠른 어조로 이어졌고, 때때로 펑~ 쿠앙~ 같은 영문 모를 SE(사운드 이펙트)가 울려 퍼지는 지옥 같은 광경이 펼쳐졌다.

왜, 여기서 저런 소리를? 왜, 여기서 저런 색의 조명을? 왜, 여기서 저런 소도구를?

의문점을 지적하자면 한도 끝도 없었다.

게다가 도중부터 자신의 어조가 너무 빨라 남들이 알아들을 수 없다는 것을 눈치챈 미도리가 목소리를 교정하자…….

“우주가 뻗어나가고 있어~!”

또 교과서 읽는 듯한 목소리로 되돌아갔다.

그것보다 우주는 왜 튀어나오는 거지. 처음에 로미오의 이름이 언급되었으니 로미오와 줄리엣의 어레인지 각본일 거라고 생각했지만, 왜 아무렇지도 않게 대기권 돌파를 하는 거냐고.

지금까지(알아듣지 못해서) 눈치채지 못했지만, 혹시 각본도 막장 그 자체였던 건가?

다른 역할을 맡은 여자애의 대사에서 얻은 단편적인 정보를 통해 유추해보니, 우주의 진리, 평행세계, 슈뢰딩거의 고양이, 현자의 돌 등, 「너, 요즘에 알게 된 단어를 마구잡이로 집어넣었을 뿐이지?」 싶은 영문 모를 설정이 가득 들어있는 것 같았다.

이 쓸데없이 장대한 스토리는 대체 뭐지. 로미오는 어디로 사라진 거냐고.

"……선생님, 이건……."

"이해했나 보네."

스미레는 현자처럼 상냥한 미소를 머금고 있었다.

저런 표정을 지을 만도 해.

"진짜 큰일 났네요."

"그렇지?"

그리고 몇 분 후, 실컷 벌여놓은 판을 정리하는 건 고사하고 아예 불 싸지르는 듯한 전개가 이어졌다.

주연이 교과서 읽는 말투와 가상 언어를 오락가락하는 탓에 내용이 머릿속에 들어오지 않는 와중에 어찌어찌 해석한 바에 따르면, 마지막에는 인도에서 수행한 닌자의 활약으로 지저 도시를 지배하던 천공의 신(어둠 속성)을 과학의 힘으로 봉인한 것 같았다. 무슨 소리인지 이해가 안 되더라도 나한테 불평을 하지는 말아줬으면 한다.

"우주에 축복 있으라~."

그리고 미도리의 절망적인 교과서 읽는 말투로 읊은 대사에 맞춰, 연극이 종료됐다.

예의 바르게 인사를 한 후, 연극부원들은 여운에 잠겨 있었다.

무대 장치를 담당한 부원이 암막을 걷어서 햇빛이 교실 안으로 들어오자, 미도리는 그에 맞춰 고개를 천천히 들었다.

자기 자신에게 엄격한 장인 같은 표정을 지으며 입가에 손을 댄 그녀는 분통을 터뜨리는 듯한 어조로 이렇게 말했다.

"80점 정도네."
"정신 나간 거 아냐?"

아차. 비현실적인 발언에 무심코 한마디하고 말았다.

미도리는 나를 휙 쳐다보았다. 우리는 그대로 시선이 마주쳤다.

"당신은 대체 누구죠?! 그리고 방금 그 발언은 너무 무례하지 않나요?!"

발끈한 미도리는 씩씩거리면서 나에게 다가왔다.

"무례하기는 무슨. 이딴 최악의 연극이 80점이란 소리를 늘어놓는데, 어떻게 한 소리 안 하겠냐고. 초등학교 학예회의 연극도 이것보다는 나을 거야."

"뭐, 뭐라고요?! 그 정도는 아니에요! 요즘은 실력이 영 늘지 않지만요."

"무슨 소리를 하는 거야. 너무 바닥 수준이라 실력이 늘 일만 남았잖아."

머릿속에 퍼뜩 떠오른 개선점만 해도 다섯 개는 가볍게 넘는다고.

"으으으으, 이 남자는 대체 뭐야……. 어, 스미레 언— 어, 어험. 카게이시 선생님. 오셨군요!"

"응. 미도리와 연극부 부원들이 열심히 실력을 갈고닦는지 보러 왔어."

부모 원수처럼 나를 노려보던 미도리가 내 옆에 있는 스미레를 보더니 표정을 누그러뜨렸다.

스미레 언니, 라고 부르려다 허둥지둥 말을 바꾸는 것을 보면, 학교에서는 언니와 어느 정도 거리를 두려는 것 같았다. 그런 면도 철저한 여자애다.

스미레도 쿨뷰티 실력파 교사의 가면을 쓰며 그녀를 접했다.

연극부 부원들이 카게이시 선생님! 카게이시 선생님! 하고 말하며 몰려들었다.

유령 고문치고는 부원들에게 신망이 꽤 두터운 것 같았다.

"에헤헤. 요즘 언니— 선생님이 부활동을 자주 보러 오셔서 기뻐요! 부원들도 의욕이 난다고 해요! 내 말 맞지?!"

미도리가 동의를 구하자, 부원들은 「예~」 하고 한목소리로 대답했다.

아까까지만 해도 긴장감이 흐르던 분위기였지만, 어느새 여자들만의 꺄아꺄아~ 하는 분위기로 바뀌었다.

끊고 맺음이 철저하다고 볼 수도 있겠지만…….

미도리는 스미레한테 들러붙어서 기뻐하고 있었다. 포니테일 스타일로 묶은 머리카락이 주인을 만나 기뻐하는 강아지의 꼬리처럼 흔들리고 있었다.

"너희의 자율성을 존중한다고 말해두기는 했지만, 대회가 얼마 안 남았잖니. 나도 이번에는 의욕을 불태우고 있어. 너희를 승리로 인도해야, 고문의 책무를 다했다고 할 수 있을 테니 말이야."

"카게이시 선생님……!!"

"대단하세요!"

"멋져요!"

스미레가 그렇게 말하자, 미도리를 비롯한 연극부 멤버가 감격의 눈물을 흘렸다.

신흥 종교 세미나에 의도치 않게 참석한 기분이다.

하지만 이렇게 옆에서 보고 있으니, 알 수 있는 점이 있었다.

스미레는 연극부 학생들에게 존경을 받고 있으며, 한심한 본성을 눈곱만큼도 드러내지 않았다.

그리고 **친동생인 미도리한테도** 철저하게 숨기는 것 같았다.

스미레의 본성을 알고 있다면, 진심에서 우러난 존경의 눈길로 그녀를 쳐다볼 리가 없다.

"그런데 카게이시 선생님. 이 무례한 사람은 누구죠?"

미도리가 갑자기 입을 열었다. 적의에 찬 눈길로 나를 쳐다보면서 말이다.

무례하다는 말을 들을 이유가 없는데 말이다. 내 입에서 나온 말은 확실히 무례했을지도 모르지만, 보는 것도 고통스러운 연극을 끝까지 관람해야 했던 입장이 되어봐라. 남을 비난하기 전에, 우선 자기들의 모습을 녹화해서 살펴보는 것부터 하란 말이다.

"2학년인 오오보시 아키테루 군이야. 그에게 연극부를 견학시켜주고 싶어서 데려왔어."

"견학……? 일전에 말했던, 대회에 대비한 보강 요원인가요? 전에도 말했지만, 연극부는 지금의 여섯 명이 베스트 멤버예요. 새로운 사람은—"

"아냐. 그를 연극부에 영입할 생각은 없어."

스미레는 고개를 저었다. 그녀의 진지한 눈빛을 보고, 나는 그제야 상황을 파악했다.

그렇군. 스미레가 일러스트 마감을 지키면서까지 나에게 의뢰하고 싶었다는 게 바로 이거구나.

"그는 이 연극부를 성공으로 이끌어줄, 슈퍼 프로듀서야."

"슈퍼…… 프로듀서……?!"

어이, 더럽게 촌스러운 형용사를 앞에 붙이지 마. 슈퍼나 하이퍼 같은 게 붙으면, 수상쩍게 들린단 말이야.

"이, 이 사람이 연극에 대해 뭘 안다는 거죠? 딱 봐도 평범 그 자체에, 아무런 특징도 없는 사람이잖아요!"

"……너도 성격이 참 끝내주네."

처음에는 성실하고 올곧은 여자애인 줄 알았지만, 초면인 인간에게 이런 소리를 하는 걸 보면 배짱이 꽤 좋은 것 같았다.

이로하라면 몰라도 이 여자는 초면이라 반격하기 어려운 점도 문제였다.

"진정하고 내 말 잘 들으렴, 미도리. 확실히 언뜻 보면 그다지 믿음이 안 가는 평범남 그 자체인 데다, 관용이라고는 눈곱만큼도 없는 비인도적인 사디스트 악마지만—."

"너, 은근슬쩍 내 험담을 하는 걸 즐기고 있지?"

"—프로듀서로서의 실력은 확실해. 너희의 연극(콘텐츠)을 한 단계 위의 영역으로 이끌어줄 거야."

스미레는 경험에서 우러난 목소리로 그렇게 말했다.

그녀의 진심이 전해진 건지, 미도리는 약간 당황하면서 나를 힐끔힐끔 쳐다보았다. 그 표정은 신용과 불신의 틈바구니에서 오락가락하고 있었다.

"언니— 카게이시 선생님의 말이니 믿고 싶기는 해요. 하지만 이 사람은 우리 학교 학생이죠? 프로듀서로서 어떤 실적을 쌓았나요?"

"좋은 질문이야. …………. ……."

미도리의 질문은 지당했다. 그리고 스미레는 검지를 치켜든 채 그대로 굳어 버렸다.

시간이 얼어붙은 가운데, 시계의 초침이 움직이는 소리만이 공허하게 울려 퍼졌다.

응. 뭐, 이렇게 되겠지.

《5층 동맹》을 이끌어서 만든 『검은 새끼 염소가 우는 밤에』란 애플리케이션 게임으로 수익을 내고 있다는 건, 관계자 이외에는 누구에게도 알리지 않았다.

학교 안에서 그 사실을 알고 있는 이도, 극히 일부뿐이다.

대대적으로 퍼뜨리고 싶지 않은 사실인 만큼, 연극부 멤버에게는 절대 밝힐 수 없다.

스미레도 그것을 바라지는 않을 것이다.

만약 미도리에게 자신의 숨겨진 일면— 일러스트레이터 무라사키 시키부 선생님이란 사실을 밝히지 않았다면, 그 점은 절대 밝힐 수 없을 게 틀림없다.

철가면의 표면을 타고 땀이 줄줄 흘러내리고 있다는 건,

이 자리에 있는 이들 중에서 아마 나만이 눈치챘으리라.

자아, 이 국면을 어떻게 타파할까?

"하……."

"하……?"

"할리우드 대히트 영화를 몇 편이나 프로듀스한 사람이 바로 이 오오보시 군이야!!"

""뭐어어어엇?!""

나와 미도리가 한목소리로 경악했다.

아니, 경악할 만하잖아.

왜 하필이면 할리우드냐고. 거기서 활약 중인 일본인 크리에이터는 거의 없다고. 그런 말도 안 되는 거짓말은 바보가 아니고서야 믿지 않을 거잖아.

"할리우드라면, 바로 그 할리우드?! 오오보시는 혹시…… 천재?!"

바보라서 다행이네.

"……아니, 뭐, 그렇게 대단한 일도 아냐. 그래도 너희의 개선점을 지적해줄 수는 있어."

나는 부정도 긍정도 하지 않으며 고개를 끄덕였다.

그러자 미도리를 제외한 연극부 여자애들이 환성을 지르며 몰려들었다.

"잘은 모르겠지만, 대단하네!"

"카게이시 선생님이 데려온 사람이잖아! 실력파 프로듀서일 게 틀림없어!"

"잘 생각해보니 별다른 특징 없는 인상이라, 더 진짜 같아 보여!"

"맞아! 실력파 프로듀서가 미남이라면, 거꾸로 가짜 같을 거야!"

나를 둘러싼 여자애들이 멋대로 떠들어댔다.

전부터 생각했던 건데, 이 학교 학생들은 하나같이 지능지수가 떨어지는 게 아닐까.

허점투성이인 무라사키 시키부 선생님이 몇 년이나 냉혹 여교사 행세를 하는 것도 그 탓일지도 모른다.

"잘 됐어, 미도리 부장! 이 사람이 이끌어준다면, 우리가 전국대회에 나가는 것도 꿈이 아냐."

"으, 으으으으……."

부원들은 흥분을 감추지 못했다. 한편, 미도리는 얼굴에 드러난 불만을 감추려 하지 않았다.

"확실히 실적은 충분한 것 같네요. 하지만 저희의 연극을 무시한 사람한테 고개를 숙여야 한다니……. 그리고…… 너는 언니— 카게이시 선생님과, 어떤 사이야?!"

"사이?"

이 녀석이 갑자기 무슨 소리를 하는 거지.

내가 그런 생각을 하고 있을 때, 미도리는 내 코끝을 손가락으로 가리키며 말했다.

“무, 무, 무, 문란한 사이는 아니지?!”

“어이, 그딴 발상은 대체 어디서 튀어나온 거야?”

“그게, 할리우드처럼 큰돈이 움직이는 업계의 프로듀서라면서?! 나, 나, 나는 알거든?! 그런 사람들은, 무, 문란한 짓으로 일거리를 따지?! 스미레 언니를 건드리면 절대 용서 안 할 거야!!”

발상의 비약이 심각한 수준이었다. 할리우드에 사과하라고.

얼굴을 새빨갛게 붉힌 미도리가 부들부들 떨리는 손가락으로 나를 가리키자, 나는 어이없다는 듯이 한숨을 내쉬었다.

“그런 이상한 관계는 아냐. 게다가 내가 이딴 생물한테 성욕을 느낄 리가 없잖아.”

“있거든?! 언니는 엄청 섹시하고! 가슴도 큰 데다, 각선미도 끝내준단 말이야!”

……확실히 스미레는 몸매가 엄청나긴 해. 성격만 눈감아준다면, 완전무결한 미녀지.

뭐, 내 머릿속의 『동침하기 싫은 여자 랭킹』에서 당당히 1위이긴 하지만 말이야.

그리고 미도리, 어느새 카게이시 선생님이 아니라 『언니』라고 부르고 있다고. 텐션이 상승했을 때 본성이 드러나는 걸 보면, 확실히 자매가 맞는 건가.

"아무튼, 이상한 트집 잡힐 이유는 없어. 그리고, 카게이시 선생님을 이용해 일거리를 따낼 생각도 없다고. ……돌아갈래."

"어?!"

내가 뒤돌아서며 교실을 나서려 하자, 스미레가 허둥지둥 내 어깨를 움켜잡았다. 그리고 귓가에 입을 가져가더니, 다른 학생에게 들리지 않도록 작은 목소리로 말했다.

(왜 돌아가는 거야?! 협력해주는 것 아니었어?!)

(개선점을 지적해줄 수는 있다고 했지만, 프로듀스를 맡겠다고 말한 적은 없어. 그리고 부장이 협력을 원하지 않는 시점에서 교섭은 결렬된 거나 마찬가지잖아.)

(잠깐만 있어 봐! 내가 설득해볼게!)

(게다가 내가 조언을 좀 해준다고 어떻게 될 레벨이 아냐.)

이 연극부가 안고 있는 문제점은 너무나도 거대하다.

첫 번째, 배우의 연기력이 최악이다.

두 번째, 각본이 최악이다.

세 번째, 무대 연출의 센스가 최악이다.

네 번째, 음향 기술이 최악이다.

결론, 절망적 괴멸 상태.

지적은 할 수 있지만, 개선할 자신이 없다.

(《5층 동맹》의 노하우를 잘 이용하면, 해결할 수 있지 않아? 시나리오, 연출, 음향 전부 갖춰져 있잖아?)

(……가장 중요한 배우의 노하우를 가르쳐줄 수 없다고요.)

(그건 그렇지만…….)

실은, 배우의 노하우를 가르쳐줄 수도 있다.

아니, 연극부를 지도할 사람으로 가장 먼저 머릿속에 떠오른 이가 바로 이로하다.

하지만 스미레는 이로하가 성우를 맡고 있다는 사실을 모른다. 그래서 성우만 외부에 의뢰하고 있는 줄 알고 있다.

이로하의 진실을 밝힐 수 없는 만큼, 역시 이 일은 맡을 수 없다.

(아무튼, 이 일은 없었던 거로 해요. 안 그래도 《5층 동맹》은 산더미 같은 문제에 직면해 있다고요. 솔직히 말해, 남들의 문제에 고개를 들이밀 여력은 없어요.)

(너무해! 이건 내 중대사거든?! 여자 테니스부의 고문이 된 바람에 일러스트를 못 그리게 되어도 괜찮은 거야?!)

(괜찮을 리 없잖아. 여자 테니스부 고문을 하면서 일러스트도 그려. 하루 24시간 일하면 가능할 거야.)

(너무 악랄한 거 아냐?!)

(고문이면 스스로 문제를 해결할 방법을 생각해 봐. 나는 갈 거야.)

(너무해~!!)

나는 울상을 짓는 스미레를 내버려 둔 채, 연극부 부실을 나섰다.

교실을 나서기 직전, 미도리의 「걱정하지 마, 언니. 우리의 힘만으로도 충분히 입상할 수 있어!」라는 말에 「어, 으, 응」 하고 대답하는 스미레의 얼이 나간 듯한 목소리가 들렸다.

"하아…… 괜한 일을 나한테 떠넘기지 말라고."

지금은 그럴 때가 아니다.

이로하와의 관계, 마시로와의 관계, 마키가이 나마코 선생님의 시나리오. 내가 지금 직면한 문제는 잘 알지도 못하는 연극부보다 훨씬 중요하단 말이다.

…………………….

연극……인가.

미도리의 괴멸적인 연기력을 보면서, 내 머릿속에 계속 맴돌았던 것은 바로 이로하의 얼굴이다.

같은 또래의 엉망진창인 연기를 보면서, 이로하의 재능을 다시 실감한 것이다.

그 녀석이라면 성우 분야만이 아니라, 연극 배우로서도 충분히 두각을 드러낼 수 있으리라.

하지만, 무리다.

얼굴을 드러내고, 온몸을 보이며, 햇살 아래에서 당당히 연기하는 건, 지금의 이로하에게 허락되지 않는다.

정말, 정말, 짜증날 정도로…….

"재능을 썩히는 짓이야."

아무에게도 들리지 않게 투덜거린 나는 청춘의 땀방울을 흘리는 테니스부 녀석들의 함성이 울려 퍼지는 복도를 홀로 터벅터벅 걸었다.

*

『또 새로운 여자애를 만났구나?』

『스미레 선생님의 여동생 말이야? 그걸 만났다고 해도 될지 모르겠네.』

『하지만 특징만 들어보니 아키와 궁합이 좋을 것 같아. 성실하고, 꼼꼼하며, 스케줄에도 엄격할 것 같네.』

『그래. 하지만 이 녀석도 나를 싫어하는 것 같아. 게다가 엄청난 결점이 있거든.』

『결점?』

『남자를 짐승이나 다름없다고 여겨. 나란히 선 남녀 이퀄 섹스라고 생각하는 타입이야.』

『그 정도로 스미레 선생님과 아키가 친밀해 보인 것 아닐까?』

『농담이라도 그런 소리 마. ……뭐, 아무튼 그 미도리란 여자애는―.』

『미도리란 여자애는?』

『결벽증이라 짜증나.』

interlude 막 간…… 이로하와 마시로 2

《AKI》 그래. 부탁해. 나이스 연기를 기대하겠어.

방과 후. 1학년 신발장 앞.

그런 LIME 메시지를 보면서 나— 코히나타 이로하는 한숨을 내쉬었다.

"선배는…… 바보~."

작은 목소리로 중얼거렸다. 이제부터 오토이 씨의 자택 스튜디오에서 음성 리코딩을 할 것이다. 학교 안에서 선배와 만나는 건 눈에 띌 테니, 인근에 있는 인적 없는 공원에서 만나기로 되어있다. 확 펑크를 내버릴까~ 하고 한순간 생각했지만, 관뒀다. 갈게요, 가고 말고요. 이 일을 엄청나게 좋아하니까요.

하지만 선배는 아무것도 모른다.

내 말을 제대로 받아들이지 않는다. 진심으로 귀 기울이려 하지 않는다.

물론 선배를 배려해 전부 농담처럼 이야기한 나한테도 잘못이 있겠지만 말이다.

그래도 조금은 진지하게 받아줘도 될 텐데 말이다.

이 LIME 메시지가 전부 알려주고 있다고요! 선배가 나와 진지하게 마주하는 건, 일할 때뿐이다. 내 일에 대해서만큼은 정말 우직하게, 사심을 전혀 섞지 않으며, 진지하게 임하고 있다.

내가 『진짜 자신』을 표현할 수 있는 장소. 선배의 집, 그리고 그 좁은 녹음 부스 안…….

그래서 이렇게 선배를 따르는 건데!! 청초한 마시로 선배 때문에 흔들리기나 하기는!!

하지만 가장 흔들리고 있는 건, 청초 모드를 하면서까지 『그야말로 여자』다운 질투심을 드러내고 있는 나일 거야……. 나, 대체 뭘 하고 있는 거지?

라이벌이 없다는 생각에 지금까지 선배와 일정한 거리를 유지해온 건 나잖아.

"우냐아아아아아아아아아아아아아아아아아아!!"

"……이, 이로하 양, 왜 그래?"

"어엇?!"

신발을 갈아신고 교문 근처까지 온 내가 머리를 감싸 쥐며 괴성을 질렀을 때, 등 뒤에서 느닷없이 목소리가 들려왔다.

게다가 이 어마어마하게 귀여운 목소리는……!

"마시로 선배?! 선배가 왜 여기 있는 거예요?!"

"그, 그야, 방과 후니까……."

"아~, 오늘 저희 반은 종례가 좀 늦게 끝났거든요. 그래서 선배가 아직 학교에 있는 게 신기해서요."

"도서실에 잠깐 들렀어."

마시로 선배는 그렇게 말하면서 한 손에 든 가방의 내용물을 보여줬다. 꽤 화려하고 귀여운 디자인의 책이 가득 들어있었다.

"여성향 소설인가요? 아, 디자인이 귀엽네요. 전부 마음에 들어요!"

"으, 응. 핸드폰 소설이야. 한때 유행했었는데, 지금도 신간이 계속 나오나 봐."

"흐음~, 마시로 선배는 이런 걸 읽는군요. 리얼충 서적 따위 다 불태워버리겠어! 하고 생각하는 줄 알았어요."

"예전에는 그랬는데…… 좀 괜찮은 걸 발굴해서 참고 문헌으로 쓸까 해서 말이야."

"참고 문헌? 뭐에 참고하려고요?"

"아, 아무것도 아냐. 신경 쓰지 마."

마시로 선배는 손을 내저으며 그렇게 말했다.

으음, 뭔가를 숨기는 낌새가 풀풀 나네. 마시로 선배, 귀엽게 생겼을 뿐만 아니라 비밀까지 가지고 있구나. 역시 얕볼 수 없어.

뭐, 더 캐묻는 건 좀 미안할 것 같으니 안 하겠지만 말이야.

만약 상대가 선배였다면 인정사정없이, 전부 실토할 때까지 치근덕거렸을 텐데~. 이 상황에서 브레이크를 걸지 말지는 그 상대가 선배인지 선배 이외의 다른 사람인지에 따라 나뉜다. 마시로 선배 상대로는 아직 배려하게 되는 것이다.

"저, 저기. 이로하 양. 괜찮으면…… 같이 하교할래?"

"예? 아……."

우리는 같은 맨션에 산다. 그러니 그런 말이 나오는 게 당연했다.

곤란하게 됐네.

『죄송한데, 실은 선배와 만나기로 했거든요☆』

……하고 말했다간 완전 선전 포고겠죠. 그 정도는 안다고요.

내가 《5층 동맹》의 성우 담당이라는 건 오빠와 스미레 쌤한테도 알려주지 않았으며, 나와 선배와 오토이 씨만의 비밀이다. 그러니 마시로 선배에게 들킬 수도 없다.

어떤 루트로 엄마의 귀에 들어갈지 모르는 만큼, 정보가 퍼져나가는 것을 최대한 막고 있다. 그것이 선배가 정한 방침이다. 《5층 동맹》 멤버는 신용하지만, 악의 없이 이 정보가 누설될 가능성도 있다. 그런 일이 벌어졌을 때 원망하거나 의심하고 싶지 않기에, 비밀로 하고 있다.

그러니…….

"저기…… 미안해요! 실은 아르바이트를 하러 가야 해요~."

"아르바이트? 이로하 양, 일하는 거야?"

"다른 사람한텐 비밀이에요. 남한테 말할 수 없는 일이거든요.”

“남한테 말할 수 없는…… 어떤 건데……?”

“입, 으, 로, 하, 는, 일♡”

나는 손에 쥔 굵은 마이크를 입가에 대는 시늉을 하며, 의미심장한 어조로 그렇게 말했다.

거짓말은 하지 않았다. 그저, 억양에 음란한 느낌을 감돌게 했을 뿐이다.

“입……? 입으로 하는…… 어, 엇……?!”

마시로 선배는 내 말에 담긴 느낌을 감지한 건지, 푸쉭~ 하고 연기가 피어날 정도로 얼굴을 붉히며 당혹스러워했다.

“앗, 엉큼한 생각을 했죠? 에이~, 저는 품행 단정하고 평범한 여고생이에요. 이상한 일 같은 건 안 한다고요. ……마시로 선배도 해볼래요?”

“돼, 됐어. 마시로, 다른 일로, 바쁘거든.”

“그런가요. 아쉽네요~♪”

좋아, 계획대로 됐어. 괜한 오해를 사긴 했지만 말이야. 마시로 선배라면 좀 엉큼한 방향으로 이야기를 몰고 가면, 부끄러운 나머지 더는 캐묻지 않을 것이다. 그렇게 생각해서 펼친 내 전략이 완벽하게 맞아들어갔다.

“바, 바쁠 텐데 시간 빼앗아서 미안해. 그럼 내일 봐…….”

“예~! 또 봐요~!”

새빨개진 고개를 숙인 마시로 선배가 손을 흔들며 뛰어갔다. 그 뒷모습을 보며 손을 흔들던 나는 으음~ 하고 마음 속으로 신음을 흘렸다.

방금 대화는 완전 날라리와 청순 소녀였네요☆ 물론 날라리는 저예요. 정말 감사합니다. 약간 음란한 분위기를 풍기기만 했을 뿐인데, 저렇게 부끄러워하는 사람이 요즘에도 존재했군요. 깜짝 놀랐어요.

"좋겠다……."

솔직히 말해, 마시로 선배가 부럽다.

일이 아니더라도, 선배가 그렇게 진지하게 신경을 써주니 말이다.

일……이라…….

이제부터 할 음성 리코딩. 선배의 방 말고도, 내가 진짜 나를 드러낼 수 있는 장소.

그곳에서 나는 어떻게 행동해야 할까?

역시, 나는…….

006 제6화 …… 친구 여동생이 어디서나 청초하다

진짜로 소중한 것은 잃은 후에 깨닫는다.

학교를 졸업하면서 절친한 클래스메이트와 이별했을 때, 고향을 떠나 혼자 살게 됐을 때, 인생의 온갖 단계에서 찾아오는 작별을 통해 혼자가 됐을 때. 이제까지 당연하다 여겼던 것이 없어지면서 가슴 속 깊은 곳에 옅은 안타까움이 싹트는 경우가 있다고 한다.

그러니 항상 자신의 주위에 있는 모든 이들에게 감사하라, 온갖 인간관계를 소중히 여겨라— 이런 식의 화제는 보통 그런 설교 느낌으로 끝난다.

하지만 잠시 기다려줬으면 한다.

그 상실감, 센티멘털리즘은 진짜로 소중한 것을 잃었기 때문에 느끼는 것일까?

항상 소중하다고 여기는 것이라면, 잃지 않도록 꽉 붙들어놔야만 한다.

소중하다고 인식하지 않았다면, 그 정도에 불과한 것이다.

딱히 소중하다고 여기지 않았던 것을 잃고서 안타까움을 느끼는 건, 심리적 착오에 지나지 않는다고 나는 생각한다.

이 세상에는 관성의 법칙이란 것이 존재한다. 멈춰 있는 것에는 계속 멈춰 있으려 하는 힘이 작용하며, 움직이는 것에는 계속 움직이려 하는 힘이 작용한다.

이것은 물리 법칙에서의 이야기지만, 실은 인간의 마음에도 같은 작용이 발생하는 것이다.

화내기 시작하면 계속 화를 내고 싶으며, 어리광을 부리기 시작하면 계속 어리광을 부리고 싶어진다. 그리고 생활 루틴이 정착되면, 그것을 무의식적으로 반복하고 만다.

그렇다면, 그것이 어떤 이유로 갑자기 정지된다면?

관성의 법칙과 마찬가지다. 갑자기 브레이크가 걸린다면, 강한 위화감을 느끼면서 발치가 불안정하게 느껴진다.

진짜로 소중한 것은 잃은 후에 비로소 눈치챈다, 같은 헛소리의 정체가 바로 이것이다.

그렇다. 결단코, 이제까지 눈치채지 못했을 뿐, 마음속 깊은 곳에서 그것을 갈구해왔던 것이 아니다.

그러니…….

이로하가 짜증나게 굴지 않게 된 상태가 어마어마하게 기분 나쁘게 느껴지는 건, 결코…… 결단코! 짜증나게 굴던 나날이, 나에게 있어 소중한 나날이었기 때문, 같은 게 아니다.

"오오보시 선배, 왜 그러시나요? 팔에 경련이 일어난 것 같아요."

"아…… 아무것도 아냐."

방과 후.

LIME으로 연락을 주고받은 나와 이로하는 학교에서 조금 떨어진 곳에 있는 인적 없는 공원 입구에서 만났다.

신 캐릭터의 보이스 리코딩을 위해, 항상 신세를 지고 있는 오토이 씨의 자택 스튜디오에 가게 된 것이다. 이로하와 합류하기 전, 나는 오토이 씨에게 부탁받은 츄파츄파드롭스 스무 개, 그리고 **성의 표시를 위한 소소한 선물**을 준비했다.

그건 그렇고…… 영 거북하다.

합류한 순간에도, 이동하기 시작한 후로도, 이로하는 청초 모드의 단아한 미소를 머금고 있었다.

보는 사람이 있는 것도 아닌데, 짜증나는 언동을 자제하고 있었다.

—크아아아아, 목이 가려워!

"엉, 이로하!"

"오오보시 선배, 왜 그러세요?"

고개를 돌린 순간, 긴 머리카락이 흩날렸다. 꽃향기가 흩뿌려지며 가련히 춤췄다.

이로하는 흩날리는 머리카락을 손가락으로 살며시 누르더니, 해바라기밭에 선 상류층 아가씨처럼 순진무구하게 고개를 갸웃거렸다.

일거수일투족이 전부 조신했다. 바람과 배경마저 일치단결해서 청초 캐릭터 공간을 연출하려 하는 작위적인 느낌마저 감돌았다.

"그 짜증나게 청초한 면상, 대체 언제까지 유지할 거야?"

"무슨 말씀을 하시는 건지 모르겠군요. 저는 1년 365일, 언제 어느 때나 이런 표정을 짓고 있답니다."

"왜 고집을 피우는 거야? 됐으니까 평소처럼 히히히 하고 웃으며 짜증나는 발언 좀 해."

"고집을 피우는 게 아니니까, 절대 안 할 거예요."

"괜히 무리하지 말고, 그냥 심술을 부리란 말이야."

"참 끈질기군요. 성심성의를 다해 선배에게 헌신할 생각은 있지만, 심술을 부릴 생각은 눈곱만큼도 없어요."

"으으, 진짜 고집스러운 녀석이네! 전혀 짜증 안 나는 그 태도 좀 집어치워! 짜증난단 말이야!"

"고집을 부리는 건 선배예요! 청초하고 내성적이며 순종적인 여자애가 선배를 이렇게 따르고 있잖아요! 뭐가 그렇게 불만인 거죠?!"

"그래! 불만은 전혀 없어! 없어야 한다고, 젠장!"

"그럼 됐네요. 영문 모를 소리 좀 하지 말아주세요. ……흥."

정말 어처구니없는 입씨름이다. 자신이 무슨 소리를 하는 건지도 알 수가 없었다.

아무래도 이로하 녀석은 절대 짜증 덩어리 모드로 돌아갈 생각이 없는 것 같았다. 삐친 것처럼 고개를 돌리는 모습 또한, 약간 언짢아 보이는 우등생 같아 보였다.

이상하다. 얼마 전까지만 해도 이것을 염원했는데 말이다.

왠지 짜증이 치솟았다.

하아, 미치겠네.

이런 대화를 되풀이하는 사이, 우리는 오토이 씨의 리코딩 스튜디오에 도착했다.

학교에서 걸어서 7분, 한적한 주택가 안에 있는 기와집.

오토이, 라고 적힌 문패가 걸린 문으로 당당히 안으로 들어가서, 꽤 넓은 안뜰을 가로지른 우리는 별채 느낌의 창고로 향했다. 나와 이로하는 벨을 누르지 않고 이곳을 자유롭게 출입해도 된다는 허락을 받은 상태다.

창고를 열자, 지하로 이어지는 계단이 눈에 들어왔다.

어둑어둑하고, 아무런 소리도 들리지 않는 공간을 천천히 내려가자…….

리코딩 설비가 완벽하게 갖춰져 있는, 본격적인 녹음 스튜디오가 눈에 들어왔다.

가장 먼저 눈에 들어온 것은 컨트롤 룸에 어지러이 놓여 있는 녹음 기자재와 스피커, 오디오 앰프 등이다. 방음 유리 너머는 녹음 부스이며, 의자와 테이블, 마이크가 있었다.

반대쪽 문 너머는 급탕 설비와 화장실 등이 있는 공용 시설이며, 손님 접대도 가능한 구조로 되어있다.

천장에서 바닥까지 완벽한 방음 설비가 되어있어서 아무리 큰 소리를 내도 밖으로 세어나갈 일이 없다.

이곳이 바로 이로하가 음성 리코딩을 할 때 항상 이용하는 비밀 스튜디오다.

그리고…….

"왔구나~. 고생했어~."

컨트롤 룸의 중앙, 의자 등받이에 몸을 맡긴 채 늘어지는 어조로 그렇게 말한 인물이 바로…….

"촉박한 스케줄로 의뢰하지 말라고 내가 말했지~. 확 죽여버린다~. 뭐, 딱히 상관없지만~."

"죄송해요. 이번에도 신세 좀 질게요. ……오토이 씨."

—오토이 씨.

《5층 동맹》의 사운드 전반을 도맡아 주는 인물이다.

눈길을 끄는 선명한 붉은색 머리카락. 하지만 세미 롱 정도의 길이인 그 머리카락은 정돈된 느낌이 없었다.

흐트러지게 입은 교복 또한, 멋 삼아 그렇게 입은 게 아니라 갑갑해서 그렇게 입은 느낌이었다. 전체적으로 무방비하며, 셔츠 틈새로 보일락 말락 하는 속살 때문에 눈 둘 곳이 없지만, 본인은 전혀 개의치 않는 눈치였다.

나른해 보이는 겉모습과, 졸린 것처럼 반쯤 감은 눈— 흔히 귀차니즘 여자애란 스타일이다.

그녀는 나와 같은 학교에 다니는 2학년이다. 작년에는 같은 반이었지만, 2학년이 되면서 다른 반이 되었다.

원래 방송부의 차기 부장으로 점쳐지던 인물이지만, 올해 초에 「질렸어」 라는 종이 한 장만 남기고 퇴부했다. 현재는 개인 스튜디오에서 음향 제작 일을 하고 있다.

소문에 따르면 커넥션이 엄청나서 프로 아티스트나 유명 성우가 때때로 이곳을 리코딩하러 찾는다고 하는데, 자세한 것은 알지 못한다. 그녀는 자기 이야기를 하지 않는 편이며, 나도 괜히 캐묻지는 않았다.

필요 이상으로 친해지려 하지는 않았고, 괜히 집착하지도 않았다. 그런 비즈니스적 관계를 유지하고 있다.

참고로 그녀의 이름은…….

아니, 그건 언급하지 않겠다. 괜히 오토이 씨의 성질을 건드릴 필요는 없으니 말이다.

아무튼, 마이페이스 그 자체에 언제나 나른해 보이는 인물이다. 그러면서도 항상 자신의 길을 묵묵히 나아가는—그런 사람이 바로 오토이 씨다.

"보수는 가지고 왔어~?"

"예, 여기 있어요. 츄파드롭 스무 개."

"음~, 개수도 맞네. 보수만큼은 얼마든지 어리광을 부려도 돼~."

오토이 씨는 단 것을 엄청나게 좋아했다.

당이 떨어졌다면서 학교를 조퇴할 정도로, 엄청난 디저트

마니아다.
"이게 없으면, 작업을 시작할 수가 없거든~."
오토이 씨는 츄파드롭의 포장을 뜯어서 입에 넣더니, 그것을 굴리며 말했다.
"그럼, **팁**은~?"
이 말을 기다렸다.
오토이 씨와의 거래에서 가장 중요한 것은 보수인 츄파드롭이 아니다.
물론 그것도 중요하지만, 그것은 어디까지나 전제 조건에 지나지 않는다.
오토이 씨는 《5층 동맹》의 일원이 아니다. 어디까지나 외부 용병이라는 형태로 일을 맡아주고 있으며, 또한 이로하의 정체도 은닉해주고 있다.
그런 만큼, 그에 걸맞은 보수를 준비해야만 한다.
"……메이후도의 신작 케이크예요. 어때요?"
"오~, 거기 케이크구나~."
—업무 한 건당 고급 디저트 하나.
그것이 오토이 씨가 일을 맡아줄 때 줘야 하는 팁이다.
디저트로 일을 맡아주다니 엄청나게 싸게 먹힌다고 생각했지?
유감이지만, 그렇지도 않다.
오토이 씨는 집이 엄청난 부자이기 때문에, 음향 일은 취미

삼아서 한다. 그래서 오토이 씨는 금전은 절대 받지 않는다.

그러니 일에 책임이 따르지 않으며, 오늘은 내키지 않으니 패스할래— 같은 경우 또한 당연히 발생한다.

나는 그런 그녀에게 애걸복걸하게 됐고, 우여곡절 끝에 업무 한 건당 고급 디저트 하나로 맡아준다는 계약을 체결하기에 이르렀다.

—이 사람, 진짜 기분파거든…….

요즘에도 내가 가져온 디저트가 마음에 안 들면, 의뢰를 받아주지 않을 때가 있다.

그래서, 항상 엄청 신경 써서 디저트를 고르는데—.

"으음~, 오케이~. 이거 맛있어 보이니까, 오늘 의뢰는 맡아줄게~."

좋았어, 만세!!

나는 마음속으로 환성을 질렀다.

아무래도 오늘 디저트는 마음에 든 것 같았다.

진짜 위험했다. 트러블이 이어지는 이 상황에서, 오토이 씨가 의뢰를 거절했다간 치명상을 입었을 것이다.

"저기, 오토이 씨. 전에도 말했지만, 원하는 디저트를 지정해주면 안 돼요? 취향에 맞을지 고려해가면서 디저트를 고르는 건, 효율이 엄청 나쁜데……."

"으음~. 하지만 직접 생각하는 건 귀찮거든~. 새로운 가게를 발굴하는 것도 귀찮아~. 뭐~, 앞으로도 맛있는 걸 찾아서 가져와~."

그럴 줄 알았어~.

이런 부탁을 순순히 받아주는 사람이라면, 나도 이렇게 비효율적인 짓을 하지 않을 것이다.

집에 돌아가면 또 디저트 정보 사이트를 뒤져봐야겠는걸.

나는 먹지도 않는데, 디저트에 관해서는 해박해졌다. 최근 추천 디저트는 역 뒤편에서 파는 화덕 구이 푸딩 파르페다. 달콤하기만 한 게 아니라 절묘한 짠맛이, 아, 지금은 그런 걸 신경 쓸 때가 아니지.

나와 오토이 씨의 교섭이 마무리될 즈음, 이로하가 입을 열었다.

"그럼 부스에 먼저 들어가 있을게요. 선배, 대본 주시겠어요?"

"아, 그래……."

학생 가방에서 인쇄된 보이스 대본을 꺼내서 이로하에게 건네줬다. 이로하는 대본을 건네받더니, 청초한 몸놀림으로 녹음 부스에 들어갔다.

그 모습을 본 오토이 씨도 작업에 착수했다.

"그럼~, 슬슬 준비해볼까~."

자리에서 일어선 오토이 씨는 능숙한 손놀림으로 녹음용 기자재를 작동시켰다.

늘어지는 어조와 달리 그 움직임은 기민했으며, 낭비가 없었다.

나른한 것처럼 반쯤 감고 있던 눈도 치켜뜨고 조작하고 있는 기자재를 주시하고 있었다.

내가 오토이 씨에게 의뢰하는 이유 중 하나가 바로 이것이다.

오토이 씨는 매사에 의욕이 없어 보이지만, 『소리』에 있어서만큼은 철저하기 그지없었다.

그래서 일에 있어서는 타협하지 않으며, 항상 완벽 이상의 결과물을 내놨다.

고급 디저트를 찾는 수고 정도는 그에 비하면 아무것도 아니다.

오토이 씨는 작업을 진행하면서 창 너머의 부스 안을 쳐다보았다. 대본을 펼쳐 들고 진지한 눈길로 캐릭터의 대사를 읽고 있는 이로하의 모습을 보더니, 하아~ 하고 어이없다는 듯이 한숨을 내쉬었다.

"그건 그렇고, 아키는 여전히 무모한 짓을 하네~."

"뭐가 말이에요?"

"보통은 며칠 전에 대본을 줘야 하잖아~? 벼락치기 리코딩이라니, 전문 성우한테 그런 짓을 하면 화낼걸~?"

"아…… 뭐, 그렇겠죠. 하지만 **우리 성우는 특별하거든요.**"

이로하는 미리 대본을 받아서 연습할 수 없는 이유가 있다.

연예계 관련, 엔터테인먼트 관련 업무 전반을 극도로 싫어하는 어머니의 눈을 피하려고, 이로하는 집안에 그런 흔적을 남기지 않기 위해 매우 신경을 쓴다.

그래서 대본을 방에 숨겨두는 것도 피하고 있으며, 미리 연습할 환경을 갖출 수가 없는 것이다.

"하지만, 그 덕분에…… 저 녀석은 괴물이 됐어요."

"**5분**, 이지?"

"예. 5분. 겨우 그 정도 시간 동안 대본을 읽기만 해도, 완벽하게 연기할 수 있죠."

"혹독한 환경이 천재를 기르는 건가. 그런 일도 있긴 하네~. ……아."

부스 안의 이로하를 보니, 대본 확인을 얼추 끝낸 건지 흥흐흐흥~ 하고 여유로운 콧노래를 부르고 있었다.

준비 완료, 인 것이리라. 그와 동시에 오토이 씨의 준비도 끝난 것 같았다.

"슬슬 시작하자~. 코히나타, 준비 됐지~?"

오토이 씨는 스피커를 통해 녹음 부스 안으로 자신의 목소리를 전했다.

녹음 부스에서는 이미 준비를 마친 이로하가 스탠바이하고 있었다.

『예, 언제든지 할 수 있어요. 선배를 위해, 멋진 연기를 할 수 있도록 최선을 다하겠어요.』

"…………."

아직도 저 상태인가.

이 녀석은 대체 언제까지 청초 모드를 하려는 걸까?

"그럼 시작한다~. 3, 2, 1……."

오토이 씨는 카운트다운을 한 후, 큐 버튼을 눌렀다. 마이크 앞에 선 이로하는 표정을 굳혔다.

오늘 리코딩은 내가 쉬는 시간에 쓴 다섯 캐릭터의 보이스다.

얀데레 여자애부터 폭주족 양아치까지, 특색 있는 남녀가 뒤섞여 있다.

하지만, 걱정은 안 된다.

이로하는 짜증나는 녀석이지만, 남녀 가리지 않고 『검은 새끼 염소가 우는 밤에』의 **모든 캐릭터 보이스**를 혼자 맡고 있는 실력파 성우다.

캐릭터들의 특색이 다소 강하기는 하지만, 아무 문제없을 것이다.

가장 먼저 리코딩하는 건, 폭주족 스타일의 험상궂은 남자 불량배다.

『──여기서부터는 이 몸의 영역이라고! 캬하하────────!』

"어라?"

『맞짱 환영, 천외마경, 천상천하에 유아독존, 덤으로 호화

찬란에 재색겸비가 바로 이 몸이라고.』

"어……."

『죽고 싶은 녀석부터 덤벼 봐! 이 몸께서 친히 전기톱으로 썰어주마!』

이로하는 맑고 투명한 목소리로, 유창하게 대사를 읽었다.

계곡을 흐르는 맑은 물을 방불케 하는 우아한 음색이 들려오자, 오토이 씨의 눈썹이 움찔거렸다. 그리고 나는 소리 없는 절규를 토했다.

오토이 씨는 리코딩을 멈추더니, 부스 안에 있는 이로하를 향해 말했다.

"어이~, 코히나타~. 뭐 하나 물어봐도 돼~?"

『예. 물어보세요.』

"왜 이 양아치는 청초한 아가씨 보이스인 거야~?"

그렇다. 이로하 녀석은 청초 모드의 목소리로 대사를 읽은 것이다.

험악한 불량배의 대사인데, 목소리만 쓸데없이 귀여웠다.

『왜 그러세요? 혹시 문제 있는 부분이라도 있나요?』

이로하는 고개를 갸웃거리더니, 시치미를 떼며 말했다.

"으음~…… 다른 캐릭터를 해 봐~."

오토이 씨는 잠시 생각에 잠긴 후, 그런 제안을 했다.

알았어요, 하고 대답한 이로하는 얀데레 여동생 캐릭터, 노인 순서로 다른 캐릭터를 연기했다.

하지만 처음에 한 양아치와 마찬가지로, 하나같이 청초한 아가씨 목소리였다…….

리코딩 예정인 캐릭터들의 보이스를 돌아가며 시켜본 후, 오토이 씨는 입안에 있는 츄파드롭을 소리 나게 깨물었다. 그리고 의자가 삐걱거릴 정도로 체중을 맡기더니, 부스 안에 들리지 않도록 나에게만 이렇게 말했다.

"뭐 하는 거야? 나를 가지고 노는 거야?"

"……미안해요. 저 녀석의 연기력은 이런 수준이 아닌데……."

"그건 나도 알아. 하아~, 귀찮아……."

입안의 츄파드롭을 씹어먹은 후, 새 츄파드롭을 입에 넣은 오토이 씨가 몸을 쑥 내밀었다.

"어이, 코히나타~. 너, 방금 연기로 괜찮다고 생각하는 거야~?"

오토이 씨는 짜증을 감추며, 어디까지나 무덤덤한 목소리로 질문을 던졌다.

『물론이죠. 프로듀서의 마음에 쏙 들도록, 프로듀서의 취향을 100퍼센트 반영한 연기니까요♪』

이로하는 청초함 속에서 약간의 장난기가 묻어나는 뉘앙스로 그렇게 답했다.

이 녀석…… 요즘 기분이 언짢다고 공사 구분 안 하며 저러는 건가……?

"……."

"프로듀서의……? 아키, 이게 네 디렉팅이야?"

오토이 씨의 목소리 톤이 낮아지더니, 나를 노려보았다.

"나한테 이딴 같잖은 리코딩을 시킬 심산이라면, 지금 바로 나가줘야겠어."

"신께 맹세코 아니에요. ……어이, 이로하. 장난 좀 그만 쳐."

『……윽.』

내 목소리에 어린 진심을 느낀 건지, 이로하는 숨을 삼켰다. 방음 유리 너머로 보이는 이로하의 표정에 불안이 어린 것처럼 보였다.

이건 아냐.

이건 아니라고, 이로하.

확실히 사적으로 내가 네 기분을 상하게 했을지도 몰라. 그건 변명의 여지가 없고, 나한테 잘못이 있을 수도 있어.

솔직히 말해, 오토이 씨를 화나게 한 건 아무래도 상관없어.

하지만.

하지만 말이야…….

네가 믿으며 나아가려는 길을 가지고 이런 장난을 치는 건, 절대 해선 안 되는 짓이잖아.

"이로하, 너— 우읍?!"

"잠깐 스톱."

내가 부스 안에 있는 이로하를 향해 언성을 높이려던 순간, 뭔가가 내 입안으로 들어왔다.

혀 위에서 느껴지는 딱딱한 질감, 그리고 입안에 퍼져나가는 단맛…….

어느새 입안에서 츄파드롭을 뺀 오토이 씨가 나에게 눈짓을 보낸 후, 부스를 향해 이렇게 말했다.

"하아. 관두자, 관둬. 오늘은 이걸로 끝. 다들 마음 좀 가라앉히고, 다음에 다시 녹음하자~."

『……예.』

힘없는 대답이 들린 후, 부스의 문이 힘차게 열렸다. 이로하는 우리가 있는 컨트롤룸에 얼굴을 비추지 않더니, 그대로 거친 발걸음으로 계단을 올라갔다.

"하아~…… 귀찮아 뒤지겠네."

오토이 씨가 이로하의 등을 쳐다보며 투덜거렸다.

그것이 이로하를 비난하는 말이 아니라는 걸, 나는 안다.

"고마워요. 그리고, 죄송해요."

솔직히 말해, 오토이 씨의 재빠른 판단은 크게 도움이 됐다.

아까 억지로 내 입을 막지 않았다면, 나는 이로하에게 돌이킬 수 없는 말을 했을지도 모른다.

입안에 퍼져나가는 단맛을 느끼고, 나도 아직 멀었다고 생각했다. 그리고 감정이 격해졌던 자신의 미숙함을 부끄러워했다.

"그런데, 무슨 일이 있었던 거야? 간접 키스까지 시켜줬으니까, 그 정도는 들을 자격 있지?"

"……예."

꾸중을 들은 어린애처럼 고개를 푹 숙인 채, 입안의 츄파드롭을 핥았다.

그래, 이건 오토이 씨 입안에 들어가 있었던 거구나. 거기까지 생각이 미치자 가슴이 크게 뛰었지만, 머릿속 한편은 여전히 냉정한 상태였다. 이 상황에서 흥분을 느낄 만큼, 내 머릿속은 꽃밭이 아니었다. —정말 손해 보는 성격이네.

나는 자세를 똑바로 한 후, 오토이 씨의 눈을 응시했다.

이제까지의 경위를 이야기하자.

마시로의 일을 포함해, 모든 경위를 말이다.

*

"—아하~. 그런 일이 있었구나."

나는 최근에 있었던 일을 차례차례 설명했다.

츠키노모리 사장에게 마시로의 가짜 남친이 되라는 엄명을 받았다.

우여곡절 끝에 진짜로 나에게 반한 마시로가 고백했다.

고백에 답을 하려 했지만, 현실에서는 마시로가 나를 계속 피했다.

그래서 이로하와 그 일을 상의하려고 했더니, 어찌 된 건지 청초 모드를 고집하게 됐다.

오토이 씨는 내 이야기를 전부 듣더니, 하아~ 하고 감탄 섞인 한숨을 내쉬었다.

"너…… 꽤 하잖아~. 리얼충이네."

"리얼충…… 그럼 좀 더 스마트하게 일을 처리했을지도 몰라. 전부 처음 겪는 일이라, 솔직히 말해 휘둘리기만 하고 있어."

"하하. 재미있네~. 아키가 휘둘리는 처지가 되다니, 참 신기한 일도 다 있는걸."

"항상 나를 휘둘러대는 오토이 씨가 그런 소리를 하는 거야?"

"그래서야~. 내 전매특허라고 생각했는데~."

뽁, 하는 소리가 나게 츄파드롭을 입에서 뺀 오토이 씨가 그것을 지휘봉처럼 휘둘렀다.

표정에는 변함이 없기에, 농담인지 진담인지 알 수가 없었다.

"뭐~, 나는 연애를 잘 몰라. 코히나타의 본심도 모르겠어. 하지만 딱 하나 확실한 건— 코히나타의 재능이 망가진다면, 너를 용서하지 않을 거란 거야~."

"……윽!"

나른한 목소리에 확연한 박력이 어려 있었다.

나는 무의식적으로 등을 꼿꼿이 폈다.

"내가 코히나타한테 반한 건, 알지?"

"……응. 이로하의 **재능에**, 말이야."

그것은 잘 알고 있다. 그래서, 이 사람은 이로하의 비밀을 지켜주며 우리를 도와주는 것이다.

"나는 음악을 좋아하고, 소리를 조작하는 것도 좋아해. 내 입으로 이런 말을 하는 것도 좀 그렇지만, 꽤 괜찮은 귀를 가졌지. 하지만…… 가수나 피아니스트, 음악가가 될 소질은 없어. 타고난 자질이나 재능도 없지. 귀가 좋으니, 그런 것도 알 수 있거든~."

"……."

이해할 수 있다. 왜냐하면, 나도 마찬가지다.

자신한테 두드러진 능력이 없다는 것을 자각한 이만이 알 수 있는 감각이다.

"그래서 나는 보조 역할에 전념하자고 결심했어~. 천재를 도와서, 그 천재가 지닌 백의 힘을 천의 힘으로 만들어주자고 말이야~. 그리고 그 천재가—."

"—이로하."

"그런 거야~. 연기의 폭, 목소리 음역의 넓이, 그런 거라면 훈련으로 어찌어찌 터득할 수 있어~. 하지만 그 녀석의 연기는 뭐랄까~…… **신내림**, 같은 거라니깐~."

"동감이야."

일류 배우는 자신이 맡은 역할을 자신에게 덧씌운다고 한다.

그것은 오소레 산에 있다는, 천국에 간 인간의 혼을 자신에게 강림하게 해서 현세에 그 자의 말을 전하는 무녀를 연상케 하는 위업이다.

연기를 하는 것이 아니다.

자신이란 번역 기계를 통해, 다른 세계의 인간이 하는 말을 대변하고 있는 것만 같았다.

그런 엄청난 연기를 아무렇지 않게 해내는 것이, 코히나타 이로하가 지닌 천재성이다.

"나는 말이지~. 남은 고교 생활을 전부 그 애에게 바쳐도 괜찮다고 생각해. 안 그러면 디저트나 받고 이렇게 본격적인 설비를 이용하게 해줄 리가 없잖아~."

나와 오토이 씨는 그런 그녀에게 매료된 가련한 신봉자다.

그렇기에…….

"하찮은 청춘 이벤트 따위로 코히나타의 재능을 망가뜨려 봐. 평생 너를 원망 거야~."

"……윽!"

오토이 씨의 말이 내 가슴에 깊숙이 박혔다.

청춘 이벤트. 장래 설계조차 의식하지 못하는 녀석들을 꾀는 먹음직한 미끼.

내가 혐오하고 경멸하던 것에, 나 자신이 휘둘리고 만 건가?

"마시로란 애, 귀엽지~?"

"……글쎄. 뭐, 소재는 나쁘지 않으니 붙임성만 좀 생긴다면 괜찮을 거야."

"에이~, 진짜로 귀엽긴 한가 보네. 여자한테는 흥미 없다던 아키가 그 자리에서 바로 차지 않고 고민하고 있잖아. 그것만 봐도 100퍼센트 귀여울 거야~."

"사람 말 듣긴 한 거야? 츠키노모리 사장에게 밉보이면 안 되니까, 함부로 판단을 내리지 못했을 뿐이야. 게다가 지금의 《5층 동맹》은 누구 한 명이라도 빠지면 그대로 무너져. 멤버 전원의 열의를 유지하기 위해, 지금의 관계를 망가뜨리지 않기 위해, 균형을 잡아—."

"그게 자기 자신에 대한 변명이 아니라는 걸, 증명할 수는 없지?"

"그건……."

"너는 너무 기를 쓴다니깐. 이리 와봐."

"……어?"

오토이 씨가 손짓하자, 나는 순순히 그녀에게 다가갔다. 그러자 의자에 대충 앉아 있던 오토이 씨의 손이 재빨리 손을 뻗더니, 내 뒤통수를 잡고 꼭 끌어안았다.

"어. ……어어, 잠깐…… 우읍?!"

부드러운 감촉이 얼굴에서 느껴진 순간, 나는 숨이 막혔다.

우유를 연상케 하는 땀 냄새. 게으름뱅이 같은 이미지와는 다르게 높은 체온.

내 머리를, 꼭 끌어안은…… 건가……?

갑자기 뭐 하는 거지? 오토이 씨가 왜 이런 행동을 하는 걸까?

너무 느닷없는 사태라 머릿속이 혼란에 빠졌다.

"청춘 따위는 낭비, 필요 없다. 연애 감정도 잘 모르겠다. 나도 마찬가지야~."

"응……. 그래서 우리는 잘 지내는 거라고 생각해."

"하지만 말이야~. 내 심장 소리, 들리지?"

"뭐?"

그 말을 듣고 비로소 깨달았다. 두근두근두근두근…… 하고 울리는, 오토이 씨의 심장 고동이 들렸다.

"어마어마하게 빠르지 않아?"

"긴장……한 거야? 다른 사람도 아니고, 오토이 씨가?"

"나 같은 가치관을 지닌 여자도, 이런 상황에 부닥치면 평정심을 유지 못 해~. 뭐, 얼굴에 뻔하게 드러나는 타입은 아니지만 말이야."

그 말을 한 후, 나를 놔줬다.

© tomari

본인이 방금 말했다시피, 오토이 씨의 얼굴은 평소와 마찬가지로 무표정했다. 피부가 희미하게 벌게진 것 같지만, 그것도 유심히 살펴보지 않으면 알 수 없을 만큼 소소한 차이에 지나지 않았다.

"아키도 마찬가지 아닐까~?"

"마찬가지……."

"낭비 따위 필요 없다. 그렇게 생각하지만, 그 낭비를 경험하게 되면 몸이 멋대로 반응해. 뭐~, 인간도 동물이니 당연할지도 모르지만 말이야~."

"……그만큼, 마시로의 고백에 영향을 받았다는 거구나. 나도…… 이로하 녀석도 말이야."

"아마, 그럴 거야~. 그러니까—."

오토이 씨는 그렇게 말하면서 콘솔 위에 놓인 사진첩을 손가락으로 훑었다.

그리고 뭔가를 그리워하듯 눈을 가늘게 뜨며 말했다.

"—그 때 했던 각오도, 미묘하게 흔들린 것 아닐까~?"

그것은 작년에 찍은 사진이다. 사진 속에는 지금보다 약간 어린 인상의 이로하와 오토이 씨, 그리고 내가 실려 있었다. 부스 안에서 들뜬 표정으로 V사인을 한 이로하를 사이에 두고, 보호자처럼 퉁명한 표정을 짓고 있는 나, 그리고 하품을 하는 오토이 씨가 서 있었다. 셀카봉으로 찍은, 궐기회 날의 사진이다.

아직 중3이던 이로하를…….

항상 지겨운 듯한 표정을 지으며 재능을 썩히고 있던 이로하를, 억지로 설득해서 이곳에 끌고 온 날의 광경이다.

처음으로 리코딩 기자재를 보고 들떴고, 고음질로 자신의 목소리를 듣고 감동했으며…….

처음으로 진심어린 미소를 보여줬던 날의 사진이다.

"각오……. 그래……."

그 말이 맞을지도 모른다.

마시로의 고백에 냉철하게 대처하겠다고 말했지만, 실은 마음 한편에는 들뜬 자신이 존재한 것이다. LIME으로만 이야기가 가능해서 고백에 답하지 못한다는 건 변명이다. 내 답을 마시로에게 억지로 들려줄 방법이라면 얼마든지 있다.

나는 최고 효율의 수단을 취하지 않았다. 취하려고조차 하지 않았다.

가능하면 누구도 상처 입지 않도록, 균형을 잡는다. 나에게 가장 적절한 결과로 확실하게 이끌 수 있도록, 컨트롤하려 했다.

그날, 각오를 다졌으면서 말이다.

남에게 미움받아도 상관없다. 남에게 원망받아도 괜찮다.

나는 이 녀석들의 재능에 내 모든 시간을 걸겠다. 모든 인생을 베팅하겠다—라고 말이다.

"땡큐, 오토이 씨. 덕분에 초심이 생각났어."

"……응. 멋진 눈빛이네. 지금이라면 그 애와 이야기를 나눌 수 있겠어."

"그래. 가능할 것 같아. **우리만의 대화**를, 말이야."

마음이 개운해지니, 머릿속도 맑아졌다.

머릿속으로, 최근에 벌어진 모든 트러블이 한 줄기 실로 이어졌다.

—뭐야, 간단하잖아. 처음부터 그랬으면 됐을 거야.

"나도 돌아갈래. 오늘은 여러모로 미안했어."

"뭐~, 개의치 마~. 보수와 팁은 다음번에도 받을 거야~."

"하아, 진짜 빈틈이 없네."

손을 흔드는 오토이 씨를 보며 쓴웃음을 지은 후, 나는 스튜디오를 나섰다.

계단을 올라가면서, 한 손으로 스마트폰을 조작했다.

모든 일에 결판을 내기 위해, 가장 먼저 해야 할 일. 그것은…….

《AKI》 오늘 저녁을 같이 먹자. 시간과 장소는 나중에 보낼게. 거기서, **네 고백에 답하고 싶어, 마시로.**

나는 그런 메시지를, 마시로에게 보냈다.

상대방의 양해는 구하지 않았다.

일방적으로 내 뜻을 강요했다.

하지만, 그걸로 충분하다.

나는 상대방의 형편이 아니라 내 형편만 최우선으로 생각하며, 가장 효율적인 답을 찾는 남자니까 말이다.

필요 이상의 배려는 하지 않는다.

마시로가 피해 다닌다면, 나와 제대로 얼굴을 마주하지 않는다면.

내가, 강제적으로 상황을 세팅할 뿐이다.

*

『…….』

『……아무 말도 안 할 거야?』

『여기서부터는 매우 중요한 부분이잖아. 찬물을 끼얹고 싶지는 않아. 어떤 결과로 이어지든, 나는 아키의 결정을 존중할게.』

『그래? ……고마워.』

007 제7화…… 고백에 답하려 했지만 가짜 여친은 강력했다

우리가 사는 마을에서 가장 가까운 역. 최근 몇 년 동안의 도시 개발로 발전했고, 새로운 고층 빌딩의 건설에 맞춰 대기업 오피스와 고급 브랜드, 레스토랑 등이 차례차례 들어오면서 이상적인 순환 작용을 통해 급성장한 이곳은 밤과 낮에 전혀 다른 모습을 보였다.

낮에는 학생들이 북적이는 놀이터 겸 데이트 장소 같은 시끌벅적한 『동』적인 분위기라면, 밤에는 정반대…….

세련된 어른의 사교장. 자기 수준에 맞는 고급스러운 복장을 한 댄디, 마담들이 조용히 와인 잔을 기울이며 담소를 나누는 『정』적인 분위기를 띤다.

그리고 『양』과 『음』, 『동』과 『정』, 두 다른 면을 겸비한 이 역 앞 공간을 상징하는 것이 바로, 48층이나 되는 초고층 빌딩, 《미드나이트 타워》다.

나는 현재, 그 《미드나이트 타워》의 30층, 고급 레스토랑의 창가 자리에 앉아서 야경을 내려다보고 있었다.

현재 시각은 밤 여덟 시. 나는 이런 일도 있을까 싶어 미리 마련해둔 아르마니 브랜드의 정장 차림으로, 마시로가 오기만 기다리고 있었다.

유리에 비친 자신의 모습이 눈에 들어오자, 무심코 웃음을 터뜨릴 뻔했다.

고등학생 주제에 무리한 느낌이 역력한 복장이다.

하지만 옷이 날개라는 말도 있듯, 이렇게 꾸며주니 나처럼 별다른 특징 없는 면상의 소유자도 꽤 봐줄 만했다.

성인인 척하며 예약을 했는데, 이 정도면 미성년자인 게 들통나지는 않을 것 같다.

그런 생각을 하면서 멍하니 앉아 있을 때, 집사 느낌이 감도는 초로의 점원이 나에게 다가왔다.

"손님. 기다리시던 분께서 오셨습니다."

"고마워요. ……아, 마시로. 그 옷, 잘 어울려."

나는 점원의 등 뒤에 숨듯 몸을 웅크리고 있는 소녀를 향해 미소 지었다.

"……으~~~~……!"

청량감이 감도는 파란색 원피스. 허리에 두른 가는 벨트의 금색 버클이 희미하게 존재감을 드러내고 있었다. 졸부 같아 보이지는 않을 만큼 소소한 상류층 느낌이 감돌고 있었다. 가슴팍이 약간 파여 있어서 새하얀 피부가 언뜻 드러났지만, 문란한 느낌은 없을 뿐 아니라 오히려 신성한 분위기를 자아내고 있었다.

머리카락도 단정하게 다듬었고, 립크림도 발랐으며, 옅은 화장도 기품있는 느낌이었다. 외출에 맞춰 철저하게 멋을 부린, 그야말로 완전 무장 상태다.

그녀— 마시로는 얼굴을 새빨갛게 붉힌 채, 긴장 탓에 굳은 몸을 억지로 움직여서 점원이 당겨준 의자에 앉았다.

오른팔과 오른발이 동시에 움직이며 긴장한 기색을 역력히 드러내는 마시로를 본 나는 무심코 미소 지었다.

"우, 웃지 마."

"아니, 우스울 정도로 긴장한 것 같아서 말이야."

"시끄러워……. 아키가 이런 장소를 예약하는 바람에 긴장한 거잖아."

"마음에 안 드는 거야?"

"그런 게…… 아냐. 마시로한테는, 아직 이런 곳은 이른 것 같아서……."

"이르고 말고가 어디 있어. 자기가 어른인지 아닌지는 스스로가 정하는 거야."

"하지만, 여기는 너무 비싼 곳 아냐? 아빠한테 부탁하면 대신 계산해줄 거야."

"여자애와 데이트하는데, 여자애 아버지한테 돈 내달라고 하는 건 최악이잖아. 삼촌한테 그런 쪽팔리는 부탁을 어떻게 해."

여성을 다루는 법을 모르는 걸, 하고 댄디 보이스로 설교를 할 것 같다.

뭐, 그 이전에 마시로와 이런 곳에서 데이트하고 있다는 게 알려진 순간에 바로 살해당하겠지만 말이다.

“돈 걱정할 필요 없어. 《5층 동맹》의 경비로 처리할 거니까 말이야.”

“경비……?”

“응. 이래 봬도 《5층 동맹》은 꽤 짭짤하게 벌고 있거든. 사적으로 수익을 탕진할 생각은 없지만, 팀을 위해서라면 얼마든지 쓸 거야.”

“하지만 마시로는……, 으음, 게임 제작……을 도운 적 없어. ……맞지?”

마시로는 내 눈치를 살피는 듯한, 뭔가를 캐내려는 듯한 어조로 그렇게 물었다.

“그래. 그래도 자세한 건 말 못 하지만, 이 디너는 팀의 활동과 관련이 있어.”

“으……음……?”

“뭐, 세세한 건 신경 쓰지 마. 우선 식사를 즐기자고.”

“으, 응……. 메뉴는…….”

“없어. 코스 요리거든.”

“그, 그렇구나.”

이런 가게에 익숙하지 않을 것이다. 마시로는 불안한 눈길로 주위를 두리번거리고 있었다.

—뭐, 나도 익숙하지는 않지만 말이다.

사실 이 가게는 스미레를 꼬시기 위해 이용한 적이 있다.

그때 실수를 했기 때문에, 지금은 완벽하게 예습이 되어있다.

물론 꼬신다고 해도 연애적인 의미가 아니다.

약점을 잡은 것만으로는 부족했던 스미레를 완전히 끌어들이기 위해, 채찍이 아니라 당근을 주려 했다. ……뭐, 그때는 여러모로 실패를 했기에 떠올리고 싶지 않은 기억이지만 말이다.

참, 지금은 데이트 중이지. 다른 여자 생각을 하는 건 매너 위반이야.

"그게 LIME에서 말했던 승부복이야?"

마시로의 모습을 보고 생각난 말을 그대로 화제로 삼았다.

그러자 마시로는 부끄러워하듯 몸을 살짝 꼬면서 고개를 끄덕이더니…….

"……이상해?"

나를 올려다보며, 그렇게 물었다.

"확실히 귀엽네……."

"뭐?"

"아, 아무것도 아냐. 이상하진 않아. 어른스러운 느낌이라, 이 가게와도 잘 어울려."

"고…… 고마워……."

위험해. 내가 지금 무슨 소리를 늘어놓고 있는 거지.

아까 오토이 씨가 한 말이 떠오른 탓이다. 『마시로란 애, 귀엽지?』란 발언 말이다.

겉모습도 물론 귀엽지만, 은둔형 외톨이 아싸이면서도 시간과 장소에 맞춰 꾸미려 하는 그 성실하고 올곧은 면이 그녀를 매력적으로 느껴지게 했다.

나…… 이렇게 귀여운 애한테 고백을 받았구나.

다시 그 비일상을, 천재일우의 행운을, 축복받은 상황을 떠올리게 됐다.

"……이 가게……."

"신경 쓰이는 거라도 있어?"

"성인 커플이…… 많아……."

"뭐, 원래 그런 가게거든. 남녀가 중요한 이야기를 나누기에 여기보다 적당한 장소는 없을 거야."

"그, 그렇구나……."

실제로 마시로 본인도 이 가게의 마법에 무의식적으로 걸린 상태다.

교실에서는 부끄러움을 감춘답시고 매몰찬 태도를 취했지만, 지금은 평범하게 나와 대화를 나누고 있다.

"커플이 많아서 싫어? ……하긴, 싫을 거야."

상어 영화에서 리얼충이 잡아먹히는 것을 보며, 꼴좋다고 중얼거리는 녀석이니 말이다.

커플을 보기만 해도 증오심에 사로잡힐 가능성은 충분히 있다.

그렇다면 이 가게를 선택한 건 실수였을까? 내가 그런 생각을 하고 있을 때, 마시로는 고개를 젓더니…….

“커플을 봐도 증오심이 샘솟지 않아. 이런 일은 처음이야.”

……하고 말하며, 온화한 미소를 머금었다.

“대체 얼마나 커플을 증오했던 거야?”

“그게…… 과시라도 하듯, 행복해하는걸. 너는 외톨이구나, 되게 불쌍하네, 같은 식으로 무시당하는 느낌이 들어서…….”

“그것참 어마어마한 피해망상이네. ……뭐, 하고 싶은 말이 뭔지는 알겠어.”

“하지만 실은 달랐어. 그 행복해 보이는 커플들은 마시로를 비웃었던 게 아니야. 타인은 신경조차 쓰지 않았어. ……내가 남을 좋아하게 되고서야, 비로소 이해했어.”

그렇게 말하는 마시로의 얼굴을 쳐다보는 것만으로도, 가슴이 떨렸다. 정말 사랑스럽고, 꼭 안아주고 싶은 생물이다.

왠지 진짜로 데이트를 하는 듯한 기분이다. ……그런 생각을 하고 있을 때, 점원이 음료를 가져왔다.

와인 잔에 담긴 붉은 액체를 본 마시로가 눈을 동그랗게 떴다.

“이건…… 와인……? 저기, 마시로는, 아직 술은—.”

“논 알코올 와인. 이 가게에서 추천하는 음료야.”

“논 알코올…… 그럼…….”

“포도 주스라고 불리기도 해.”

웃으며 그렇게 말한 나는 와인 잔을 가볍게 들어 보였다.

그러자 마시로도 안심한 것처럼 잔을 쥐더니, 나와 마찬가지로 잔을 들었다. 멋지게 들려고 하는데도 좀 어설퍼 보여서 우스웠지만 지적하지는 않았다.

"건배."

"거, 건배……."

와인 잔이 부딪치자 짤랑, 하는 소리가 울려 퍼졌다.

"으음…… 아, 맛있어."

"그렇지? 다른 곳의 포도 주스와는 격이 달라."

포도 주스를 한 모금 홀짝인 순간, 마시로의 표정이 누그러졌다. 고급 레스토랑이라는 말을 듣고 긴장했지만, 익숙한 주스를 맛본 덕분에 친밀감을 느낀 것이리라.

첫걸음은 무난하게 내디뎠다.

"오래 기다리셨습니다. 카푸치노 스타일의 대합조개입니다."

다음은 애피타이저가 나왔다. 조그마한 잔에 담긴, 예술적이면서 귀여운 요리다.

"와아…… 귀여워. 이거, 조개구나."

"그래. 해산물을 좋아하는 마시로도 만족할 것 같았어."

프랑스 요리에는 생선이 쓰인 메뉴도 많다. 이 가게의 코스는 특히 그렇다.

"단순히 고급이라서 이 레스토랑을 고른 건 아니라고."

"아키…… 에헤헤. 고마워."

그렇게 말하며 웃는 마시로가 정말 행복해 보였기에, 이 가게에 데려오기 잘했다고 진심으로 생각했다.

그 후로 우리는 식사를 즐겼다. 차례차례 나오는 요리의 예술적인 디자인에 눈길을 빼앗겼고, 스마트폰으로 사진을 찍었으며, 맛보고 느낀 감동을 서로에게 말해주는 등, 진짜 커플처럼 행복한 시간을 보냈다.

우리의 관계는 타산과 계산으로 시작됐다. 서로의 목적을 달성하기 위해서 하게 된 가짜 커플이란 관계…….

하지만 그것은 마시로는 고백이라는 형태로, 다음 단계로 나아가자는 제안을 했고…….

또한, 그 고백에 대한 내 대답에 의해, 모든 변화가 확정될 것이다.

애니메이션, 만화, 라이트노벨 등, 오타쿠 콘텐츠의 주인공은 좀처럼 연애에 결판을 내려 하지 않는다. 못 들은 척을 하거나, 다른 이벤트에 휘둘리면서 그 고백에 답하는 것을 피하는 경우가 적지 않다.

왜 그러는지는 짐작이 된다. 관계가 변하거나, 혹은 망가지는 것이 두려워서다.

만약 주인공들이 효율적으로, 전략적으로 인생을 살아가려 하고 있다면…….

『현재』를 바꾸지 않는 것이야말로 그들에게 바람직한 전개이기 때문이리라.

그래서 나도 그런 흐름에 휘말릴 뻔했다.

마시로의 고백에 답해야 한다고 말하면서도, 그녀가 도망을 다니며 그 기회를 주지 않는다는 사실에 안도하는 나 자신이 존재했다. 답을 하지 못한다면, 아무것도 달라지지 않을 테니 말이다.

하지만 그래선 안 된다는 사실을 깨달았다. 이 이벤트에서 눈을 돌렸다간, 나는 소중한 것을 잃고 만다.

만약 나란 인간의 이야기를 하늘에서 신이 내려다보고 있다면, 『어차피 이 남자도, 시답잖은 이유를 대며 고백에 답하지 않을 거다』 하고 예상할지도 몰라.

그렇다면 안심하라고.

답을 피할 생각은 없어. 나는— 마시로의 고백에, 지금, 이 자리에서 답할 거야.

답은, 내 마음은, 이미 정해져 있는 것이다.

"저기, 마시로."

"응? 아키, 왜 그래?"

"네 고백에 답할까 해. 그것이, 오늘 이 자리의 취지야."

"……응, 그렇구나."

내가 진지한 눈길로 쳐다보자, 마시로는 시선을 슬며시 피했다.

나이프와 포크를 내려둔 마시로는 논 알코올 와인이 든 잔을 살며시 흔들며 말을 이었다.

"멋진 디너였어. 이렇게 멋진 장소에서 답을 듣게 된 마시로는 참 행복한 애야."

"마음에 들었다니 나도 기뻐. 그럼 마시로. 나는, 너를—."

"—됐어. 답은, 필요 없어."

내 말은, 마시로의 단호한 한 마디에 끊겼다.

하지만, 그것은 예상했던 바다. 현실의 나한테서 계속 도망치던 마시로라면, 답을 듣는 것을 거부할지도 모른다고 말이다. 하지만…….

"그럴 수는 없어. 네 마음을 듣고, 내 마음을 진지하게 헤아려봤어. 이 마음을 전하지 않는다면, 평생 후회할 거야."

"그래. 아키는 고집이 세니까, 그렇게 말할 줄 알았어. 하지만, 그런 게 아냐."

"아니라고?"

"아키, 지금, 마시로를 찰 생각이지?"

"……윽?!"

나는 말문이 막혔다.

왜냐하면, **정곡을 찔렸기 때문이다.**

나는 이제까지 일부러 연애나 청춘을 멀리해왔다. 오즈와 만나 그의 재능에 반했고, 스미레와 이로하의 재능에도 반하면서, 그들 전원을 《5층 동맹》이란 팀으로 만든 후, 최적의 장소로 이끌어주는 것을 지상과제로 삼아온 나는…… 그 최대효율화를 위해, 학창 시절에 경험할 수 있는, 온갖 청춘 이벤트를 멀리했다.

그래서 고백을 받은 것도, 고백에 답하는 것도 처음이었다.

연애 초보자 나름대로 고심하고, 이로하와 오토이 씨와 이야기를 나눈 끝에 도달한 결론.

그것은— 고백을 받아들이지 않는다, 였다.

"왜…… 그렇게 생각한 거야?"

"뻔하잖아. 아키는 상냥하거든. 마시로에게 멋진 추억을 선물해준 후에, 고백을 거절하려는 심산이지? 이런 고급 레스토랑에 오라고 했을 때부터, 차일 거라는 걸 눈치챘어."

"……그렇지는, 않아. 너를 언짢게 해서 가짜 커플 계약이 깨지면, 츠키노모리 사장님과의 파이프를 잃게 돼. 나는 어디까지나 나 자신을 위해, 《5층 동맹》에 있어 최선의 결과를 얻기 위해, 너에게 디너를 대접한 거야. ……이런 내가, 상냥할 리 없어."

"둘러대도 소용없어. 아키는 마시로가 아키를 얼마나 좋아하는지, 전혀 알지 못해. 그러니 그런 말로 얼버무리자고 생각한 거야. 마시로는 안 속아. 아키는 상냥하니까, 나한테 잘해주려 했어. 부정해봤자, 마시로 안에서 그 진실은 달라지지 않아."

"마시로……."

"생각해보면, 당연하긴 해. 그렇게 귀여운 이로하 양도 아키의 여친은 아니잖아. 그런 애가 쭉 곁에 있는데도 넘어가지 않았는데, 재회한 지 얼마 안 된 마시로에게 넘어올 리가 없어."

마시로는 고개를 숙인 채, 담담한 어조로 그렇게 말했다. 가게 조명이 어두운 탓에, 표정은 보이지 않았다. 하지만 그녀의 목소리는 떨리고 있었다.

"알고 있었어. 나만 감정에 사로잡힌 걸 말이야. 아키한테 가장 소중한 건 《5층 동맹》이잖아. 마시로와 연애를 할 생각은 눈곱만큼도 없을 거야. 하지만—"

떨리는 손으로 와인 잔을 움켜쥔 마시로는 자신의 목소리에 힘을 실으며…….

"—앞으로 나아가고 싶었어. 마시로의 마음을 알아줬으면 했어. 그래서, 고백한 거야."

쥐어짜 낸 듯한 목소리로, 고백의 진의를 밝혔다.

"마시로는, 지금까지 살아오면서…… 항상 도망만 다녔어. 드디어 나 자신을 바꿀 기회를 거머쥐었으니, 한 걸음 더 내디디고 싶었던 거야."

그것은 틀어박혀 지내던 인어공주의 결의다. 좁은 바다 밖으로 나가지 못한 채, 조개껍질로 된 방 안에 틀어박혀서, 상처 입는 것을 두려워하며 지낸 여자애가, 용기를 쥐어짜서 자신의 마음을 표현하려 했다. 그저 그뿐인 이야기다.

그리고 지금, 인어공주는. 고백을 거절당한다는 형태로, 또 상처 입고 만 그녀는…….

"그러니까, 지금은 이걸로 만족했어. 공세를 펼쳤으니까, 마시로의 승리야."

미소 짓고 있었다.

마시로가 고개를 든 순간, 나는 그녀가 울고 있을 거라 생각했다. 하지만 그렇지 않았다.

약해빠진 자신을 바꾸기 위해 전학을 온 그녀는 우여곡절을 겪기는 했어도, 원래 목표대로 강해졌다.

그리고 강해진 마시로는, 입가에 의기양양한 미소를 머금으며 단호한 어조로 말했다.

"마시로는 고백의 답을 듣고 싶은 게 아냐. 듣고 싶은 건 『OK』라는 두 글자뿐. 그러니까, 아키가 지금 하려는 답은 필요 없어."

내 대답을 명확하게 거절했다. 발도술의 달인이 상대의 품속으로 파고드는 듯한, 궁극의 경지에 이른 매몰찬 태도였다.

"몇 달, 몇 년이 걸릴지는 모르겠지만. 언젠가 마시로를 좋아하게 만들겠어. 마시로에게 고백하고 싶어 안달이 나게 해줄 거야."

"내가…… 너를 좋아하게 되는 날이 올 거란 보장은 없어. 나를 잊고 다른 사람을 찾아보는 게, 효율적일 거야."

"바보 아냐? 아키, 그래선 효율충 실격이야."

"뭐?"

"목표 달성을 위한 최단 거리를 나아간다. 그런 사람이 효율충이지? 마시로의 목적은 남친을 만드는 게 아니야. 아키를 내 남친으로 만드는 거야. ―효율을 따진다면, 포기한다는 건, 있을 수 없어."

"나는 《5층 동맹》만으로도 버거워. 《5층 동맹》이 언제쯤 자리를 잡게 될지는 아무도 몰라. 분명 졸업 후일 거야. 그때, 너는 내 곁에―."

"있어."

"뭐?"

"《5층 동맹》이 어떻게 될지는 모르지만, 아키가 《5층 동맹》과 함께 걸어가는 한, 마시로는 아키 곁에 있을 거야. 그러니까, 전부 결판이 나는 그때까지― 마시로는 아키의 곁에 있을 수 있어."

"아니, 하지만 그건……."

대체 무슨 뜻일까. 졸업하고 나면, 우리는 동급생으로 지낼 수 없다.

친척이라서? 아니면 허니플레 사장의 딸이라서?

그런 희박한 관계가 연애로 발전할 리가 없는데 말이다.

왜 마시로는 이렇게 확신에 찬 어조로 말하는 걸까…….

내가 그런 괜한 생각을 하고 있을 때, 마시로는 자리에서 일어났다.

"고마워, 맛있었어. 그리고, 지금 해야 할 일이 뭔지 확신했어. 《5층 동맹》을 위해 내가 할 수 있는 일에 전력을 다해야 해. 물론…… 아키도, 전력을 다해 유혹할 거야."

마시로는 예의 바르게 고개를 숙였지만, 입에서 나온 말은 도전적이었다.

"오늘은 먼저 돌아갈게. 아키도 거북할 거잖아. 하지만—."

그리고—.

"내일부터, 짜증날 정도로 대시할 거니까— **각오하라고,** 《AKI》……!!"

마치 소년 같은 미소를 지으며 그렇게 말한 마시로는 뒤돌아서더니, 도망치듯 종종걸음으로 가게를 나섰다.

결판……은 난 것 같으면서도 나지 않았다. 그래도 저 녀석의 마음까지는 통제할 수 없다.

마시로는 나를 좋아한다. 하지만 나는 그녀와 사귈 마음이 없다. 그 사실을 마음에 품은 채, 이제까지의 관계를 이어갈 수밖에 없는 건가.

……마지막의 그 말. 말투와 『아키』란 부분의 억양이 평소와 좀 다른 것 같은 느낌이 들었는데, 대체 어떤 의미일까.

왠지 잘 아는 누군가와 비슷한 분위기가 느껴졌지만, 몇 분 동안 생각해봐도 답은 찾지 못했다.

—자, 마시로와의 일은 이걸로 결판이 났어.

기다리게 해서 미안해, 이로하.

다음은, 네 차례야.

*

《무라사키 시키부 선생님》 마시로 양과 AKI 말인데, 같이 디너를 즐기러 갔나 봐.

《OZ》 뭔가 중요한 이야기를 나누려는 것 같네요.

《무라사키 시키부 선생님》 이로하도 좀 이상한 것 같던데, 다들 무슨 일 있는 걸까?

《OZ》 사춘기, 청춘, 러브코미디. 표현할 단어는 많지만, 아마 그런 쪽 아닐까요.

《무라사키 시키부 선생님》 사랑하는 그 애들이 행복해진다면 그걸로 충분한데 말이지.

《OZ》 동감이에요. 일본도 일부다처제가 허락되면 좋겠는데 말이죠.

《무라사키 시키부 선생님》 동감이야. 그럼 불행해지는 히로인이 없을 거 아냐…….

《OZ》 자아, AKI의 루트는 어떤 방향으로 나아가려나요. 참 기대되는걸요.

008 제8화 …… 친구 여동생에게 나만 사과하다

"여기야. 부모님은 오늘 야근이라 안 계셔."

심야 0시경.

나는 오즈의 도움을 받아서 코히나타 가에 잠입했다.

그렇다고 거창한 짓을 한 건 아니며, 그저 부모님이 안 계신다는 것을 LIME으로 미리 확인한 후에 이로하에게 들키지 않도록 현관으로 몰래 들어왔을 뿐이다.

"저기가 이로하의 방이야."

"응. 땡큐, 오즈. ……그런데 괜찮겠어? 이른 늦은 시간에 여동생을 찾아온 남자를 집에 들여도 말이야."

"몇 번이나 말했다시피, 나는 시스콤이 아니거든. 아키와 이로하가 결혼해서 너희 자식을 보는 게 내 노후의 가장 큰 낙이야."

"취향 한번 끝내주는걸. 좀 제대로 된 낙을 찾아보는 게 어때?"

"매일 노력은 하고 있어. 그럼 나는 실례할게. 건투를 빌어."

그렇게 말한 오즈는 자기 방에 들어갔다.

자아.

똑똑. 우선 노크를 해봤다.

…………. 침묵.

"어이, 이로하~. 있지~? 할 이야기가 있어. 좀 나와봐."

……………………. 무시.

똑똑똑똑. 나는 끈질기게 노크를 하며 언성을 높였다.

"너는 평소에 이렇게 일찍 안 자잖아. 안 자는 거 아니까 빨리 대답해!"

"아아, 정말 끈질기네요! 이런 늦은 시간에 무슨 일이에요?!"

아, 드디어 대답했네.

"아까 리코딩 건으로 할 이야기가 있어. 문 열어주지 않겠어?"

"으…… 부모님이 안 계실 때를 노려서, 일부러 설교하려고 찾아온 거예요?"

"그런 게 아니야. 너한테 사과하고 싶을 뿐이야."

"사과? 저는 딱히 화 안 났는데요. 오히려 선배야말로 제가 리코딩을 망쳐서 화났잖아요."

"나도 화 안 났…… 아니, 그때는 화가 나긴 했어. 내 잘못을 제쳐놓고, 너한테 화를 내려고 했어. 그래서…… 사과하러 온 거야."

"사과할 필요 없어요. 선배의 얼굴을 볼 기분이 아니니까, 돌아가 주세요!"

"네 기분 같은 건 상관없어. 잔말 말고 내 이야기를 들어!"

"싫~어~요~! 어차피 요상한 화법으로 저를 회유할 속셈이죠?! 선배의 난봉꾼 테크닉은 잘 알고 있거든요?! 절대로 이 문을 열지 않을 거예요!!"

"잔말 말고 빨리 열기나 해!! 안 그러면 이 문을 확 걷어차서 열어버릴 거야!!"

"흥~! 그게 가능할 거 같아요?! 만화를 너무 본 거 아니에요~?! 현실의 문이 그렇게 간단히 부서진다면, 킥복서는 다 굶어 죽었게요?!"

"과연 그럴까?"

"할 수 있다는 거예요? 그럼 어디 해 봐요. 어차피 무리겠지만요!!"

"……**해 보라고 했지**?"

"예?"

너 방금…… 허락, 한 거지?

이로하가 어리둥절한 목소리로 그렇게 말하는 사이, 나는 약간 물러서며 문과 거리를 뒀다.

그리고 문을 향해 돌아선 후, 양손을 허리 높이로 들면서 심호흡을…….

정신통일. 내 시선은 금속제 문손잡이와 잠금 부분을 주시했다.

"일본 기업은 멋진 서비스 정신을 갖췄지. 진짜 감사할 일이야."

"……갑자기 무슨 소리 하는 거예요?"

"건축물에 어떤 건축 자재를 쓰고, 어떤 구조로 만들며, 어디를 신경 쓰고 어디를 대충 만들 것인가. 법률이란 최소한의 규칙만 지키면, 기본적으로 각사의 정책에 맡겨지는 부분도 많은데—."

"가, 갑자기 뭐 하는 거예요? 잡학 강좌예요?!"

"인명을 최우선으로 지킨다는 정책에 따라 만들어진 부품이 꽤 많아. 특별히 위험한 게 아니라 필수적이지 않은데도, 규칙으로 정해진 게 아닌데도, 어느 회사든 안전성을 중시하거든. 그래서—."

눈을 치켜뜬 후, 호흡을 내쉬며 일본 권법의 기본 동작인 앞차기를 펼쳤다.

신속 정확을 숭상하는 무술인 일본 권법의 해설 영상을 흉내 내며, 나는 이로하의 방문 잠금장치를 발바닥으로 걷어찼다.

쿠웅!! 하며 격렬한 소리가 나더니, 문은 놀랍도록 간단히 열렸다.

너무나도 간단히 열린 문을 쳐다보며 얼이 나간 이로하의 얼굴을 쳐다보며, 나는 말했다.

"—실내의 문은 충격 혹은 간단한 조작으로 손쉽게 열려. 만화 속에서만이 아니라, 현실에서도 말이지."

잠들기 직전이었는지, 잠옷 차림인 이로하는 괴상하게 생긴 마스코트 캐릭터의 허그 베개를 꼭 안으며 앉아 있었다.

그런 이로하 앞에서 무릎을 꿇으며, 방금 발차기로 망가졌을지 모르는 문 수리비 삼아 돈다발을 바닥에 던진 후, 박차기를 하는 듯한 기세로 머리를 조아린 나는…….

"이제 도망 못 가. 그러니까 내 이야기를 들어줘, 이로하."

위압적으로, 사과를 시작했다.

*

"—문까지 망가뜨리면서 들어온 거예요? 비상식적인 데도 정도라는 게 있거든요?"

"툭하면 내 방에 불법 침입하는 너한테는 나를 비난할 권리가 없어."

"무릎을 꿇고 있으면서 왜 그렇게 고압적인 거예요?! 말과 행동이 일치하지 않거든요?!"

"사과할 마음은 있지만, 반론할 부분에 대해서는 반론한다. 그게 내 스타일이거든."

"……정말 어처구니가 없네요……."

어이없다는 표정으로 한숨을 내쉰 이로하는 침대에 걸터앉았다. 침대에 걸터앉은 미소녀 여고생과 무릎을 꿇고 있는 평범 오브 평범남. 남들이 본다면 변태와 여왕님 같아 보일 것이다.

하지만 나는 이 녀석에게 굴복하러 온 것이 아니다. 이것은 어디까지나 교섭이다. 《5층 동맹》을 위해, 내가 믿는 길을 나아가기 위해, 이 녀석을 설득하러 온 것이다.

"우선 보고부터 할게. 방금, 마시로의 고백을 거절하고 있어."

"……윽! 흐, 흐음. 어라~, 왜 그런 짓을 한 거예요~? 선배가 동정을 뗄 인생 마지막 기회일지도 모르잖아요."

"원래부터 거절할 생각이었어. 솔직히 말해 연애 같은 건 생각해본 적도 없고, 마시로를 그런 눈으로 본 적도 없거든. 하지만 나도 고백을 받은 것 자체가 기뻤나 봐. 무의식적으로 들떴던 것 같아."

"……흐음. 들떴나요. 하긴, 마시로 선배는 귀여우니까요."

"그래. 그래서 거절할 기회가 찾아오지 않는 걸, 무의식적으로 즐겼던 거겠지. ……진짜, 나란 놈은 짜증날 정도로 속물이야. 한심하게도 본능에 휘둘렸어. 《5층 동맹》을 성공시키는 데 매진하겠다고 맹세했으면서, 그런 일로 들떴던 거야. 그래서 너는 화가 난 거지?"

"……."

이로하는 침묵에 잠긴 채 대답하지 않았다.

그녀의 얼굴에는 청초 모드에서의 진지한 표정이 어려 있었다.

내 말이 그녀의 마음에 얼마나 와닿았을지는 알 수 없다.

하지만 그래도 상관없다. 나는 내 방침대로 밀어붙였다.

"나는 내 청춘과 연애를 전부 버리고 왔어. 그러니 한 번만 더 기회를 줘. 코히나타 이로하를, 아니, 《5층 동맹》을 프로듀스하는 것에 내 모든 걸 바치겠어! 그러니까—."

나는 고개를 들었다. 그리고 자리에서 일어나, 이로하에게 다가갔다.

"어……."

미처 반응하지 못하는 이로하를 포옹하듯 그녀의 목 뒤편으로 손을 가져간 후…….

예의 헤드폰을, 그녀의 가녀린 목에 걸어줬다.

"그러니까— 내 앞에서는, 마음에 들지 않는다는 감정에, 거짓말을 하지 마."

이로하의 성우 활동을 상징하는 물건. 헤드폰을 목에 걸치자, 긴 머리카락이 헤드폰에 눌려서 부풀어 올랐다.

내 방에 있을 때의 짜증 덩어리 모드.

자신의 처지와 가족에 대한 배려에서 해방되어, 제멋대로에 천진난만한 행동이 허락되는 모습.

그 모습이 된 이로하는 하아~ 하고 깊디깊은 한숨을 토하더니…….

아핫☆ 하고 가벼운 웃음을 흘렸다.

"절반은 맞고, 절반은 틀렸어요."

"절반……?"

“《5층 동맹》의 성공을 위해 전력을 다한다면서요~, 이건 아니잖아요~ 같은 감정도 있기는 했어요. 하지만 저는 선배처럼 금욕적이지는 않거든요? 평범 그 자체인 여고생이거든요?”

이로하는 도망치듯 침대 위로 올라가서 무릎을 꼭 끌어안더니…….

“질투 같은 것도, 하거든요?”

나와 시선을 마주치지 않은 채, 그렇게 중얼거렸다.

……질투? 이로하가?

이런 인싸 그 자체 같은 녀석이 대체 뭐 때문에 질투를 한 걸까.

“선배 주위에는 《5층 동맹》 멤버 뿐이었고, 오빠 말고는 아무도 친구로 여기지 않으며 거리를 뒀죠. 실제로 선배가 우리를 상대로 진심이 되는 건, **일이 얽혀있을 때만이에요.**”

“그건…… 처음에 약속했잖아. 나는…….”

“《5층 동맹》을 성공시킨다, 그것을 위한 최선의 길을 찾아서 실현한다. 그 이외의 다른 걸 기대해도 곤란하다— 그날, 선배는 그렇게 말했어요.”

그렇다. 그것은 《5층 동맹》을 결성한 날에 했던 약속이다.

……아니, 약속이 아니라 보험이다. 내가 다른 이들을 상처입히는 것이 두려워서 들어둔, 보험 말이다.

그들이 온정을 기대할수록, 상냥함을 기대할수록, 내 방식은 때때로 그들을 상처입히고 만다. 효율을 추구하기 때문이다. 운동회에서 운동 신경이 나쁜 애를 빼자는 결단을 내렸을 때, 주위로부터 비난을 당했던 것처럼 말이다. 내 효율주의는 사람들을 상처입힌다.

기대와 희망이 클수록, 배신당했을 때의 실망과 절망이 커지는 것이다.

그래서 내가 조직의 우두머리인 이상, 필요 이상으로 그들과 친해져선 안 된다.

효율적인 판단을 내릴 수 없게 되어버리면, 《5층 동맹》은 무너진다.

효율적인 판단 탓에 누군가가 상처 입으면, 《5층 동맹》은 붕괴한다.

자신의 꼬리를 물어서 원형을 이루는, 우로보로스 같은 인과관계다. 머리가 짓이겨지거나 꼬리가 끊어지면, 그 순간에 와해하고 마는 불안정한 동그라미다.

그런 언밸런스한 동그라미를 영원히 유지하기 위한 극약처방. 목공용 본드로 억지로 붙인 거나 다름없는 날림 공사. 그렇게 해서 만들어진 것이, 짜증날 정도로 성가신 **친구 사이는 아닌 거리**다.

하지만…….

"《5층 동맹》의 멤버가 아닌 마시로 선배와 친해지고, 일

관련도 아닌데 마시로 선배의 고백에 진심으로 마주했죠. 적절한 거리니 뭐니는 어디 간 거야~ 싶을 정도로 접근했잖아요. 진짜 어처구니가 없지 않아요?"

"마시로는…… 상황이 상황이라 어쩔 수 없었어. 《5층 동맹》의 멤버는 아니지만, 멤버에 버금갈 만큼 돌봐줄 필요가 있는 존재야. 취직을 위해선 마시로와의 가짜 커플 관계를 지속해야만 하잖아."

"하지만 실은 그게 전부가 아니잖아요."

이로하의 지적이 이 일의 요점을 정확하게 찔렀다.

그 물러터진 부분을 자각했기 때문에, 나는 마시로의 고백을 정리하고 이 자리에 왔다.

다시 한 번, 원점으로 되돌아가기 위해서…….

"……미안해요. 선배는 잘못 없어요. 상대방이 정면에서 그렇게 다가온다면, 누구도 피하지 못할 거예요. 그건 저도 알아요."

"이로하……."

입술을 삐죽 내밀며 그렇게 말한 이로하는 더는 참을 수가 없는 것처럼 머리를 쥐어뜯었다.

"그러니까 이건 질투!! 사적인 상황에서 선배가 진심으로 신경 써주는 마시로 선배가 부러워서, 리코딩 때 사고를 쳤어요!! 리코딩 도중이라면 선배도 나를 신경 써줄 거라는 물러터진 생각을 했어요!! ……정말, 죄송해요!!"

침대 위에서 점프를 한 이로하가 그대로 물 흐르듯 무릎을 꿇으며 고개를 푹 숙였다.

그리고 마음속에 담아두고 있던 것을 전부 토해내는 듯한 어조로 나에게 사과했다.

"질투……. 뭐랄까, 네 입에서 그런 단어가 나올 줄은 몰랐어."

마치 좋아하는 남자를 다른 여자에게 빼앗길 것만 같아 초조해하는 여자애가 입에 담을 법한 단어다.

하지만 이 녀석은 내 앞에서만 본심을 드러낸다. 그리고 본심을 드러낸 결과, 나에게 짜증나게 구는 것이다. 그러니 나를 눈곱만큼도 좋아하지 않는다고 생각했는데…….

마시로의 일로 내가 얼마나 연애 경험이 부족하고, 둔감한지 알게 된 지금은…….

—나를 좋아하는 건가?

그 의문은 현실적인 가능성이 되어 내 머릿속에 떠올랐다.

그렇다면 나는 이 자리에서 답을 내놔야만 한다. 마시로를 상대로 그렇게 했듯 말이다.

지금은 그럴 때가 아니다. 연애 같은 걸 할 마음은 없다. 그저, 너를 프로듀스하게 해줬으면 한다. 그런 속내를 전달할 수밖에 없다.

그래서, 입을 열었다.

"일단 확인 좀 할게. 네 질투는…… 연애 감정, 에서 비롯된…… 거야?"

볼을 긁적이며, 고개를 돌린 채 말이다.

고개를 마주한 상태에서 이런 걸 묻는 건 무리다.

역시 나는 어쩔 수 없는 동정이다.

"……."

고개를 든 이로하가 내 얼굴을 똑바로 바라보았다.

지금 어떤 생각을 하고 있을까. 고양이처럼 커다란 눈동자가, 내 마음속 깊은 곳까지 들여다보려는 것처럼 나를 응시하고 있었다. 우리가 아무 말 없이 시선을 마주한 가운데, 시간만이 흘러갔다.

평소 워낙 시끄럽고 짜증나게 구는 녀석이라 의식할 여유도 없었지만, 이렇게 아무 말 없이 쳐다보고 있으니, 속눈썹 기네~, 얼굴 생김새가 내 취향 같아, 같은 쓸데없는 생각이, 아니다. 내가 지금 무슨 생각을 하는 거지. 나는 바보천치야. 이 녀석의 얼굴 같은 건 아무래도 상관없잖아. 그리고 지금은 그런 발칙한 생각을 할 때가 아니라고. 나는 두 번 다시 청춘 같은 것에 휘둘리지 않기로 막 결심—.

"……풉."

"어?"

내 결심을 무너뜨리려 하는 감정을 억누르기 위한 나의 고속 영창은, 거품이 일 때 들릴 법한 짧고 가벼운 소리에 끊겼다.

"풉, 푸푸풉…… 아하하하하하하!! 선배의 귀여운 대사, 획득~~!!"

그 거품이, 이윽고 격렬하게 터졌다.

이로하는 배를 잡고 침대 위를 데굴데굴 구르며, 깔깔 웃었다.

그런 그녀는 스마트폰을 손에 쥐고 있었다.

"어…… 어…… 설마, 너…… 그 스마트폰……."

『일단 확인 좀 할게. 네 질투는…… 연애 감정, 에서 비롯된…… 거야?』

이로하가 화면을 터치하자, 내 목소리가 들렸다.

"뭐예요. 제가 선배를 좋아해서 질투하는 건지 궁금한 거예요? 신경 쓰여서 밤에 잠도 안 올 것 같나요? 그 정도면 LOVE 그 자체잖아요~!!"

"바보…… 그런 의미가 아니라고! 만약 네가 진심이라면 미안할 것 같아서, 그래서 혹시나 하는 마음에—."

『일단 확인 좀 할게. 네 질투는…… 연애 감정, 에서 비롯된…… 거야?』

"그만해애애애애애애애애애애애!!"

약간 시리어스한 분위기에서 토한 나 자신의 저음 보이스를 들으니, 닭살이 돋은 내 온몸을 쥐어뜯고 싶을 정도로 괴로움이 몰려왔다.

"질투한다고 상대방을 이성으로서 좋아한다고 단정할 수

는 없거든요? 친구가 다른 친구와 가깝게 지내는 걸 보고 질투하기도 하잖아요? 친구뿐만 아니라 자기를 챙겨주는 선생님이나 부모님 등, 인간은 별의별 걸 다 질투하는 생물이거든요? 참, 선배는 친구가 적죠? 그럼 알 리가 없네요, 쏘리~!!"

이로하는 내 등을 찰싹찰싹 소리 나게 때리면서, 노도와도 같이 짜증 대사를 늘어놓고 있었다.

이 녀석, 컨디션 끝내주네. 최근에 짜증나게 구는 걸 자제했던 만큼, 이참에 쌓아뒀던 걸 전부 토해내고 있잖아.

"이, 이 녀석…… 편차가 너무 심한 거 아냐?"

"선배도 반성한 것 같으니까~? 이로하 님 풀 스로틀을 맛보여주려고요☆"

"인마, 헛소리 마. 하다못해 녹음한 건 지워!"

"절대 지우지 않을 거예요~!☆ 이렇게 달콤한 약점은, 날이면 날마다 잡을 수 있는 게 아니거든요☆"

"다른 사람한테 들려주면 어떻게 될지 알지?!"

"으음~, 어떻게 되는데요~? 에로 동인지처럼 되는 거예요~?"

"그딴 짓 안 해. 누가 너 따위—."

『일단 확인 좀 할게. 네 질투는…… 연애 감정, 에서 비롯된…… 거야?』

"크아아아아아! 하, 하지 마! 재생하지 말라고……!"

"푸푸푸풉. 한 달 정도는 이걸로 가지고 놀 수 있겠네요☆"

© tomari

"젠장……!"

"뭐, 이걸 봐서 요즘 일은 그냥 넘어가줄게요☆ 이야~, 예상 못 한 퀘스트 보수예요. 때때로 토라진 척하는 것도 괜찮겠네요~☆"

이로하는 손가락 끝으로 내 볼을 톡톡 두드리면서 기분 좋은 듯이 그렇게 말했다.

하아……. 풀이 좀 죽었나 했더니, 결국 이 모양이냐.

한순간이라도 이 녀석이 나를 좋아할지도 모른다고 생각한 내가 바보다.

뭐, 그리고 만약 마시로처럼 나한테 고백……을 한다면, 차야만 할 테고 말이다. 《5층 동맹》만 챙기면 되는 환경으로 순조롭게 돌아갈 수 있어서 솔직히 다행이다.

—혹시 이로하 녀석은 거기까지 생각해서……?

……말도 안 돼. 이로하 녀석이 그럴 리 없다고.

"아하♪ 그런데 선배. 무사히 짜증 이로하 님이 부활하긴 했는데 말이에요. 그저 약점이나 제공해주려고 저를 찾아온 건 아니죠?"

이로하는 히죽히죽 웃으면서, 확신에 찬 목소리로 그렇게 물었다.

"……감이 좋네."

"그야, 선배가 한밤중에 제 방문을 걷어차면서까지 찾아왔잖아요. 저를 설득하는 것만이 아니라, 《5층 동맹》의 활동 관련으로 할 이야기가 있는 거죠? 효율을 생각하면 그럴 가능성이 크다고요."

"그래. 네 말이 맞아."

나는 이로하의 기분을 풀어주려는 목적만으로 이렇게 찾아온 것이 아니다.

나는 《5층 동맹》을 위해 항상 전력을 다해 행동하기로 했다. 그것이 내 사명이라는 것을 다시 인식했다.

그래서 나는 마키가이 나마코 선생님의 블링블링 러블리 큐트 시나리오, 스미레의 극한 위기 연극부 문제, 지금 우리가 안고 있는 트러블을 차례차례, 그리고 깔끔하게 처리하기 위해서 행동을 시작한 것이다.

마시로의 고백에 답하는 것 그리고 이로하의 기분을 풀어주는 것— 그것은 어디까지나 서장에 지나지 않는다.

일거양득, 온갖 문제를 동시에 해결할, 끝내주는 아이디어.

그것을 상의하기 위해, 이곳에 왔다.

"이로하. 너에게— 《5층 동맹》 멤버에게 할, 중요한 이야기가 있어."

5층 동맹(4)

AKI
저기, 미안한데 너희한테 부탁할 게 있어.

마키가이 나마코
무슨 일이야?

OZ
내가 할 수 있는 일이라면 도와줄게.

AKI
좀 곤란한 일이 생겼거든. 이 방에 있는 사람들의 힘을 빌리고 싶어.

무라사키 시키부 선생님
마음 같아서는 도와주고 싶지만, 나는 지금 여유가 없어…….

AKI
우리 학교의 연극부를 돕고 싶어.

무라사키 시키부 선생님
방금 여유가 생겼어.

마키가이 나마코
손바닥 뒤집기 작렬~.

무라사키 시키부 선생님
여유가 넘쳐흐를 정도야.

마키가이 나마코
그건 그렇고, 연극부라~. 그쪽은 잘 모르는데 말이지.

AKI
우선, 마키가이 나마코 선생님에게 부탁이 있어요.

마키가이 나마코
나한테?

AKI
얼마 전에 게임용 단편 시나리오를 써주셨잖아요.

마키가이 나마코
아, 필력 폭발했을 때 쓴 그거 말이구나. 사랑이 넘쳐흐르는 명작이지?

AKI

그것 말인데, 좀 손본 후에 연극부의 연극에 쓰고 싶어요.

마키가이 나마코

어, 그걸?

AKI

그리고, 가능하면 게임용 단편 시나리오는 새로 써주셨으면 해요.

마키가이 나마코

뭐~.

AKI

무리한 부탁인 건 알아요! 하지만 선생님의 시나리오를 꼭 쓰고 싶어요!

무라사키 시키부 선생님

나도 부탁할게!

마키가이 나마코

으음…….

무라사키 시키부 선생님

부탁이야!! 뭐든 할게! 네 힘을 빌려줘! 뭐든 할게! 알몸이라도 되겠어!

AKI

시키부 선생님은 입 좀 다물어주겠어요?

무라사키 시키부 선생님

옙.

마키가이 나마코

……내 시나리오가 아니면 안 되는 거야?

AKI

예, 안 돼요.

마키가이 나마코

내 시나리오가 그렇게 탐이 나?

AKI

완전 굴뚝같아요.

마키가이 나마코

나를 사랑해?

AKI

우주에서 가장 사랑해요.

무라사키 시키부 선생님

BL?! BL이야?! AKI×나마?! 흐어어어어어어어어어엉!!

AKI

무라사키 시키부.

무라사키 시키부 선생님

예, 입 다물게요. 잘못했습니다.

마키가이 나마코

ㅋㅋ

마키가이 나마코

뭐, AKI가 그렇게까지 이야기하니 어쩔 수 없지. 그렇게 해.

AKI

감사합니다!

마키가이 나마코

사랑 is 저스티스거든.

무라사키 시키부 선생님

만세~~~!! 이겼어!! 제3부, 끝!!

마키가이 나마코

진 놈 대사잖아.

OZ

아하하…….

마키가이 나마코

하지만, 나한테만 부탁할 게 있는 건 아니지?

AKI

예.

AKI

이 방에 있는 전원, 《5층 동맹》 전원의 힘을 빌리고 싶어.

009 제9화 …… 연극부 특훈에서 우리가 세다

다음 날 방과 후.

구룡성 같은 특별교실관 4층 복도.

우리는 연극부의 활동 장소인 빈 교실을 향해 걸음을 옮기고 있었다.

지금 내 옆에는 오즈와 오토이 씨가 있었다.

스미레는 연극부에 먼저 가서 이야기를 해두기로 했으며, 이로하는 다른 방에서 대기하고 있다.

"아무런 성과도 못 낸 연극부가, 여름 대회에서 실적을 내게 하는 거구나~. 아키는 또 재미있는 일을 벌이네~."

"아키는 항상 갑작스럽다니깐. 뭐, 개인적으로는 자극적이라 재미있지만 말이야."

"《5층 동맹》에 필요한 일이야. 미안하지만 도와줬으면 해."

"뭐~. 호오도의 카스텔라도 받은 데다, 재미있을 듯한 의뢰라 괜찮지만 말이야~. 내가 참가하는 만큼, 어중간한 연극으로는 용납 못하거든~?"

교복을 대충 걸치고, 학생용 가방을 대충 어깨에 걸친 오토이 씨는 카스텔라 상자가 들어 있는 비닐봉지를 흔들면서 걸음을 옮겼다.

그녀가 입에 문 츄파드롭의 막대 부분으로 나를 가리키자, 나는 힘차게 고개를 끄덕였다.

"응, 물론이야. 어중간한 건 필요 없어."

그렇게 말하면서, 복도 안쪽— 목적지인 교실의 문을 연 순간…….

"왔구나, 극악 프로듀서!!"

증오에 찬 목소리가 들리더니, 어떤 여자가 둔기 같은 것을 휘두르며 나에게 달려들었다.

반사적으로 회피—하는 게 아니라, 상대의 품속으로 뛰어들어서 안면에 주먹을 꽂기 직전, 둔기를 든 이가 아는 여학생이란 사실을 눈치챈 나는 허둥지둥 검지로 상대방의 이마를 콕 밀어주기만 했다.

"꺄아!"

귀여운 비명을 지르며 몸을 젖힌 그 여학생— 카게이시 미도리는 털썩 엉덩방아를 찧었다.

그녀가 놓친 둔기 같은 것을 주워든 나는 어이없다는 듯이 한숨을 내쉬었다.

"폭신폭신한 스펀지 망치잖아. ……연극용 소도구야?"

"으으…… 뭐 하는 거야. 악당은 순순히 천벌을 받으란 말이야!"

© tomari

"정당방위야. 문을 열자마자 습격을 당했는데, 저항하는 게 당연하잖아."

"그것보다 너무 강한 거 아냐?! 운동이라도 했어?!"

"아, 호신술을 삼아서 일본 권법과 합기도를 독학했을 뿐이야. 그렇게 강하지도 않을걸? 무도를 익힌 사람 중에서는 평균 레벨이겠지."

"……저기, 평균의 산출법에 문제가 있는 것 같은데……."

인생에서 가장 조심해야 하는 것 중 하나는 바로 뜻밖의 사고와 불운한 사건이다.

랜덤 이벤트가 발생하는 인생 게임 등의 시뮬레이션 게임을 해본 적이 있는 사람이라면 알겠지만, 돌발적 불운 이벤트로 시간을 낭비하거나 스테이터스가 하락하면 짜증이 날 것이다. 그리고 나 또한 마찬가지다.

사고와 사건에 휘말리는 건, 인생에 있어 치명적인 낭비다. 그러니 나는 도로를 걸을 때는 길을 달리는 차가 전부 나를 치려고 할 경우를 고려하며, 통행인 또한 언제 악령이 들려서 나를 죽이려 들지 모른다고 생각하며 경계심을 품는다.

그리고 습격을 당했을 때 대처할 수 있도록, 최소한의 호신술을 습득해둔 것이다.

뭐, 아마추어가 독학으로 익힌 것이니 진짜 격투가 수준에는 미치지 못한다.

"그건 그렇고 되게 과격한 행동을 하네. 어느 정도의 반발은 예상했지만 말이야."

"으으으…… 그, 그게, 이상하단 말이야. 느닷없이 『연극부의 지도를 오오보시 군에게 일임한다』고 언니— 카게이시 선생님이 말해서……."

따지고 드는 미도리한테서 시선을 뗀 나는 교실 창가에 등을 맡긴 채 쿨한 표정으로 팔짱을 끼고 있는 스미레를 쳐다보았다. 나와 시선이 마주치자, 그녀는 아무 말 없이 멋지게 고개를 끄덕였다.

그와 동시에 스마트폰이 울리더니, LIME 메시지가 왔다.

《무라사키 시키부 선생님》 미도리를 설득하는 데 실패했어! 쏘리!

초고속 타이핑으로 「너 진짜 쓸모없네」 하고 답해뒀다.

말은 그렇게 했지만…….

연극부 부원들을 둘러보니, 납득 못 한 사람은 미도리뿐인 것 같았다. 다른 부원들은 나를 비롯한 《5층 동맹》의 멤버가 지도해줄 거라는 스미레의 제안에 딱히 반대하지 않는 것 같았다.

반발하고 있는 건 미도리뿐이다.

"이제까지는 우리의 자주성을 길러주겠다고 했단 말이야!! 수상한 뒷거래를 한 게 틀림없어!!"

"그 뒷거래가 뭔데?"

"우리 연극부를 매수하기 위해 카게이시 선생님을…… 범한 거지?! 이 짐승!!"

"내가 무슨 산적이냐."

"할리우드에서 히트작을 연이어 내놓은 슈퍼 프로듀서라며? 사회인으로서 대성공을 거둔 거지? 그런 녀석이면 속이 시꺼먼 녀석일 게 틀림없어! 나, 알거든?! 회사원이 활약하는 만화를 보면, 일이 잘 안 풀릴 때면 여자를 잠자리를 가져서 해결하잖아!!"

"만화 지식을 현실과 착각하지 마."

스미레와 다르게 성실한 우등생 타입인 줄 알았더니, 만화 지식을 순진하게 믿으며 폭주하는 게 참…….

역시 스미레의 여동생답다.

"선생님한테는 딱히 아무 짓도 하지 않았어. 그리고 약소 연극부 같은 걸 매수해봤자 무슨 이득이 있는데? 조금만 머리를 굴려봐도 그 정도는 알 수 있잖아."

"그건…… 으음…… 연극부 부원 전원을 성욕의 배출구로 삼으려고 한다거나……?"

"너, 실은 변태지?"

"아아, 아냐! 말도 안 되는 트집 잡지 마!!"

"그래도 그 발상의 비약은 말도 안 되잖아……. 연극부가 다음 대회에서 입상하기 위해서는 우리의 힘이 필요하다— 냉철한 카게이시 선생님이 그런 판단을 내린 거야. 너는 선생님의 판단을 믿지 못하는 거야?"

"윽…… 하, 하지만…… 우리는, 오늘까지 쭉, 나름대로 노력해왔어."

미도리는 말을 더듬거리면서도, 자신의 솔직한 마음을 털어놓았다.

"그런데 느닷없이 나타난 사람에게 실권을 넘겨주게 됐잖아. 그걸 어떻게 받아들이냔 말이야……!"

연극부로서는 느닷없이 강대한 외적이 쳐들어온 것이나 다름없을 것이다.

외국으로부터 다른 문화를 받아들이는 것이 국가 발전에 필요하다는 것은 알고 있다. 이성적으로는 이해한 것이다. 하지만 감정적으로는 그것을 받아들이기 어려운 것이 복잡한 현실이다.

《5층 동맹》도 최근에 비슷한 일에 직면했었기에, 나도 잘 안다.

마시로라는 새로운 존재 때문에, 인간관계가 완전히 무너질 뻔했던 것이다…….

하지만 그 문제를 헤쳐 나가는 과정에서 나는 초심을 떠올렸고, 지금도 새로운 발전 가능성을 발견했다.

연극부 또한, 마음에 들지 않는 존재인 나를 받아들인 덕분에 보이게 되는 미래가 존재할 것이다.

그래서 나는 연기했다.

카게이시 미도리를 완전히 공략하기 위해, 그녀의 마음을 장악하고 말겠다.

"……알아. 연극부의 노력은, 연습 풍경을 잠시 봤을 뿐인 나에게도 충분히 전해졌어."

"어?"

내가 갑자기 상냥한 어조로 그렇게 말하자, 미도리는 눈을 동그랗게 떴다.

아까 그렇게 매몰차게 대한 직후에 상냥함, 공감, 그리고 미도리를 이해하려는 자세를 선보인다. 이 갭이, 나를 평소보다 상냥한 인간처럼 보이게 해줄 것이다.

하는 짓만 보면 가정 폭력을 행사하는 남편이나 다름없지만, 지금은 어쩔 수 없다.

효율적으로 이야기를 진행하기 위해서라면, 나는 악마라도 되겠다.

"그래서, 도와주고 싶어졌어."

"오오보시……."

"내가 보기에, 연극부에는 잠재력이 있어. 내가 일전에 말했지? **실력이 늘 일만 남았다**고 말이야."

언뜻 듣기에는 너희는 연습이 부족하다는 험담처럼 들리

는 말이다.

하지만 뒤집어보면, 아니, 액면 그대로 받아들인다면, 칭찬에 지나지 않는다.

왜냐하면, 이제부터 얼마든지 실력이 늘 수 있다는 의미니까 말이다.

"연극부는 노력가 집단이야. 이렇게 카오스한 특별교실관 4층에서, 빈 교실이란 열악한 연습 장소에서, 고문이 구체적인 지시도 내려주지 않는 가운데, 점심시간까지 할애하며 연습을 하잖아. 그 성실하기 그지없는 노력만큼은, 높이 사야 한다고 생각해."

"……."

진지한 표정으로 칭찬을 해주자, 얼굴이 빨개진 미도리가 아무 말 없이 고개를 숙였다.

나는, 하지만, 하고 말을 이었다.

"성과란 건『노력의 양』×『노력의 방향성』이란 곱셈으로 산출돼. 사칙연산의 기본은 알지? 죽도록 노력을 거듭하더라도, 방향성이 0 혹은 마이너스라면 성과는 플러스가 되지 않아. 오히려 마이너스가 되기까지 하지만—"

그렇다. 문제는 방향성이다. 그것만 교정하면, 노력가 집단인 이 연극부는…….

"—최강이 될 수 있어. 올바르게 노력한다면, 너희는, 분명……!"

말 한마디 한마디에 힘을 실으며, 나는 딱 잘라 그렇게 말했다.

미도리가 숨을 쉬는 타이밍에 완벽하게 맞춰 강조해서, 그녀가 끼어들 타이밍을 없앴다.

그리고 그녀가 침묵하고 있는 틈에, 나는 말을 이어갔다.

"연극부가 다음 대회에서 실적을 내지 못한다면 폐부가 돼. 이대로 간다면, 그 미래를 피할 수 없어."

"……윽! 그렇지……."

반론하려던 미도리는 입을 다물며 고개를 숙였다.

반론을 할 수 있을 리가 없다.

실적을 내지 못한다— 그것은, 이 연극부를 이끄는 미도리가 가장 잘 알고 있을 테니 말이다.

"하지만, 나라면 그걸 막을 수 있어. 내 손을 잡고 부를 존속시킬지, 내 손을 뿌리치고 죽음을 선택할지……. 자, 선택해."

"……큭."

나는 주저앉은 미도리를 향해 손을 내밀었다.

그 손을 한동안 쳐다본 그녀는 애절한 눈길로 부원들을 돌아보았다.

"미도리 부장님……."

부원들은 불안한 눈빛으로 미도리를 응시했다.

그 시선에서 힘을 얻은 건지, 미도리는 고개를 들어서 나를 노려보았다.

"그렇다고, 느닷없이 찾아온 사람들에게 순순히 전부 맡길 수는 없어."

"그래. 우리도 전부 맡겨달라고 할 생각은 없어. 우리는 주연 자리를 빼앗으러 온 게 아니라, 지금의 연극부 부원들이 더 높은 수준에 이를 수 있도록 도와주러 왔을 뿐이야."

"……도와줘?"

"아까도 말했다시피, 연극부는 노력의 방향이 잘못됐어. 우리는 그걸 고쳐줄 거야."

"……하지만……."

미도리가 결단을 내리지 못하자, 나는 비장의 카드를 꺼내들었다.

가능하면 쓰고 싶지 않았던 카드지만, 어쩔 수 없다.

"혹시 내가 카게이시 선생님을 농락하는 짐승 같아서 믿지 못하는 거라면, 그건 네 착각이야."

"이, 입으로는 무슨 말을 못 해. 남자는 거짓말쟁이 늑대라는 걸 알고 있거든?!"

"아니, 증명할 수 있어. ……안 그래? 오즈."

나는 갑자기 등 뒤에 있는 오즈에게 말을 건넸다.

미리 의논해뒀던 대로, 오즈는 빙그레 웃으면서…….

"응. 그래. 아키한테 있어 『특별』한 사람은 나뿐인 것 같으니까 말이야."

"후오오오오오오오오오오오오오오오오오오오오오오오오?!"

"어어?! 저, 저기, 설마— 잠깐만, 방금 그 괴상한 비명은 뭐야?"

"아, 아무래도 알몸으로 학교 밖을 뛰어다니며 괴성을 지르는 학생이 있나 봐. 나중에 설교를 해줘야겠네."

미도리가 뒤를 돌아보자, 창문을 연 스미레가 일부러 밖을 쳐다보며 대답했다.

하마터면 여동생과 부원들에게 자신이 BL마니아라는 사실을 들킬 뻔했지만, 아무래도 아슬아슬하게 들통나지 않은 것 같았다.

……이 사람, 이렇게 허술한데도 용케 이제까지 들통이 나지 않았는걸.

"오, 오, 오오보시. 저, 저쪽은, 으음……."

"아키의 온리 원, 코히나타 오즈마예요. 잘 부탁해요, 카게이시 양."

"코히나타와 오오보시는, 그, 그렇고 그런 사이야?!"

얼굴이 새빨개진 미도리의 입술이 부들부들 떨렸다.

뭐, 거짓말은 아니다.

나에게 있어 『특별』, 친구라고 부를 만한 존재는 오즈뿐이니 말이다.

그저 중요한 단어를 숨겼을 뿐이다.

만약 방금 말을 듣고 발칙한 상상을 했다면, 그건 당사자의 머릿속이 썩어빠졌기 때문이다.

"믿어주겠어?"

"아, 어, 저기, 으음……."

미도리는 달아오른 볼을 손으로 누르며…….

"아, 알았어!! 사람의 성적 기호는 사람마다 다르잖아! 그걸 가지고 왈가왈부할 생각은 없어!!"

될 대로 되라는 투로 그렇게 외쳤다.

아무래도 스미레의 동생답게 그쪽으로도 나름의 소양이 있는 것 같았다. 본인은 자각을 못 한 것 같지만, 나와 오즈의 관계를 상상하면서 격렬하게 뛰는 가슴을 부여잡은 채로 당혹스러워하고 있었다.

솔직히 말해 이상한 소문이 도는 건 싫지만, 미도리가 제안을 받아들이게 할 방법은 이것뿐이니 어쩔 수밖에 없다.

게다가 스미레와 에로틱한 관계라는 굴욕적인 상상을 남들이 하는 게, 백 배는 더 짜증이 나니 말이다.

"그럼 믿어주는 거지? 나는 카게이시 선생님과 이상한 관계가 아냐."

"……믿을게."

음. 이제 됐다. 언질을 받았다.

"그럼 부탁할게. 납득이 안 되면 거절해도 돼. 그러니 우선, 내 이야기를 들어봐.”

미도리는 눈을 감더니, 잠시 침묵에 잠겼다.

연극부를 지원하기로 결심한 직후, 스미레가 연극부에 관해 상세하게 알려줬다.

약소한지라 부비도 변변찮으며, 활동 장소도 얻지 못했다.

그런 연극부를 지금까지 지탱해온 이가 바로 부장인 미도리다.

학교 측과 직접 담판을 해서 빈 교실을 확보했을 뿐만 아니라, 부원들을 계속 이끌어왔다.

그 정도로 미도리는 연극 활동에 진지하게 임했다.

그래서 불쑥 나타나 끼어들려 하는 우리를 보고 크게 갈등하는 것이다. 분하기도 할 것이다.

“……좋아. 이야기는 들어보겠어.”

하지만 미도리는 그런 갈등을 집어삼키며, 고개를 끄덕였다.

“다들, 괜찮지?”

“미도리 부장님의 뜻에 따르겠어요! 저희도 폐부는 되고 싶지 않거든요!”

“……응. 고마워.”

미도리는 그렇게 말한 후, 다시 나를 노려보았다.

“하지만, 납득이 안 된다면, 바로 거절할 거야!”

“좋아. 그래도 상관없어.”

미도리는 내가 내민 손을 잡고 일어섰다.

이것으로 교섭은 성립됐다.

실질적으로 연극부의 행동 방침을 결정하는 건, 부장인 미도리다.

미도리가 오케이한다면, 다른 부원도 반대하지 않을 것이다.

그 후에는, 연극부가 납득하는 개선안을 내놓기만 하면 되겠지.

"역시 대단해. 이런 걸 아키만큼 잘하는 사람은 아마 없을 거야."

"이야~. 둔감한 부분만 손본다면, 여러모로 잘 풀릴 텐데 말이야~."

"맞아. 둔감한 면만 없으면 이로하도 꽤 편하겠지."

"그래~."

뒤에서 목소리가 들렸지만, 일단 무시했다.

"그런데 네 뒤에 있는 두 사람은…… 저 두 사람도, 이번 일과 관련이 있는 거야?"

"그래. 이 두 사람도 연극부를 도와줄 거야."

오즈와 오토이 씨를 연극부에 간략하게 소개해줬다.

한 사람은 솜씨 좋은 프로그래머. 다른 한 사람은 솜씨 좋은 사운드 엔지니어.

"이 두 사람도, 스미레 언니— 카게이시 선생님과 사이가 좋아?"

"아~. 그래. 오토이 씨는 몰라도, 오즈는 자주 이야기를 나눠.”

스미레가 아니라, 무라사키 시키부 선생님과 말이다.

그래도 거짓말은 아니다.

“……흐음.”

아직 반신반의하나 보네.

때때로 스미레한테서 (원고를) 쥐어짜는 관계인데 말이야.

“……어?”

언급된 스미레는 쿨한 표정을 유지한 채 고개를 갸웃거렸다.

여동생이 나와 자기가 야한 짓을 한다는 착각을 했을 줄은 꿈에도 모를 것이다.

스미레와 야한 짓을 하는 건 100% 있을 수 없을 일인데 말이다.

……아, 그러고 보니 이 녀석이 일전에 내 하복부를 보여 달라는 부탁을 한 적이 있었지.

그런 의미로 본다면, 나는 몰라도 스미레는 나한테 엉큼한 마음을 품고 있다 볼 수도 있을 것이다.

“……역시 뭔가를 숨기고 있지?”

“그렇지 않거든?”

미도리의 추궁을 대충 흘려 넘긴 후, 나는 바로 설명에 들어갔다.

“일단, 어떻게 연극부를 도와줄지 설명하겠어. 우선 연극부가 지금 안고 있는 문제는―.”

책상과 짐을 치운 후, 칠판에 문자를 적기 시작했다.

연극부의 문제점은 크게 네 가지다.

배우의 연기력, 각본, 무대 연출, 음향.

이것들을 어떻게 하지 않는 한, 대회에서 실적을 내는 건 어렵다.

“연기 쪽은 일단 제쳐두기로 하고, 다른 세 가지에 대한 개선안부터 내놓겠어.”

내가 생각한 개선안은…….

(1) 각본의 보강 → 마키가이 나마코 선생님의 폐기 원고를 이용한다.

(2) 무대 장치의 보강 → 오즈에게 간편하면서 호화로운 연출이 가능한 시스템을 만들어달라고 한다. 그리고 배경 소재를 새로 그려야 할 경우, 무라사키 시키부 선생님에게 시킨다.

(3) 음향의 보강 → 오토이 씨에게 감수를 요청한다.

얼추 이런 식이다.

각본은 막장 SF에서, 마키가이 나마코 선생님이 『검은 새끼 염소가 우는 밤에』 용으로 쓴 시나리오를 연극용으로 손본 각본으로 변경한다.

무대 장치와 음향은 각본에 맞춰 오즈와 스미레가 제작할 것이며, 오토이 씨가 감수를 맡는다.

스미레가 배경을 그렸다는 사실을 밝힐 수는 없기에, 내가 인맥을 동원해 무라사키 시키부 선생님이란 아트 담당에게 협력을 요청했다는 것으로 했다.

전제조건이자 우리의 최종 목표는 연극부를 여름 대회에서 입상시키는 것이다.

현재의 위험한 상황에서 탈피하는 건 물론이고, 심사위원에게 높은 평가를 받을 수 있는 극으로 완성해야 한다.

"와아, 왠지 기업 프레젠테이션을 듣고 있는 것 같아."

"카게이시 선생님이 실력파 프로듀서라고 소개할 만하네."

내 제안을 들은 연극부 부원들의 반응은 나쁘지 않았다.

하지만 당연한 듯이 반발하는 이가—.

"무대 장치와 음향은 몰라도, 이제 와서 각본을 바꾼다는 건 납득 못 해!"

미도리가 책상을 내려치며 벌떡 일어섰다.

"지금보다 더 좋은 이야기라면 몰라도 말이야!"

"알았어. 각본을 가지고 왔으니까, 훑어보고 판단을 내려주지 않겠어?"

인쇄해온 마키가이 나마코 선생님의 각본을, 연극부 부원들에게 나눠줬다.

내용은 설탕이 역류하는 것처럼 블링블링하고 러블리 큐트한 시나리오지만— 역시 프로가 쓴 작품답게, 연극부의 어이없는 시나리오보다는 훨씬 나았다.

"……."

미도리는 한동안 굳은 표정으로 종이를 넘기더니, 곧 부들부들 떨기 시작했다.

그리고, 끝까지 다 읽었을 즈음에는…….

"우엥……으윽, 훌쩍."

감동의 눈물을 흘렸다.

"이렇게 감동적인 순애물은, 처음 봐~."

다른 연극부 부원들도 훌쩍거리고 있었다.

그녀들은 한동안 각본의 감상을 이야기하더니……

"꼭, 이 각본으로 연극을 하고 싶어!! 아니, 이제 다른 각본으로는 할 수 없어!"

그렇게 된 것 같았다.

"으, 응."

원래 각본보다는 낫다고 자부하지만, 그래도 이렇게 감동할 줄은 몰랐다.

어라? 혹시 이 블링블링 러블리 큐트 시나리오, 요즘 여고생들에게는 엄청 잘 먹히나? ……모르겠어. 감성을 이해할 수가 없다고.

이미 각본을 읽어본 오즈와 오토이 씨의 반응이 밋밋했던 것을 보면, 나만 이상한 건 아닌 것 같았다.

스미레는 심각한 표정으로 「내 동생, 괜찮은 걸까……」 하고 중얼거렸지만…… 뭐, 당사자들이 좋아하니 됐다.

"……확실히, 각본은 멋졌어. 이걸로 연극을 하고 싶다고, 진심으로 생각해."

하지만, 하고 말하며 미도리는 뒤편에 있는 부원들을 쳐다보았다.

"예. 저희는 무대 장치 담당인데…… 갑자기 각본을 변경하면, 장치 준비가 힘들어질 거예요."

현재 연극부에 준비된 것은, 예의 그 막장 SF 각본용 도구다.

이제 와서 각본을 변경한다면, 당연히 새로운 도구를 준비해야만 한다.

"소도구만이라면 몰라도, 배경 같은 대도구까지 변경하게 되면 시간과 비용이 부족할 거예요……."

물론, 그런 의견이 나오리란 건 이미 예상했다.

"그 문제는 오즈가 해결해줄 거야. 오즈. 여기에 오기 전에 이야기했던 거, 괜찮지?"

"연극용 배경을 입체 느낌으로 투영하는 사이비 AR이라면, 아마 괜찮아. 사흘 정도 밤샘하면 만들 수 있어."

"들었지? 대도구는 우리 쪽에서 어떻게 하겠어. 소도구 제작만이라면 어떻게 되지?"

"그거라면 괜찮아요! 최선을 다해 만들어보겠어요!"

무대 장치 문제도, 이걸로 클리어다.

음향 또한……

"과거에 했던 연극의 영상 있어~?"

"예, 작년 거라면 있어요."

"그럼 일단 그걸 보여줘~."

오토이 씨에게 맡겨두면 문제없을 것이다.

"남은 문제는 연기네."

"연기는 참견 좀 받는다고 확 달라지지는 않을 텐데, 뭔가 비책이라도 있어?"

"그래. 물론이지."

LIME을 확인해보니, 이로하한테서 준비 OK란 메시지가 와있었다.

적당한 타이밍이군.

"무대에 설 배우들은 이제부터 다른 방에서 특별 지도 교관에게 레슨을 받아줘야겠어."

"특별 지도 교관……? 웬만한 실력으로는 우리한테 가르칠 게 없을걸?"

"걱정하지 마. 만나 보면 그런 걱정은 싹 사라질 거야."

나는 이제까지, 그 녀석보다 연기력이 뛰어난 사람은 만나 본 적이 없거든.

*

연극부의 옆 교실.

그곳에는 암막이 처져 있었다.

"어느새……."

그 광경을 본 미도리와 다른 배우 두 명은 깜짝 놀랐다.

이 교실은 스미레가 내 부탁으로 연극부의 사용 허가를 받아낸 곳이다.

그리고 점심시간에 몰래 암막을 설치해뒀다.

수속을 밟는 게 귀찮기는 했지만, 눈에 힘 좀 줬더니 허락해줬어, 하고 스미레가 말했다.

스미레의 《맹독의 여왕》 행세가 처음으로 현실에서 도움이 된 듯한 느낌이 들었다.

"—왔군요."

어둑어둑한 교실 안으로 들어온 우리에게, 누군가가 그렇게 말했다.

교실 안에는 챙 달린 모자를 눌러 쓰고, 선글라스를 낀 업계인 스타일의 인물이 있었다.

……뭐, 이 정체불명의 인물은 바로 이로하지만 말이다.

"이 녀석이, 아까 말한 특별 지도 교관이야."

"이 사람이? 대체 누구야?"

"사정이 있어서 얼굴과 이름은 밝힐 수 없어. 하지만 연기

실력 하나는 확실하지.”

“교관이라고 불러주세요.”

어머니가 연예계에 관련된 일에 얽히는 것을 금지하고 있기에, 이로하는 얼굴을 드러내고 활동할 수 없다.

그래서 이 수상한 업계인 스타일로 변장하고 이곳에 온 것이다.

“……딱 봐도 수상한데, 정말 괜찮은 거야?”

“미도리 씨, 라고 했죠? 중요한 건 제가 『누구』인가 가 아니라, 『얼마나 연기를 잘하는가』 아닐까요?”

“……그건 그래요. 그럼 실력을 보여주세요!”

서로를 주시하는 두 사람 사이에서 불똥이 튀었다.

뭐, 이로하에게 맡겨두면 문제는 없을 것이다.

그리하여, 이로하의 연기 지도가 시작됐다.

지도 내용은 이로하에게 일임했다.

“우선, 오늘 받은 각본을 읽어본 후에 자기가 어느 역할을 맡을지 정하세요. 그 후, 프롤로그 부분을 연기하도록 하죠.”

이로하의 말에 따라, 미도리와 다른 두 여자애는 각본을 읽으며 역할을 배분했다.

이 각본의 등장인물은 그렇게 많지 않다.

메인으로 등장하는 건, 주인공과 히로인뿐이다.

“역시 주인공은 미도리 부장님이 맡아주세요!”

"어, 내가 해도 돼?"

"예! 미도리 부장님이 가장 적임자예요!"

"응, 찬성~!"

논의 결과, 메인인 주인공은 미도리가 맡게 된 것 같았다.

다른 역할도 곧 정해졌다.

히로인으로 발탁된 이는 야마다, 란 이름의 별다른 특징 없는 인상의 여학생이었다.

"좋아~! 그럼 초반 장면을 바로 시작해보죠~!"

이로하가 힘찬 목소리로 지시를 내리자, 연극부 부원들이 각자의 자리로 이동했다.

나도 각본을 펼쳐보며 내용을 확인했다.

프롤로그— 주인공이 등교 중인 히로인과 부딪치는 장면인가.

요즘 작품에서는 거의 찾아볼 수 없는, 뻔한 전개다.

뭐…… 이 장면이 후반으로 이어지면서, 껍질 속에 틀어박혀 있던 히로인을 구원하는 멋진 전개로 이어지니 나쁠 건 없지만 말이다.

"3, 2, 1, 스타트!"

카운트다운에 맞춰, 연기가 시작됐다.

교실 구석으로 이동한 미도리가 대사를 입에 담으며 천천히 뛰어왔다.

"이러다 지각하겠어~. 서둘러야 해~!"

"커————————엇!!"

그리고 미도리가 첫 대사를 읊은 순간, 이로하가 연기를 중단시켰다.

"방금 그건 뭐죠?! 평범하게 달려오는 장면이잖아요?! 왜 교과서 읽는 듯한 말투인 거죠?! 게다가 웬 양철 로봇처럼 달리는 거예요?! 혹시 장난치는 건가요?!"

"장난친다는 말은 제 사전에 존재하지 않아요! 평범하게 달렸을 뿐이에요!!"

"등교할 때 그런 식으로 뛰는 사람을 본 적이 없거든요?!"

……뭐, 그렇겠지.

누가 봐도, 미도리의 움직임을 양철 로봇 그 자체였다.

나도 한순간, 일전의 SF 각본 때의 연기를 계속하는 거라고 생각했다.

"……좋아요. 일단 쭉 해보세요."

이로하는 불만을 드러내면서도 연기를 계속하게 했다.

다음은 달려온 주인공이 모퉁이에서 히로인과 부딪치는 장면이다.

"꺄앗."

"크억~."

귀여운 비명을 지르는 히로인(야마다 양)과, 교과서 읽는 말투로 절규를 토하는 주인공.

이로하는 눈썹이 움찔거렸지만, 일단 참견은 하지 않았다.

"$▼>●#%Q!——@?"

"……으, 응. 나는 괜찮아……."

"&●Σ▲Δ!$$Ψ●×Φ——μ——."

"커————엇!!"

하지만, 곧 참다못한 나머지 또 중단시켰다.

"아까부터 뭐 하는 거죠?! 왜 도중에 끊는 거냔 말이에요!"

"그건 제가 할 말이에요! 야마다 씨는 문제없지만, 미도리 씨! 이번에는 왜 우주인 같은 수수께끼 언어로 말하는 거죠?!"

"하도 교과서 읽는 말투라고 해서, 역할에 몰두해 시원시원하게 발음하려고 했을 뿐이에요!!"

"시원시원?! 대사가 너무 빨라서 한마디도 알아들을 수가 없거든요?!"

이로하와 미도리는 불똥을 튀기며 서로를 노려보았다.

다른 부원들은 「아차~」 하고 말하는 듯한 표정을 짓고 있었다.

"무슨 소리를 하는 건지 모르겠군요! 저는 똑바로 하고 있단 말이에요!"

"으~~! 좋아요. 제가 시범 삼아 주인공을 연기할 테니, 잘 봐두세요."

이번에는 미도리를 대신해, 이로하가 주인공을 연기했다.

연기자들이 아까와 같은 자리로 이동한 후, 연극이 시작됐다.

이로하는 천천히 교실 안을 뛰기 시작했다.

"이러다 지각하겠어……. 서둘러야 해!"

오오…….

짤막한 한 장면이지만, 진짜로 지각할 것만 같은 다급함이 전해졌다.

목소리 또한, 연령 설정에 맞는 남성으로 바뀌었다.

달리는 모습도 서두르고 있는 남성의 다급한 뜀박질이었다.

그 후로도 연기가 이어지더니, 곧 프롤로그의 한 장면이 끝났다.

"—어떤가요?"

이로하가 흐트러진 머리카락을 정돈하면서, 미도리를 쳐다보자—.

"대…… 대단해……."

미도리는 부들부들 떨고 있었다.

"짤막한 장면이었는데도, 완벽 그 자체였어! 말투, 목소리 톤, 호흡, 그리고 동작! 진짜로 등교 중인 남자 고등학생 같아 보일 정도였어! 내 연기가 어설프게 보인 것도 납득이 돼……!!"

"이해한 것 같아 다행이군요. 대사만 앞서지 않도록 주의하세요. 자신이 『누구』를 연기하는지 유념하며, 방금 장면을 다시 연기해보겠어요?"

"예!"

아까까지 적대심을 숨김없이 드러내던 미도리는 이로하의

방금 연기를 보고 느낀 바가 있는 것 같았다.

미도리는 이로하의 지시에 순순히 따르며, 연습을 다시 시작했다.

이대로 가면, 연기 쪽도 괜찮겠지.

"이러다 지각하겠어~. 서둘러야 해~!"

"우냐~~~~!!"

방금 한 말은 취소하겠다.

……아무래도, 시간이 꽤 걸리겠네.

그로부터, 방과 후까지의 몇 시간 동안…….

각 파트의 지도가 계속 이어졌다.

"뜬금없이 음량 MAX로 BGM 넣다니, 센스가 너무 없잖아~. 여기서는 전개에 맞춰, BGM도 페이드 인하는 거야~. 참~. 그리고~, 애초에 BGM을 넣는 타이밍이 미묘하게 어긋나~."

"아, 예. 죄송해요!"

"이제까지는 이런 식으로 해왔을지도 모르지만, 나는 이런 어중간한 작업을 용납 못 해~."

"알았습니다!"

"오토이 씨, 여기는 어떻게 하면 될까요?!"

음향 담당 쪽은 오토이 씨의 스파르타 지도를 부원들이 열심히 받아들이고 있었다.

이쪽은 순조로운걸.

무대 장치 담당은 소도구 제작에 전념하고 있었다.

다행스럽게도 마키가이 나마코 선생님의 각본에는 이렇다 할 특별한 도구가 필요하지 않기 때문에, 꽤 순조로운 것 같았다.

먼저 돌아가서 대도구 제작을 진행 중인 오즈도 문제는 없을 것이다.

"너는 어떻게 하고 싶어~?"

"당신이야말로 어떻게 하고 싶은 거죠?! 정말————!!"

연기 지도 쪽은 꽤 고전하고 있는 것 같지만(주로 미도리 때문에), 전체적으로는 순조로웠다.

"오늘은 일단 이쯤에서 끝내도록 할까."

부활동 종료를 알리는 벨이 울리자, 오늘 활동을 끝냈다.

오토이 씨는「여전히 엉망이네~」하고 불만을 드러냈으며, 이로하는 머리카락이 흐트러진 채 허억~ 허억~ 하고 거친 숨을 내쉬고 있었다.

하지만 연극부 부원들의 표정은 밝았다. 실력이 늘고 있다는 걸 느낀 건지, 얼굴이 성취감으로 가득 차 있었다.

"자, 어때?"

지도 첫날이 끝난 후, 나는 미도리에게 물었다.

그녀는 고개를 끄덕였다.

"……응. 특별 지도 교관의 연기는 엄청났고, 가르치는 것도 엄청 능숙해. 다른 애들도 만족한 것 같았어."

"그거 다행인걸."

"분하지만…… 정말 인정하기 싫지만…… 오늘 가르침을 받고, 이 연극부에 치명적으로 부족한 부분이 잔뜩 있다는 걸 눈치챘어."

그러니, 하고 말한 미도리는…….

"나도, 부탁할게. 우리가 입상할 수 있도록…… 도와줘!!"

미도리, 그리고 그녀의 뒤편에 있는 부원들이 일제히 고개를 숙였다.

"그래. 잘 부탁해."

……이리하여, 《5층 동맹》+α의 연극부 서포트가 시작됐다.

*

일주일, 이주일…….

시간이 물 흐르듯 흘러갔다.

오늘도, 방과 후에는 연극부의 연습을 도왔다.

이로하도 미도리를 상대로 애먹고 있는지…….

"자신의 마음에 거짓말을 하지 마~."

"우냐아아아아! 이 연기야말로 거짓말이었으면 좋겠거든요?!"

그런 대화가 빈번하게 들려왔다.

저쪽은 시간이 좀 더 걸릴 것 같다.

하지만 다른 부분은 순조롭게 진보하고 있었다.

"오토이 씨, 어떤가요?!"

"뭐, 나쁘지는 않네~."

"정말인가요?!"

"그래도 기고만장하지는 마~. 좀 나아지기는 했지만, 남들한테 선보일 수준은 아냐~."

"예!"

음향은 오토이 씨 덕분에 좋아지고 있었다.

"오즈 씨한테 받은 무대 장치 시스템이 손에 익었어요!"

무대 장치도 소도구는 대부분 완성했고, 연극용 배경을 입체 느낌으로 투영하는 사이비 AR 시스템, 이름하여 『무대 배경 만들레일』도 오즈가 완성했다. 투명한 모니터 여러 대를 효과적으로 설치해서 실제 대도구와 비교해도 손색이 없는 레벨의 배경을 관객들에게 보여주는 장치다.

오래간만에 오즈에몽의 능력을 접한 나는 감탄을 금할 수 없었다.

이쪽도 어찌어찌 될 것 같다.

이렇게 되면 내가 할 수 있는 건 거의 없다.

실제로 지도를 하는 건 다른 이들이며, 내가 참견할 일은 딱히 없다.

게다가 연극부 전체의 스케줄 관리는 나보다 미도리에게 맡기는 편이 순조로울 것이다.

미도리와 대회에 대비한 스케줄 협의를 몇 번 했지만, 그녀는 놀라울 정도로 수완이 좋았다.

필요한 무대 장치의 수배도 미도리에게 맡기고 있다.

마키가이 나마코 선생님의 각본에 가장 걸맞은 무대 장치의 종류와 숫자를, 미도리는 나보다 더 확실하게 수배했다.

이제까지 연극부를 거의 혼자서 지탱해온 그녀의 수완은 그야말로 대단했다.

그러니 내가 할 수 있는 건, 지도에 방해가 되지 않도록 구석에서 전체 상황을 지켜보는 것 뿐이다.

"미도리 씨는 처음부터 연기를 완벽하게 해내려고 하죠?"

"그렇긴 한데…… 그러면 안 되는 거예요?"

"예, 안 돼요. 처음부터 잘하려고 하지 말고, 우선 대사 하나하나에 익숙해지세요. 미도리 씨는 전부 완벽하게 해내려고 하는 바람에, 몸에 힘이 너무 들어가는 경향이 있어요."

가장 큰 문제였던 연기는…… 이로하 녀석, 솜씨가 좋은걸.

미도리를 비롯해 배우 한 명 한 명을 적절히 지도하고 있다.

여기서는 짜증나는 행동도 자제하고 있으며, 지도 편달이 능숙한 선배처럼 보였다.

평소에도 나한테 저러면 얼마나 좋을까, 하는 생각을 금할 수가 없었다.

"……어?"

문뜩 교실 구석을 쳐다보니, 거친 숨을 내쉬고 있는 부원이 눈에 들어왔다.

히로인을 맡은 여자애다. 이름이, 으음…….

"괜찮아? ……야마나카 양."

"아…… 오오보시 씨. 야마나카가 아니라, 야마다예요."

"미, 미안해. 헷갈렸어."

그래. 야마다. 야마다였어.

뭐, 그건 제쳐두고…….

"안색이 나빠 보이는데, 좀 쉬는 게 어때?"

"아뇨, 괜찮아요. 아직 할 수 있어요."

"……무리는 하지 마. 무리해서 연습을 해봤자, 역효과만 날 거야."

하지만, 야마다 양은 고개를 저었다.

"걱정해줘서 고마워요. 하지만, 정말 괜찮아요. 좀 지쳤을 뿐이거든요."

"……."

"연극부에 들어온 후로 쭉 연습을 해왔지만…… 이 정도로 성장을 실감한 건 처음이에요. 그러니, 조금만 더 힘내볼래요."

본인의 의지가 결연해 보였다.

"알았어. 하지만, 괴로우면 쉬도록 해."

"예!"

그렇게 말한 히로인 역(야마다 양)은 다시 연습을 시작했다.

지금은 그냥 넘어가겠지만, 좀 고민이 되는 상황이었다. 억지로 쉬게 해서 의욕을 떨어뜨리는 건 피하고 싶다. 하지만 의욕은 독이기도 했다. 의욕이 지나쳐서 몸 상태가 나쁘다는 것을 눈치채지 못한 나머지, 치명적인 결과를 초래하는 경우도 있는 것이다.

일단 히로인 역(야마다 양)에 관해 미도리와 나중에 정보 공유를 해야겠다.

—뭐, 트러블이 발생할 때에 대비해 대응책을 마련해두기는 했지만…….

그런 생각을 하고 있을 때였다.

"지그시~……."

"……."

교실 입구에서 문틈으로 안쪽을 훔쳐보고 있는 이가 있었다.

실버 블론드 빛 머리카락이 어렴풋이 눈에 들어왔다. 딱 봐도 마시로가 틀림없었다.

……**또냐.**

나는 한숨을 내쉬며 복도로 나갔다.

"거의 매일 훔쳐보러 오는구나. ……괜히 마음 쓰지 말고 먼저 돌아가도 돼."

"딱히 마음 쓰는 거 아냐."

마시로는 고개를 돌리면서 차가운 말을 뱉었다. 하지만 그녀의 목소리는 부드러웠다.

그날, 고백을 거절하려던 나에게 반드시 자기를 좋아하게 만들겠다고 마시로가 선언한 날로부터 꽤 시간이 흘렀다.

처음에는 그 선언이 부끄러웠던 건지 한동안 매몰찬 태도를 계속 유지했지만, 최근에는 마음의 정리가 된 건지 학교에서도 적극적으로 나와 접촉하기 시작했다.

하지만, 뭐랄까…….

"받아. 간식이야. 마시로의 수제 참치 샌드위치야."

"아, 응. 땡큐."

"아키는 뭔가에 빠지면 자기 자신에게 너무 소홀하다니깐. 자, 자기 몸도 좀 챙기도록 해."

"으, 응……."

뭐랄까, 이렇게, **애인 행세**를 하게 됐다.

"괜찮겠어? 학교에서 노골적으로 이러다간, 주위 사람들이 착각할 거야. 저기, 우리는, 사귀는 사이가 아니잖아."

"바보 아냐?"

마시로는 영문을 모르겠다는 듯이 고개를 갸웃거리더니…….

후훗, 하고 의기양양한 미소를 머금었다.

"사귀는 사이잖아? 적어도, 학교에선 말이야."

"……아!"

츠키노모리 사장과의 계약. 《5층 동맹》의 허니플레 취직의 조건은, 졸업 때까지 마시로의 가짜 남친이 되어서 나쁜 벌레가 그녀에게 꼬이지 않게 하는 것이다.

처음에는 내가 목적 달성을 위해 적극적으로 가짜 커플 행세를 하려 했지만, 지금은 반대로…….

마시로 녀석, 그 계약을 방패로 삼고 있어……!!

"저, 전에 한 말, 농담이 아냐. 아키가, 마시로를 좋아하게 만들겠어. 그러기 위해서라면, 가짜 여친의 특권…… 실컷, 써먹을 거야."

하지만 『공세』로 전환하기는 했어도, 인간의 본질은 달라지지 않는 것 같았다.

마시로의 목소리가 점점 작아지더니, 볼도 빨갛게 달아올랐다.

"이, 이제 한계야……. 그럼…… 죽어!"

"으, 응. 조심해서 돌아가."

마시로는 얼굴을 숙인 채 도망치듯 돌아갔다. 마지막 단어는 작별 인사 삼아 말한 걸까. 그렇다면, 정말 최악의 작별 인사다.

공세를 펼치고 있기는 하지만, 지속 시간은 겨우 3분 정도다. 네가 무슨 시간제한형 히어로냐, 하고 딴죽을 날리고 싶어지는 사양이다. 아무튼, 마시로는 3분 정도면 기브업하고 만다.

하지만 복도에 쌓인 책상과 의자 사이의 틈새로 빠져 나가려다, 문뜩 뭔가가 생각난 것처럼 멈춰선 마시로가 내 곁으로 돌아오더니…….

발돋움하면서, 내 귀에 이렇게 속삭였다.

"연극, 기대하고 있을게."

"으, 응."

그렇게 말하고 다시 고개를 숙인 마시로는 서둘러 돌아갔다.

그 갸륵하고 한결같은 뒷모습을 쳐다보고 있자니, 왠지 가슴 속에서 묘한 응어리 같은 게 소용돌이쳤다.

자신의 감정을 알 수가 없었다. 나는, 저 녀석을 어떻게 생각하는 걸까.

—이거, 큰일인걸.

마음을 정리했다고 생각했는데, 인간의 감정이란 것은 단순하지 않은 것 같았다.

하지만 지금은 괜한 생각을 할 때가 아니다. 그저 눈앞의 미션을 수행해야만 한다.

우리의 소중한 게임을 지키고, 우리가 있어야 할 장소로 인도하기 위해…….

*

『츠키노모리 씨의 앞으로 펼칠 공세가 기대되는걸. 과연 아키는 언제까지 버틸 수 있으려나?』

『왜 재미있어하는 거냐고…….』

010 제10화 …… 친구 여동생이 확연히 짜증나게 군다

7월이 됐다.

교섭술(위압)을 익힌 스미레 덕분에 방과 후에 체육관을 몇 번 빌리는 데 성공한 우리는, 대회에 대비해 무대 위에서의 리허설을 할 수 있었다.

그 덕분인지 연극부 전체가 질적으로 향상됐고, 미도리 또한 연기가 꽤 능숙해졌다.

연극도, 우리가 만족할 수 있는 수준으로 완성되어 갔다.

최우수상은 무리일지도 모르지만, 학교 측이 납득할 만한 실적을 낼 수 있을 듯한 느낌이 들었다.

"너를 상처입히는 녀석은, 내가 해치우겠어. ……어때?! 방금은 괜찮았지?!"

"예! 미도리 부장님, 실력이 엄청나게 늘었어요!"

"역시 그렇지?! 응?! 응?!"

미도리와 부원들이 기뻐하는 모습이 눈에 들어왔다.

기뻐하는 심정은 이해가 됐다.

동료들과 함께 효율적으로 목표를 달성하기 위해 나아가면 충실감을 느끼거든.

연습이 끝난 후에도 연극부 부원들은 각자가 얼마나 성장했는지 이야기를 나누며, 자주적으로 다음 단계로 나아갈 방법을 논의했다.

사기진작에도 도움이 되는 것 같으니 좋은 경향이다.

"이만큼 연기가 능숙해진 건, 교관님 덕분이에요."

"교관님, 고마워요! 내일도 잘 부탁드려요!"

"예~, 여러분도 수고 많았어요~. 대회를 앞둔 라스트 스퍼트, 열심히 하도록 해요~!"

처음에만 해도 연극부 부원들은 불쑥 찾아온 우리를 경계했지만, 지금은 완전히 받아들이고 있을 뿐만 아니라 관계도 양호했다.

하지만, 신경 쓰이는 점을 하나 꼽자면…….

"……."

부원들을 바라보는 이로하의 표정이다.

이로하의 안타까운 표정이 약간 신경 쓰였다.

*

방과 후.

집에 돌아와서 침실에 들어가려던 순간, 내 옆을 쑥 지나친 이로하가 먼저 안으로 들어갔다.

양말을 벗어서 대충 던진 그녀는 자못 당연한 듯이 침대에 털썩 드러누워서 데굴거렸다.

"휴우~. 오늘도 수고했어요~."

"태연한 표정으로 남의 집 침대에 드러눕지 말라고."

"매일같이 드나들어서 그런지, 제 방 침대보다 이 방 침대가 훨씬 편하게 느껴지거든요~. 이건 실질적으로 제 침대라는 생각이 들어요!"

이로하는 침대 위를 굴러다니면서 그런 건방진 소리를 늘어놓았다.

그 바람에 치마가 말려 올라갈 뻔 했지만, 각도가 절묘해서 안이 보이지 않았다.

딱히 저 치마 안에 흥미가 있지는 않지만, 어떤 원리로 보이지 않는 건지는 기술적 측면에서 좀 관심이 있기는 했다.

만화나 애니메이션에서는 명백하게 보여야 하는 각도인데 규제 때문에 보이지 않는 경우가 있는데, 어쩌면 그것도 리얼리티를 추구하고 있는 걸지도 모른다.

"느흐흐~. 어라라, 선배. 제 치마 안에 관심 있어요~? 『나는 친구 여동생의 속옷에 관심 있는 변태입니다. 부디 이로하 님의 속옷을 보여주시옵소서』 하고 말하면 특별히 보여줄 수도 있거든요?"

"안 해, 바보야. 네 속옷 같은 건 눈곱만큼도 흥미 없다고."

"에이~☆ 선배도 남자잖아요~. 어마무지하게 흥미— 으윽?! 잠깐만요, 자기가 불리하다고 냄새 제거 스프레이를 뿌리는 건 반칙 아니에요?!"

“내 침대에 언제 페브리즈를 뿌리든, 그건 주인 마음이잖아? 그게 싫으면 빨리 네 방으로 돌아가.”

소유권을 방패 삼아 귀찮은 화제를 강제 종료시키자, 이로하는 불만을 표시하듯 볼을 부풀렸다.

이어질 이로하의 치근덕 제2탄에 대처하기 위해 경계심을 품었지만—.

“으으으~~. 알았어요, 알았다고요~.”

삐친 듯한 표정을 지으며 침대에서 일어난 이로하는 방금 벗어던진 양말을 줍기 시작했다.

이로하가 평소와 다르게 내 말에 순순히 따르자, 도리어 미심쩍었다.

“뭐야. 너, 꿍꿍이가 있는 거지?”

“정말~, 너무하잖아요. 순순히 시키는 대로 해도 의심하는 거예요? 선배, 실은 제가 이 방에 있어 줬으면 하는 거죠~?”

이로하는 그렇게 대꾸했지만, 그녀의 치근덕은 평소만큼 강렬하지 못했다.

“선배도 피곤해 보이니까, 오늘은 일찌감치 퇴장해드릴게요~.”

“……무슨 일 있어?”

“예?”

침실에서 나가려던 이로하가 우뚝 멈춰서며 나를 돌아보았다.

"아, 연극부 관련으로 무슨 일이 있나 싶어서 말이야."

"……그렇게 티가 났어요?"

"티가 확 날 정도로 치근덕이 밋밋한데, 어떻게 모르겠냐고. 너 때문에 느낀 짜증이 평소의 절반 수준이었어."

"이야~, 그걸로 판단한 거예요~. 정말~, 대체 제 치근덕을 얼마나 기대하고 있는 거예요~?"

이로하는 자기 이마를 찰싹 소리가 나게 때리며 쓴웃음을 지었다.

평소 같으면 힘차게 느껴졌을 저 동작도, 지금은 왠지 기운이 없는 것처럼 보였다.

"……정말. 선배는 이럴 때만 감이 좋다니까요. 정말 약았어요."

황금색 머리카락을 손가락으로 돌돌 말면서 작게 웃음을 흘린 이로하는 이야기를 시작했다.

"저는 엄마한테 연예계 쪽과 얽히지 말라는 말을 듣고 있잖아요?"

그건 알고 있다.

이로하는 어릴 적부터, 연예계와 거리를 두라는 교육을 받아왔다.

그것도, 집에 텔레비전도 없을 만큼 철저하게 말이다.

물론 연예계 관련 이야기를 집에서 하는 것도 절대 안 된다.

그것은 지금도 이어지고 있으며, 그 탓에 이로하는 《5층 동맹》 멤버에게도 자신이 성우를 담당하고 있다는 것을 밝히지 못했다.

그 사실은 알고 있는 건 나, 그리고 리코딩 과정에 꼭 참가하게 되는 오토이 씨뿐이다. 오토이 씨와도 긴밀한 묵비 의무 계약(고급 디저트)을 맺으며 정보가 새어 나가는 것을 철저하게 막고 있다.

"그래서, 연극부가 좀 부럽다는 생각이 들었어요. 얼굴을 드러내고, 동료들과 함께, 환한 무대 위에서 연기를 선보이는—."

"……."

"물론『검은 염소』의 성우 작업도 즐겁고, 공부도 되는 데다, 충실감도 느끼고 있어요. 하지만 문뜩 이런 생각이 들었어요. 아무리 열심히 해봤자, 나는 결국 정체불명의 성우 여단 X에 지나지 않는다, 란 생각이 말이에요."

이로하는 침대에 걸터앉더니, 천장을 올려다보며 그렇게 말했다.

정체불명의 성우 여단 X. 그것은 SNS에서 언급되는『검은 새끼 염소가 우는 밤에』의 성우 담당자를 가리키는 명칭이다.

모든 등장 캐릭터의 담당 성우가 이름이 공개되지 않은 미스터리어스한 상황에서, 소문이 소문을 부르며 결국 그런 호칭까지 생겨난 것이다.

실은 여단(혼자)이지만, 누구도 그 사실을 알지 못한다.

“나야! 바로 내가 했어! 그런 식으로 가슴을 펴고 어필할 수 있다면 좋겠다고 생각하고 말아요.”

그럴 수만 있다면— 하고 말한 이로하는 안타까운 미소를 머금었다.

“저도 《5층 동맹》의 어엿한 일원이 될 수 있잖아요.”

그래, 맞아.

이로하는 내 앞에서는 짜증날 정도로 자기주장을 한다. 다소 도가 지나칠 때도 있지만, 이 녀석의 성격을 생각하면 당연한 일이다.

내 앞에서만, 『자기 자신』을 어필할 수 있기 때문이다.

인간이라면 누구나 남에게 인정받고 싶어 한다.

나 또한 그렇다.

하지만 과도한 칭찬으로 기고만장해진 바람에 잃게 될 신용과 시간 낭비를 계산해보면 너무 비효율적이기에 자제하고 있을 뿐이다.

그러니 흔치 않은 재능을 지녔는데도 자신의 실적을 어필하지 못하고, 불합리한 이유로 본성을 숨겨야만 하는 이로하가, 얼마나 남에게 인정받고 싶어 할지 충분히 상상할 수 있었다.

너무 비효율적이라 속이 울컥할 지경이다.

최근 몇 주 동안 이로하를 지켜보면서 나는 이 녀석의 재능을 재인식했다.

목소리만이 아니다. 세세한 표정과 온몸의 움직임, 손가락 끝을 이용한 미세한 감정 표현까지— 이로하는 자신의 모든 부위를 이용해 무시무시할 정도의 연기력을 발휘했다.

이로하라면 성우만이 아니라, 연극이나 영화의 배우도 충분히 될 수 있을 것이다.

그런 팔색조 같은 재능을 이대로 썩혀야만 한다니, 정말 짜증나는 사실이다.

"그렇다면 언젠가 무대에 서게 해주겠어. 아예 연극 같은 2.5차원 콘텐츠를 손대는 것도 괜찮겠네. 물론 배우는 너야."

"예? 하지만, 그건……."

"뭘 위해 《5층 동맹》이 존재하는지 몰라? 너희가 각자의 재능을 마음껏 펼칠 수 있는 무대를 준비하기 위해 만든 거야."

그렇다. 그걸 위해 《5층 동맹》은 존재한다.

게다가…….

"나는 연기에 재능이 없거든. 내가 못하는 건, 남에게 맡기는 게 최고야. 이번 일로 네 재능이 얼마나 폭넓은지 잘 알았어. 장래에 너에게 맡길 일이 늘었지. 이건 꽤 큰 수확이야."

"정말 제멋대로네요. 대체 저를 얼마나 부려먹을 심산이에요?"

"유감이지만 우리 회사는 블랙 기업이거든. 싫으면 관둬."
"아하~. 누가 열 받아서 이걸 SNS에서 폭로했다간, 그대로 불판이 깔리겠네요☆"
그렇다. 그러니 나는 착한 사람이 아니다.
세간의 가치관에 비춰본다면 《5층 동맹》은 블랙 기업에 불과하다.
나에게는 진정한 의미에서 남들을 이끌 재능이 없다.
그저, 호의적인 멤버들에게 어리광을 부리고 있을 뿐이다.
그러니 나도, 이 녀석들의 어리광에 전력을 다해 부응해야만 한다.
"네가 바란다면 이뤄주겠어. 그러니까 너도, 각오해둬."
내가 진지한 표정으로 그렇게 말하자, 이로하는 미소를 머금었다.
그리고 민첩한 동작으로 경례를 했다.
"—라져, 예요!"
아까까지의 안타까운 표정이 얼굴에서 사라졌다.
이제 괜찮은 것 같네.
"……."
하지만 이로하의 어머니와도 언젠가 대면해야만 하는 날이 올 것이다.
어쩌면 그날은 멀지 않았을지도 모른다.
미리 각오를 해둬야만 하리라.

뭐, 그것도 이번 연극부 건이 마무리된 후의 일이지만 말이다.

"자아, 이로하. 대회가 얼마 남지 않았어. 이제부터가 중요하니까, 긴장 풀 여유는 없다고."

"물론이죠! 전설의 카리스마 지도 교관, 이로하 님의 활약을 기대해 주세요!!"

이로하는 자신만만한 목소리로 그렇게 외치면서, 힘차게 주먹을 들었다.

"제 꿈이 가득 담긴 이 연극을, 꼭 성공시키자고요!! 오~~~!!"

하지만…….

트러블이란, 항상 최악의 타이밍에 찾아오는 법이다.

대회를 앞둔 우리를 뒤흔들 파란은, 어느새 코앞까지 다가와 있었다.

*

그리고 대회 전날이 됐다.

방과 후, 나를 비롯한 《5층 동맹》의 멤버+α와 연극부 일동은 체육관에 모여서 연습을 했다.

대회 전날의 마지막 리허설이다.

처음에는 문제로 점철된 절망적인 연극부였지만, 지금은…….

"응. 이 정도면 대회에서도 좋은 결과를 얻을 수 있을 거야."

"뭐~, 손님한테 보여줘도 될 수준에는 이르렀네~. 내가 가르쳐줄 수 있는 건 전부 가르쳐줬으니까, 남은 건 저 녀석들이 하기 나름이야~."

오즈와 오토이 씨는 만족한 것처럼 고개를 끄덕였다.

그리고 스미레는—.

"아…… 안 돼, 아직 웃지 마…… 참아야 해…… 하…… 하지만……."

승리를 확신하고 들뜬 마음을 억누르기 위해, 뒤돌아선 채 부들부들 떨고 있었다.

어이, 뭐하는 거야. 방심한 녀석이야말로 실패하는 법이라고.

뭐, 스미레가 안심하는 것도 이해는 된다.

나 또한, 이번 연극의 완성도는 충분한 수준에 이르렀다고 생각한다.

각본은 블링블링 러블리 큐트지만, 고등학생의 연극에 쓰기에는 지나칠 정도로 뛰어나다.

오즈가 만든 무대 장치 시스템 덕분에, 극 전체에서 박진감도 느껴졌다.

오토이 씨의 감수로, 음향 전반에도 위화감이 없다.

그리고 결정타는 바로—.

"—제발, 나와 같이 가주지 않겠어?"

주인공을 맡은 미도리의 연기다.

처음에는 교과서 읽는 말투에 양철 로봇 같은 연기였지만, 지금은 아마추어인 내 눈에도 멋져 보였다.

다른 부원들의 연기도 처음보다 훨씬 좋아진 것이 느껴졌다.

《AKI》 괜찮은 느낌이네.

《이로하》 그렇죠? 이로하 님이 마음만 먹으면, 이 정도는 아무것도 아니라고요☆

《이로하》 무한정 칭찬해도 되거든요? 닥스훈트한테 하듯 제 머리를 쓰담쓰담해도 되거든요?

《AKI》 오버하지 마, 바보야.

나는 무대 뒤편에 숨어서 극을 지켜보는 이로하와 LIME으로 대화를 나눴다.

《5층 동맹》에 이로하가 관여하고 있다는 건, 이 자리에 있는 멤버 중에서 오토이 씨만 알고 있다.

그래서 이로하는 사람들 앞에 모습을 드러낼 수 없고, 이렇게 숨어다닐 수밖에 없는 것이다.

하지만 이로하가 보기에도 완성도가 높은 연극인 것 같으니 다행이다.

그리고 퀄리티를 유지한 채 연극은 이어졌고…….

"—이것으로, 리허설을 끝내겠습니다!! 지켜봐 주셔서 감사해요!"

미도리의 인사에 맞춰 연극부 일동이 깊이 고개를 숙이면서, 마지막 연습이 종료됐다.

무대 위에서 환한 표정을 짓고 있는 그녀들을 향해, 우리는 힘찬 박수를 보냈다.

"역시 오오보시 군이야. 문제투성이였던 연극부를 이만큼이나 성장시켰잖아."

"저는 아무것도 안 했어요. 다른 애들의 능력, 그리고 연극부 부원들의 노력이 결실을 맺은 거예요."

"이걸로, 폐부는 면하겠네……. 오오보시 군, 정말 고마워."

"고마워할 필요 없어요. 누구누구 씨가 마감을 어기지 않고, 꼬박꼬박 일러스트를 제출해주기만 한다면 말이죠."

"으, 응. 그러면 좋겠어."

"그리고 아직 방심하기는 일러요. 전체적인 수준이 오르긴 했지만, 입상할 수 있을지는 아직 모르니까요. 그러니 긴장을 풀지 말고, 앞으로도 일러스트를 잘 부탁해요."

"이야기의 흐름이 좀 이상한 것 같지 않아?"

"신은 사람들의 평소 행실을 살펴보고 있거든. 트러블이 일어나지 않기를 바란다면, 선행을 해. 마감을 지키라고."

"……아~!! 맞아!! 내일에 대비해 궐기회를 하기로 했어. 오오보시 군과 다른 사람들도 참가해줬으면 해. 내가 먼저 가서 준비해둘게!!"

스미레는 이야기를 얼버무리더니, 서둘러 체육관을 빠져

나갔다.

저 녀석…… 역시 따끔한 맛을 제대로 보여줄 필요가 있겠는걸.

살의의 파동에 눈뜬 내가 주먹을 부르르 떨고 있을 때, 옆에 있는 오즈가 흐음 하고 낮은 신음을 흘렸다.

"궐기회를 하는 구나~. 정식 부원이 아닌 우리가 참가해도 괜찮을까?"

"뭐, 괜찮을 거야. 이제 와서 그런 소리를 하는 것도 좀 그렇잖아."

궐기회라고는 해도, 과자와 주스를 마시면서 미도리가 대표로 한마디 하는 자리이리라.

그렇게 딱딱한 내용은 아닐 것이다.

"그래. 그럼 참가할까."

"응. 나도 여기 정리가 끝나면 갈 테니까, 먼저 부실에 가 있어."

"나도 도울게."

"너는 일을 많이 했잖아. 잡일이라도 나한테 맡겨줘. 안 그러면 나는 아무짝에도 쓸모없는 놈이 된다고."

"이 멤버가 모인 조직을 만든 것만으로도 충분히 공헌했다고 생각하는데 말이야."

"됐으니까 빨리 가기나 해."

나는 돕겠다고 말하는 오즈의 등을 밀어서 체육관 밖으

로 쫓아냈다.

참고로 오토이 씨는 일찌감치 사라졌다. 애초부터 뒷정리는 자기 할 일이 아니라고 생각하는 것이리라. 역시 마이페이스의 그 사람답다.

"……오오보시, 잠깐 나 좀 봐."

접이식 의자와 소도구를 정리하려고 할 때, 미도리가 갑자기 나를 불렀다.

"왜 그래?"

"저기, 고맙다는 말을 해두고 싶어서 말이야."

"뭐?"

"……오오보시가 협력해준 덕분에, 우리는 실력이 이만큼이나 늘었어. 처음에는 불쑥 나타나서 멋대로 떠들어대기는! 하고 생각했지만…… 지금은 와줘서 고맙다고 생각해. 그러니까—."

"멈춰."

미도리가 말을 이으려 하자, 나는 손을 내밀어서 제지했다.

"연극부가 이 만큼 실력이 좋아진 건, 너희가 그만큼 노력한 결과야. 우선, 그 점을 착각하지는 마."

"……응."

"그리고, 나는 딱히 한 게 없어. 실제로 너희를 지도한 건, 교관과 오즈와 오토이 씨야. 고맙다는 말은 그 사람들한테 해. 그리고 그런 말을 하기에는 아직 일러. 대회는 내일이잖

아. 감사 인사는 대회가 끝날 때까지 미뤄둬."

"……………………응. 알았어. 내일, 최선을 다할게!"

"그래. 우리도 끝까지 돕겠어."

고개를 끄덕인 미도리는 갑자기 미심쩍은 눈길로 나를 쳐다보았다.

"그리고 스미레 언니— 카게이시 선생님과 네가 어떤 사이인지, 아직 의심하고 있거든?!"

"그러니까 그건 네 착각이라고 말했잖아."

"그 말을 어떻게 믿어! 스미레 언니는 멋진 미인이니까, 노리는 남자도 분명 많을 거야!"

"뭐, 그런 견해도 존재할지도 모르겠네."

그리고 『스미레 언니』라고 부르는데, 괜찮은 건가? 뭐, 진작에 들통났지만 말이다.

"게다가…… 방금 오오보시는, 약간……."

"약간?"

"아무것도 아냐! 아무튼, 스미레 언니와, 어, 엉큼한 짓 같은 건, 절대 하지 마!"

미도리는 검지로 내 얼굴을 가리키며 그렇게 말한 후, 어딘가로 달려가 버렸다.

요즘 들어서 나와 이야기를 나누는 여자가 도중에 어딘가로 뛰어가는 일이 자주 벌어지는 느낌이 들었다.

뭐, 어쨌든 간에…….

“언니를 닮아서 재도 이상한 구석이 있나 보네.”

나는 그런 생각을 했다.

*

“카게이시 양이 새빨개진 얼굴로 아까 달려왔는데 말이야. 아키, 또 러브코미디 작품의 주인공 같은 무브를 한 건 아니지?”

특별교실관 4층의 빈 교실에 있는 연극부실에 내가 들어서자, 오즈가 그런 말을 했다.

“그럴 리가 없잖아. 그 정도로 궐기회를 고대하고 있는 것 아닐까?”

“진짜야? 아, 그러고 보니 이로하는 요즘 어때? 얼마 전에 트러블이 생긴 것 같던데, 그건 해결된 거야?”

“덕분에 말이야. 하지만 딱히 별일은 없어. 요즘 들어 다시 불법 침입을 당하는 생활로 되돌아갔을 뿐이야.”

“여동생의 행복을 바라는 나로선 기쁜 일이네. 츠키노모리 양도 요즘 어택이 강렬해진 것 같던데…….”

“뭐, 전에도 말했다시피 그건 가짜 커플인 척하기 위한 연기……야.”

거짓의 거짓은 진실. 실은 본심 같지만, 밝힐 수는 없다.

마시로가 진심을 털어놓은 만큼, 그녀의 마음을 받아줄

수 없는 이 상황에서 그 사실만 함부로 퍼뜨릴 생각은 없다.

"흐음. 뭐, 좋아. 개인적으로는 즐거운 삼각관계를 희망하고 싶네."

"취향 한번 고약하네. 남의 수라장을 즐기지 말라고."

"아하하. 뭐, 친구의 특권으로 여겨줘."

"좀 봐주라……."

오즈와 그런 별것 아닌 이야기를 나누고 있을 때였다.

"—큰일 났어요!"

교실 문이 급하게 열리더니, 부원 중 한 명이 안으로 들어왔다.

"무슨 일이야?"

"야마다가 부실에 오는 도중에 쓰러졌어요!"

"뭐?"

그 말에 가장 먼저 반응한 이는 바로 스미레였다.

야마다……라면, 히로인을 맡은 애다.

"양호실로 데려갔는데…… 열이 엄청나요. 가족에게 연락해 병원으로 옮기게 됐어요. 그리고—."

그 부원은 머뭇거리며 고개를 숙이더니…….

"—양호 선생님 말씀으로는, 내일 대회에 나가는 건 아무래도 어려울 거라고……."

"맙소사……!"

미도리가 새파랗게 질린 얼굴로 그렇게 외쳤다.

야마다 양— 며칠 전부터, 몸이 나빠 보였던 것을 나는 알고 있다.

그때는 본인의 의지를 존중해서 연습을 계속하게 뒀지만, 미도리와 상의해서 경과를 주의깊게 살폈다.

미도리도 그녀를 계속 신경 썼으며, 겉보기에는 아무렇지 않아 보였는데…….

리허설에서 예전보다 수준이 높아졌다는 것을 느끼고 달성감에 긴장이 풀린 나머지, 쌓여 있던 피로가 단숨에 몰려온 것일지도 모른다.

"더 꼼꼼하게 살펴봤어야 했어. ……젠장, 이런 미스를 저지르다니……."

나는 주먹을 말아 쥐며 혀를 찼다.

현장 전체의 지휘 및 멤버의 관리는 내 일이다.

그런데, 중요한 대회 직전에 히로인 역을 맡은 배우가 쓰러지고 만 것이다.

"……아냐. 내가 부원의 컨디션 관리에 좀 더 신경을 썼어야 했어. 그 애가 무리하는 타입이라는 걸, 알고 있었는데……. 그런데……."

"거기까지 해. 책임 소재를 가지고 왈가왈부할 시간은 없어. 대회가 내일이란 말이야."

스미레의 날카로운 목소리가 나와 미도리의 후회를 갈가리 찢었다.

진지한 눈빛으로 우리를 응시하며, 입가에 손가락을 댄 채 생각에 잠긴 모습은 그야말로 총명한 여교사다.

평소 스미레는 헛소리만 늘어놓지만, 학생들을 아끼는 좋은 교사라는 것 또한 그녀의 진실이다. 그러니 학생의 진지한 문제에 있어서는 남들 곱절로 냉철하게 대처할 수 있다.

스미레의 말이 옳다.

누구 잘못인지를 따져봤자 아무런 의미도 없다.

야마다 씨의 용태가 걱정되지만, 그건 양호 선생님과 병원에 맡기면 될 것이다.

현재 우리가 생각해야 하는 건 내일 대회에서 연극을 어떻게 할 것인가, 다.

공석이 된 히로인 역을 누가 메울 것인가, 인 것이다.

"야마다를 대신할 사람은 없을까?"

미도리가 불안에 사로잡힌 부원들에게 그렇게 말했다.

"그게…… 너무 갑작스러운 일이라……."

"하루 만에 대본을 다 외우는 건 무리잖아. 대역 같은 건 무리야……."

부원들은 자신 없는 표정으로 고개를 숙였다.

"부탁이야……. 이대로는 내일 대회에 참가조차 할 수 없어. 실적을 내지 못하면 폐부되고 말아……. 이렇게 열심히 극을 완성했는데 도전조차 못 하는 거잖아. 그건, 너무 분해……!!"

미도리는 뼈에 사무치는 심정으로 그렇게 호소했다.

하지만, 아무도 손을 들지 않았다.

위축되고 만 것이다.

이것은, 폐해다.

성장해서, 레벨업했기에, 위축되고 만다.

예전의 연극부였다면, 누군가가 순진하게 손을 들었을 것이다. 하지만 지금은 무리다.

배우로서 한 단계 성장한 미도리와 야마다 양의 연기를 본 동료들은, 자신들이 벼락치기로 대본을 외워서 연기해봤자 그 수준에 도달하지 못하리라는 것을 피부로 느끼고 있다.

그 침묵에 무너지고 만 미도리의 등이 떨렸다.

"맙소사……. 오늘까지, 그렇게 노력해왔는데……."

그녀의 등을 쳐다보며, 나는 생각했다.

야마다 양의 몸 상태가 나쁘다는 것을 눈치챘을 때, 나는 이런 미래가 펼쳐질 가능성이 2할 정도는 된다고 판단했다.

야마다 양만이 아니다. 배우 중 누군가가 컨디션 난조 혹은 다른 이유로 무대에 서지 못하게 되는 사태가 벌어질 경우를 다각도로 시뮬레이트해봤다.

그렇기에, 해결책은 있다.

하지만 그것은 나 혼자서는 실행에 옮길 수 없는 방법이다.

인생의 기로에 선 연극부와, 미도리— 그녀들을 위해, 자신 또한 인생의 기로에 설 각오를, 선택을 할지…….

"—이야기는 전부 들었어요!"

드르륵 하는 소리를 내며 문이 힘차게 열리더니, 누군가가 교실 안으로 들어왔다.

깊이 눌러쓴 챙 달린 모자, 눈가를 감추는 수상한 선글라스.

미심쩍기 그지없는 그 여성을 본 미도리는 눈을 동그랗게 떴다.

"교관님?!"

"…………이로하."

나는 아무에게도 들리지 않을 만큼 작은 목소리로, 그녀의 이름을 읊조렸다.

이로하, 괜찮은 거지? 지금, 네가 이 자리에 나타났다는 건…….

모든 걸 밝힐 각오가, 된 거지?

오즈와 스미레는 저 어설픈 변장을 보고 교관의 정체를 눈치챈 건지, 당혹스러운 표정을 짓고 있었다. 오토이 씨만은 태연하게 츄파드롭을 핥으며 멀뚱멀뚱 서 있었다.

뭐, 그렇겠지. 놀랄 만도 해.

《5층 동맹》의 덤. 그저 파티 때의 분위기 담당. 같은 층에 살고, 오즈의 동생이며, 나를 잘 따르기 때문에 《5층 동맹》

의 모임에 참가할 뿐인 여자애가, 마치 중요 인물처럼 이 자리에 나타난 것이다.

"제가 대역을 맡겠어요!"

모자와 선글라스— 정체를 숨기기 위한 그것들을 벗어던지며, 이로하는 업계인 스타일을 해제했다.

가련하게 휘날리는 황금색 머리카락, 그 사이로 어렴풋이 보이는 눈동자는 아련한 불안과 기대의 빛을 머금고 있으며, 입가에는 의기양양한 미소가 어려 있었다.

"할리우드급의 연기를 보여주겠어요. 연극부 여러분~☆"

코히나타 이로하가, 짜증스러우면서도 당당히 등장했다.

"어…… 당신은, 그 유명한 1학년인…… 코히나타 양?!"

"이야기로 들은 성격과 다른 것 같은데…… 그것보다, 코히나타 양이 교관이었어?!"

연극부 부원들이 술렁거렸다.

"이로하……?"

오즈도, 망연자실한 표정을 지었다.

오즈는 이로하의 연기력을 알아선 안 되는 이의 대표격이라 할 수 있다.

고자질하는 타입은 아니다.

하지만 한집에서 사는 오즈한테서 어머니에게 어떤 식으로든 정보가 새어 나갈 리스크가 존재하는 것이다.

그래서 이로하에 관한 것은 동료들에게도 숨겨왔다.

© tomari

이 자리에서 정체를 밝힌다는 건, 어머니에게 들킬 리스크를 각오했다는 것을 뜻했다.

—그래. 이로하 녀석이 드디어 결심한 거구나.

예전에, 자신이 성우 활동을 한다는 사실을 《5층 동맹》 멤버에게 숨겨달라고 나에게 부탁한 이는 바로 이로하다.

나는 그 부탁을 들어줬을 뿐이다.

이로하는 어머니와 정면 대결을 펼쳐서 자유를 쟁취할 자신이 없었다. 어머니에게 맞설 각오가 없었던 것이다.

하지만 이로하는 연극부 연습을 도우면서 자극을 받았고, 자신도 남들 앞에 서고 싶다는 욕구를 느끼며 자신의 미래를 고려한 끝에, 앞으로 나아가기로 결심한 것이리라.

좋아. 네가 그렇게 정했다면, 나도 도와주겠어.

네 어머니를 비롯해 그 누가 반대하든, 네가 허락을 받을 수 있도록 전심전력을 다 해 도울 거야.

"여러분을 지도하기 위해, 대사는 전부 외웠어요. 물론 히로인 역의 대사도 말이죠. 저라면, 충분히 해낼 수 있어요."

"하지만 이건 연극부의 문제인데……. 정말, 괜찮겠어?"

외부인에게 의지하게 된 것을 미안하게 여기는 건지, 미도리는 머뭇거리면서 물었다.

이로하는 꺄하☆ 하고 웃더니…….

"물론 괜찮죠! 노력이 보답받지 못하는 건 완전 망겜! 이니까요!!"

"크, 크윽…… 역시 소문으로 들었던 코히나타 양과는 너무 달라. ……아, 그래도 교관은 이런 느낌이었나……."

"뭐, 사소한 건 신경쓰지 마세요. 여러분의 노력이 헛되이 되지 않도록 도우려는 것뿐이에요! 게다가, 이 연극에는 제 꿈도 걸려 있고요."

"꿈……?"

"잡담은 이걸로 끝!! 저한테 협력을 받을 거예요, 말 거예요!! 대답은 예스 or 노!! 자아, 미도리 씨! 결단을 내려주세요!!"

미도리의 의문을 단칼에 베어 넘기듯, 이로하는 평소의 그 짜증나는 말투로 양자택일을 강요했다.

그 기세, 그리고 그 기세의 이면에 숨겨져 있는 진지한 마음을 느낀 듯한 미도리는 힘차게 고개를 끄덕였다.

"코히나타 양…… 아니, 교관님! 부디…… 잘 부탁드려요!"

"예! 야마다 씨의 마음을 등에 업고, 최고의 결과를 남기도록 하죠!!"

이로하의 히로인 역 긴급 투입이 결정되면서, 연극부는 존속이 걸린 대회에 임하게 됐다.

*

『이로하가 연기에 재능이 있었구나. 설마 나한테도 숨기고 있었을 줄은 몰랐어.』

『숨겨와서 미안해.』

『아냐, 어쩔 수 없어. 엄마한테 들통나면 난리가 날 테니 말이야. ……이로하가 관여해온 건 연극부만이 아니겠지. 《5층 동맹》의 활동에도 몰래 참여한 거지?』

『그래. 더는 숨길 생각 없어.』

『그렇구나. 내가 생각했던 것보다 훨씬, 너는 이로하한테 있어서 소중한 사람이었나 보네.』

『……오버야.』

『오버는 무슨. 이로하를 믿고 맡길 사람은 아키뿐이야. 나는 지금, 그걸 확신했어.』

011 제11화 …… 친구 여동생과 나만의 세계

중요한 것은 결과보다 과정이다, 라는 말이 있다.

나는 이 말을 좋아하지 않는다.

왜냐하면, 실패한 자가 변명으로 쓰는 경우가 많기 때문이다.

실패했지만, 최선을 다했으니 됐어— 같은 마음의 목소리가 뻔히 보이면 짜증이 치솟는다.

애초에, 사회에서는 과정이 아니라 결과로 평가를 받는다.

결과는 내지 못했지만, 최선을 다했으니 좋은 평가를 부탁드립니다. 이런 소리를 하면 과연 받아들여질까?

당연히, 받아들여질 리가 없다.

과정에서 얻는 게 없다는 말은 아니지만, 결국 결과가 최우선이다. 아무리 노력해도, 결과를 내지 못한다면 의미가 없다.

결론은, 가장 중요한 것은 과정이 아니라 결과다.

또한, 이번에 대회에 참가하게 된 연극부도 같은 상황이라 할 수 있다.

연극부는 최선을 다해 연습했지만, 입상하지 못한다면 그녀들이 맞이할 결말은 폐부다.

학교 측은 노력했다는 과정이 아니라, 실적이란 결과만 고려하는 것이다.

이번에 연극부가 참가하는 전국 고등학교 연극 페스티벌은, 우선 각 광역자치 단체에서 여러 지역으로 나뉘어 치러지는 지역 대회가 개최된다.

여기서 우수한 성적을 내면 상위 대회로 진출할 수 있는 것이다.

학교 측이 연극부에게 요구한 최소 라인은 지역 대회에서 우승해서 현 대회 출전권을 획득하는 것이다.

즉, 현 대회 출전권을 손에 넣지 못한다면, 연극부는 폐부가 되고 말지만—.

나는 그렇게 되지 않을 거라고 확신했다.

왜냐고?

그것은, 내가 높이 평가한 녀석들이 연극부의 연극을 높이 평가하고 있기 때문이다.

나보다 몇백 배는 재능이 있는 녀석들이 인정했다— 그렇다면, 이 연극부가 다른 학교의 어설픈 연극부에게 질 리가 없다.

이 세상은 결과가 전부다.

그래서 《5층 동맹》+α가 연극부를 도와줬다.

히로인 역을 맡은 소녀가 쓰러진다는 문제가 발생했지만, 그래도 이로하가 그 구멍을 메워주기로 했으니 연극부가 입상한다는 결과에는 변함이 없을 것이다.

—더 이상 문제가 발생하지 않는다면, 말이다.

*

대회 당일.

시민 문화 홀 앞에는 다양한 디자인의 교복을 입은 고등학생들이 모여 있었다.

이 지역에서 연극부가 있는 모든 고등학교에서 학생들이 모이기 때문인지, 상상을 초월할 정도로 혼잡했다.

연극에 청춘을 바친 녀석들이 모인 것이다.

하늘에는 먹구름이 끼어 있었다. 아직 비가 내리지 않았지만, 먼 곳에서 쿠르릉 하고 천둥소리가 들렸다.

국지적으로 뇌우와 강풍이 발생한다고 하지만, 일시적으로만 발생할 뿐이며 오래 유지되지는 않는다고 한다.

그래서 전국 고등학교 연극 페스티벌은 예정대로 열리게 됐다.

연극부는 학교가 아니라 시민 문화 홀에서 현지 집합을 하기로 했다.

우리 학교의 인근 역에서 여섯 정거장 정도 떨어진 곳에 있는 시설이기에, 여럿이서 함께 전철을 타고 이동하는 것도 힘들 거라고 판단했다.

이날, 나는 개시 시각보다 일찍 도착해서 연극부의 준비를 돕고 있었다.

오즈의 무대 장치 시스템을 최종 체크해봤지만, 이쪽도 문제는 없었다.

연극에 쓰일 도구 또한, 빠짐없이 준비되어 있었다.

다른 짐도 완벽하게 갖춰져 있었다.

일단 내가 할 수 있는 건 이 정도가 전부다.

"오오보시 씨, 고마워요!"

"아, 별거 아냐. 너희야말로 힘내."

나는 연극부 부원과 그런 대화를 나눈 후, 대기실로 돌아갔다.

각 학교별로 대기실이 마련되어 있으며, 그곳에서 배우가 옷을 갈아입거나 화장 등의 준비를 마치게 되어 있다.

내가 안으로 들어가자, 거울과 눈싸움 중이던 이로하가 나를 돌아보았다.

"선배, 저의 화장 어떤가요? 완벽한가요? 확 끌어안고 싶을 정도로 귀여운가요?"

"이상한 소리 좀 하지 마. ……어디 좀 보자."

나는 그 질문을 듣고 어이없어하면서도, 이로하의 얼굴을 확인했다.

이상한 곳은 없다. 그뿐만 아니라, 할리우드 여배우도 울고 갈 만큼 슈퍼S급 미모다.

이 녀석, 화장을 제대로 이렇게 확 달라지는구나. 원래도 얼굴은, 인정하기 싫긴 해도 얼굴 하나만큼은, 내 취향이라는 생각이 들긴 했지만 말이다.

덧없음과 고귀함을 겸비한, 동화 속 공주님 같은 그 얼굴은 내가 생각했던 각본 속의 히로인 그 자체다.

그런 다양한 감상이 머릿속을 스쳤지만…….

"뭐, 괜찮은 것 같네."

내 입에서는 그런 단순한 감상만이 흘러나왔다.

그러자 이로하는 쓰레기를 보듯 나를 쳐다보았다.

"하아~, 빵점. 이야~, 방금 그건 빵점이라고요. 깔끔하게 화장을 한, 그것도 좋아하는 애한테 한 말로서는 그야말로 최악의 발언이네요. 이래서 동정은 문제라니까요."

"그런 버그 걸린 채점 기준으로 평가하지 말라고……. 그리고, 좋아하는 애도 아니라고."

"하지만 동정인 건 사실이죠? 제 눈은 속일 수 없어요. 지금도 저와 이 좁은 대기실에서 단둘이 있다는 시추에이션 때문에 가슴이 뛰면서, 자기가 『남자』라는 걸 자각하고 있죠?"

남자, 라는 부분에 의미심장한 뉘앙스를 실은 이로하가 므흐흐 하고 웃었다.

……이 녀석, 보는 사람이 없다고 대놓고 짜증나게 구네.

동정 여부 가지고 함부로 사람을 놀리지 마. 그걸로 마음에 깊은 상처를 입는 녀석도 있다고.

“이로하, 너는 착각을 하고 있어.”

“흐음~, 뭘 말이에요?”

“나는 동정이 아냐.”

“어.”

“어이쿠. ……어이, 조심 좀 해.”

이로하가 손에 쥐고 있던 아이라이너를 놓쳤다. 나는 허둥지둥 그것을 공중에서 캐치했다.

이로하를 살펴보니, 망연자실한 표정으로 입술을 부들부들 떨고 있었다.

“거짓말……. 어, 거짓말……이죠?”

이로하는 떨리는 목소리로 물었다.

“선배 같은 끝내주는 효율충에 초절정 둔감 고지식 외톨이 자식이…….”

“너처럼 얼굴 가죽이 두꺼운 녀석은 화장할 필요가 없는 거 아냐?”

어떻게 숨 쉬듯이 이런 무례한 단어를 퍼부어댈 수 있는 걸까.

“동정이란 원래 순결을 지키는 수녀를 공경할 때 쓰는 말이거든. 즉, 나는 수녀가 아니니까 동정이 아냐.”

“예~?! 뭐 그딴 말도 안 되는 논리가 다 있어요?! 정말, 아침부터 한심한 소리 좀 늘어놓지 마세요. 이러니까 선배는 동정이라는 거라고요! 에이~, 동정~!"

"그게 욕설로 들릴 거라고 생각해? 성모 마리아도 동정녀라고 불리거든? 그 정도로 동정은 고결한 단어야. 오히려 칭찬처럼 들리는걸."

"흐음~, 아하~. 동정이 자기합리화 하는 소리네요! 그럼 몇 번 동정이란 말을 들으면 선배가 화낼지 시험해볼까요? 렛츠, 동정 챌린지!!"

"어이, 처녀. 확 범해버린다."

"의외로 끓는점이 낮아—?!!"

이 녀석은 아침부터 매우 시끄럽네.

곧 대회가 시작될 텐데, 긴장한 기색이 전혀 없다. 심장이 강철로 된 걸까.

하지만, 물어봐야 할 게 하나 있다.

"저기, 이로하."

"왜요, 동정……이 아닌, 선배."

"……."

한순간 확 쥐어박아 줄까 하고 생각했지만, 일단 참았다.

진지한 이야기를 해야 하니 말이다.

"……너, 진짜로 얼굴을 드러내도 괜찮겠어?"

장난스러운 표정을 짓고 있던 이로하는 그 말을 듣고 태도를 바꿨다.

"괜찮아요."

"오즈에게 알려져도 말이야?"

일단 오즈와 스미레에게는 자초지종을 설명해뒀다.

하지만 오즈의 반응은 영 밋밋했다.

서로가 나름대로 생각하는 바가 있는 것이리라.

"예, 괜찮아요."

하지만 이로하는 「괜찮다」고 또 말하며 고개를 끄덕였다.

"언젠가는 말해야만 하는 일인 데다—."

이로하는 미소를 머금으며 말을 이었다.

"—결국에는, 선배가 어떻게든 해결해줄 거잖아요?"

그 전폭적인 신뢰를 느낀 나는 무심코 웃음을 터뜨렸다.

그리고 웃으면서, 고개를 끄덕였다.

"나만 믿어. 너희가 해줘야 할 일이 잔뜩 있거든. 너희가 고물이 될 때까지 부려먹어주겠어."

"오, 악덕 사장 발언 잘 들었습니다! 노동부~! 노동부에 신고해야겠어요~!!"

"흥, 신고할 거면 어디 해 봐. 너희야말로 일에 환장한 워커홀릭이잖아."

이로하가 악의가 없는 고발 선언을 입에 담자, 나는 웃어 넘겼다.

……바로 그때였다.

대기실 밖이 시끌벅적하다는 것을 느꼈다.

"어, 어라? 혹시 진짜로 노동부에서 사찰 나온 거예요?"

"이딴 장소에 올 리가 없잖아, 바보야. ……또 문제가 발생한 게 아니면 좋겠는데……."

나는 일말의 불안을 느끼며, 대기실 밖으로 나갔다.

*

대기실 밖으로 나간 순간, 가장 먼저 눈에 들어온 것은 스미레의 모습이었다.

쿨한 표정을 지은 채, 거무튀튀한 아우라를 풍기고 있었다. 나는 스미레가 절망에 빠졌을 때 저런 표정을 짓는다는 것을 잘 안다.

쿨함과 절망을 양립시키다니, 정말 재주도 좋은 사람이다.

그런 내 생각은 스미레가 한 말을 들은 순간, 머릿속에서 사라졌다.

"미도리가…… 늦는대……."

"……뭐?"

그 뜻밖의 말에, 나는 미간을 찌푸렸다.

미도리는 문화 홀에 충분히 시간 맞춰 도착할 수 있는, 오히려 이른 시간에 집을 나섰다고 한다.

하지만 도중에 아기가 태어나려 하는 임산부와 연이어 마주쳤고, 미도리는 임산부를 위해 응급차를 불러줬다.

그래도 턱걸이로 연극 전에 도착할 수 있는 상황이었지만,

갑작스러운 낙뢰로 선로 옆의 건물에 화재가 발생하면서 전철이 지연됐다.

도로가 정체된 탓에, 택시를 부를 수도 없다.

본격적으로 폭우와 강풍이 맹위를 떨치는 가운데, 이곳까지 뛰어오고 있지만, 아무래도 연극 개시 시간 전에 문화홀에 도착하는 건 무리 같았다.

—어이, 너무 어처구니없는 지각 이유잖아.

픽션에서 질리도록 봤던 트러블의 폭풍이, 왜 현실에서, 이렇게 핀포인트로, 미도리만을 노리듯 일어나는 걸까?

『미안해, 스미레 언니. 다들, 정말 미안해.』

스미레의 스마트폰 화면에 표시된 것은 미도리에게서 온 짤막한 메시지다.

그 문장에서, 미도리의 절망이 전해져 오는 것 같았다.

그렇게 연습했는데, 모처럼 실력이 늘었는데…….

누구보다 진지하며, 누구보다 열심히 해온, 절대 지각 같은 걸 하지 않을 듯한 녀석이…….

인생에서 몇 번 마주칠까 말까 하는 사태에, 천문학적인 확률로 휘말리다니…….

젠장. 세상은 빌어먹을 정도로 불합리하다.

"미도리 부장님이 못 온다니……."

"곧 개회식인데, 어떻게 해……?"

"어떻게 하기는, 미도리 부장님이 없으면 연극은 무리야…….

주인공 대사를 외우고 있는 사람은 없잖아……?”

이로하라면 주인공의 대사도 외우고 있을 것이다. 하지만 이로하는 히로인의 대역을 맡고 있다.

연극부에 다시 절망적인 분위기가 감돌았다.

《5층 동맹》+α도 표정을 굳어졌다.

“연극부…… 연극부가…… 여자 테니스부로…….”

스미레는 쿨한 표정을 지은 채 눈을 까뒤집으며 그런 소리를 늘어놨다. 그런 그녀의 눈동자에 희미하게 진지한 빛이 어리더니, 이어서 이렇게 말했다.

“미도리…… 그렇게 최선을 다했는데…… 이건, 너무해…….”

……뭐, 스미레도 동생을 둔 언니다. 당연히 저런 마음이 들 것이다.

게다가 카게이시 가문이 어떤 곳인지 생각해보면, 고등학생 때가 미도리가 연극을 할 수 있는 **마지막 기회**일지도 모른다.

연극부가 폐부되면 미도리의 연극 생활은 끝이다. 분명 그렇게 될 것이다.

그것을 알기에, 스미레는 원통할 미도리를 생각하며 가슴 아파하는 것이다.

“……큰일 났는걸.”

오즈는 표정을 굳히며 그렇게 말했다.

“그래. 그 녀석이 지각할 가능성은 고려하지 못했어.”

누구보다 성실한 미도리가 늦을 거라고는, 지각할 거라고는 생각도 못 했다.

그래서 이제 대비책이 없다.

뭔가…… 없을까?

차로 미도리를 마중 갈까? ―무리다. 길이 막히는 상황이니 의미가 없다.

자전거는 어떨까? ―무리다. 자전거를 집에 두고 왔다. 다른 사람한테 빌리는 방법도 있지만, 자전거로 데려온다고 제시간에 올 수 있을 거란 보장이 없다.

"……."

오토이 씨는 벽에 등을 맡긴 채, 입안의 사탕을 굴리면서 나를 쳐다보았다.

"선배……."

이로하 또한 애원하는 듯한 눈길로 나를 쳐다보았다.

어떻게 하지. 생각해. 생각해.

대본의 대사를 외우고 있으며, 연기가 어느 정도 되는 인간.

마키가이 나마코 선생님에게 연락해서, 와달라고 할까? 각본을 쓴 그 사람이라면, 내용을 전부 외우고 있을 것이다. ―무리다. 그 사람은 이 근처에서 살지 않는다. 애초에 고등학생도 아니며, 우리 학교 학생도 아닌 사람을 무대에 세웠다간 실격 처리가 될 수도 있다.

그럼 어떻게 하지? ―아니, 잠깐만 있어 봐.

지금 찾아야만 하는 인재의 조건. 그건, 설마…….

"선생님. 카게이시 양과 이야기를 나누고 싶어요. 폰 좀 빌려주세요."

"으, 응. 알았어."

스미레는 머뭇거리면서 스마트폰을 조작하더니, 미도리에게 전화를 건 후에 넘겨줬다.

전화가 연결되자, 미도리의 울음 섞인 목소리가 들렸다.

『하아…… 하아…… 미안해…… 모처럼, 다 같이 오늘까지 최선을 다했는데……. 내, 내가, 모두의 소중한 날을…… 망쳤어……! 훌쩍…… 으흑…….』

"……나야. 역시, 늦을 것 같아?"

『오오보시……. 하아…… 하아…… 응……. 미안해…… 제시간에, 도착하는 건…… 무리야.』

"……그렇구나."

『오오보시, 미안, 해……. 네가 그렇게 열심히, 도와줬는데…….』

" 잘못 아냐. 운이 나빴을 뿐이야."

『아냐……. 나, 항상 이래. 감정만 앞서서, 아무 생각 없이 행동해. 그러다, 툭하면 실패해. 실은, 알고 있었어. 오오보시의 방식이, 효율적이라는 걸……. 처음에 오오보시가 찾아왔을 때, 내가 감정에 사로잡혀서 네 협력을 거절했잖아? 그때도 너한테 도움을 받는 편이 좋을 거라는 걸 알고 있었어. 하지만, 그럴 수가 없었던 거야. 오늘도, 길에서 곤란한 사람을 봐도, 내 인생이 더 중요하다고 여겼으면……. 못 본 척했으면……. 자신만을 위해, 효율적으로 행동했다면, 이렇게는……!』

미도리는 자신의 비효율적인 행동을 후회하며, 오열을 흘렸다.

"너, 지금 착각에 빠졌어."

『뭐?』

"너는 아무런 잘못도 하지 않았어. 인간적으로도, 효율적으로도 말이지."

『하, 하지만, 나는—.』

"내가 말하는 효율적인 수단이란, 『자기가 행복해지기 위한 최단 루트』야. 임산부를 못 본 척했다면 너는 자신의 선택을 평생 후회하겠지. 네가 그런 녀석들이니까, 다른 부원들도 지금까지 따라온 거야. 가슴을 펴. 너는 네 인생에 있어 가장 효율적인 선택을 했을 뿐이거든."

『오오……보시……. 하지만, 다들, 노력했어. 연습 후에도 집에서 혼자 연습했고, 쉬는 날에도 따로 모여서 연습했어. 나, 부장인데……. 내가 부원들의 노력을 망쳤어. 나는 진짜 못난 애야…….』

세상은 결과가 전부다.

아무리 노력을 하더라도, 결과를 남기지 못하면 의미가

없다.

전부, 무의미해지는 것이다.

"……어이, 너는 어떻게든 이번 연극을 성공시키고 싶어?"

『그야, 당연하잖아…….』

"—네가 이 자리에 없더라도 말이야?"

『응, 성공시키고 싶어!』

미도리는 단 한 순간도 망설이지 않으며, 바로 대답했다.

『그렇게 노력해놓고, 무대에 서지 못하는 건 괴로워. 하지만, 나 때문에 다른 애들의 꿈이 망가지는 게 몇백 배는 더 괴로워!! 그러니까—.』

"—그 대답을 듣고 싶었어. 그렇다면, 마음 놓고 이 대책을 쓸 수 있어."

『뭐?』

전화를 끊지 않은 채, 나는 연극부 전원, 그리고 상황을 지켜보고 있는 오즈와 스미레, 오토이 씨와 이로하에게 들리도록…….

단호한 어조로, 선언했다.

"내가 대신 무대에 서겠어."

"뭐……?"

연극부 부원들은 얼이 나간 듯한 반응을 보였다.

당연했다. 내가 제정신이 아니라고 생각하는 것이리라.

하지만 결과를 내지 못한다는 것은 이제까지의 과정이 전부 부질없어지는 것을 뜻했다.

내가 질색하는, 낭비가 발생하는 것이다.

그걸 잠자코 두고 볼 수는 없다고.

"하, 하지만 오오보시 씨는 대사를……."

"각본에 실린 대사는 전부 외웠어."

왜냐하면 마키가이 나마코 선생님에게 받은 시나리오를 무대 각본용으로 손본 사람이 바로 나인 것이다.

0에서 1의 시나리오를 만들어내는 재능은 마키가이 나마코 선생님의 발치에도 미치지 못하지만, 만들어져 있는 캐릭터의 대사를 쓰는 거라면 일반적인 시나리오 라이터 수준으로 쓸 수 있게 됐다.

그리고 무대 각본용으로 수정하는 것을 마키가이 나마코 선생님에게 부탁할 수 없었기에, 내가 직접 한 것이다.

그리고 가장 중요한 연기력은……

"너희 연극부의 연습 풍경을 옆에서 계속 봐왔거든. 대본 연습에 참여한 적도 있어. 기초적인 부분은 머릿속에 들어 있을 거야. ……그래도 어디까지나 평균 수준이니 너무 기대하지는 마."

"아하하. 그래, 그 방법이 있었지. 주인공 역도 잘 어울릴 거야."

"맞아~. 평균 사기꾼인 아키라면, 합격점 수준의 연기는 할 수 있을걸~?"

"나도 고문으로서— 오오보시 아키테루 군을 추천해!"

오즈, 오토이 씨, 스미레, 세 사람이 그렇게 말했다. 그리고 마지막으로 이로하가 의기양양한 미소를 지으며…….

"선배라면 분명 괜찮을 거예요. 전설의 카리스마 지도 교관, 이로하 님의 보증할게요☆"

……하고 단호하게 말했다.

지금까지 의지해왔던 이들이 그렇게 말하자, 연극부 부원들도 서로의 얼굴을 쳐다보며 각오를 다지듯 고개를 끄덕였다.

"다른 부원들은 전부 동의한 것 같아. 너는, 어떻게 할래?"

전화 너머로 듣고 있을 미도리에게 말을 건넸다. 어디까지나 최후의 선택은 부장인 미도리가 해야 한다. 마지막까지 본분을 다하라는 의미를 담아, 나는 그녀의 판단을 구했다.

『—응, 부탁해. 제발, 연극을 성공시켜줘!』

*

개회식이 끝난 후, 프로그램 순서대로 다른 학교의 연극이 시작됐다.

우리 차례도 서서히 다가오고 있었다.

"선배, 사이즈는 괜찮아요?"

주인공 역의 의상은 미도리가 입을 것만 준비되어 있기에, 나는 그것을 입을 수밖에 없었다.

"역시 어깨와 팔이 조이네."

의상이 찢어지지 않도록 세심한 주의를 기울이며, 어찌어찌 옷을 입었다.

설마 평소 근육 트레이닝을 하는 게 이렇게 악재로 작용할 줄이야.

"가슴은 괜찮아요~?"

"가슴 쪽은 그나마 괜찮네. 아마 미도리도 이걸 입기 전에 가슴에 붕대를 감는 것 아닐까?"

"글쎄요~. 선배는 남자치고 가슴이 크잖아요."

"가슴이 아니라 흉근이라고 말해."

의상 쪽은 일단 문제없다.

가슴팍에 찬 무선 핀 마이크의 상태도 괜찮다.

극의 흐름을 머릿속으로 재확인해봤지만, 딱히 문제가 될 부분은 없었다.

아무래도 어찌어찌 될 것 같았다.

"그건 그렇고, 역시 화장을 하니 확 달라 보이네요~."

이로하가 내 얼굴을 빤히 쳐다보았다.

대역을 맡기로 결정된 후, 나도 화장을 하게 됐다.

연극부 부원이 해줬는데, 피부 색깔이 확 달라지니 기묘한 기분이 들었다.

"꽤 괜찮네요☆"

"그래?"

"예. 선배도 이참에 매일 화장을 하는 게 어때요?"

"그건 사양하겠어. 매일 아침에 이러는 건 시간 낭비거든."

"우와~, 낭비라니 너무해~. 여자는 아침마다 화장하거든요~? 뭐~, 선배는 피부가 깨끗하니까 안 해도 괜찮겠지만요~."

그런 대화를 나누고 있을 때, 대회 관계자가 「다음 팀, 준비해주세요~」 하고 말했다.

다음이, 우리 차례다.

다른 멤버도 긴장한 표정으로 대기하고 있었다.

"……"

장막 뒤편에서 객석을 보니, 수많은 관객이 눈에 들어왔다. 가장 앞줄에서 거만하게 팔짱을 끼고 있는 이들이 심사위원이리라.

그 광경을 보자, 이제부터 연극을 해야 한다는 실감이 났다.

나는 무심코 숨을 삼켰다.

"뭐, 선배는 긴장하지 않아도 돼요."

바로 그때, 내 옆에 서 있던 이로하가 그렇게 말했다.

"실수하더라도 제가 에스코트해드릴게요, 귀여운 주인공 씨☆"

이로하는 심술궂은 미소를 머금으며 도발했다.

그 덕분에, 나는 평정심을 되찾았다.

"반대잖아. 순순히 에스코트나 받아, 하나도 안 귀여운 히로인 녀석아."

그런 대화를 끝으로, 우리는 각자의 자리로 이동했다.

그리고…….

천천히, 막이 올라갔다.

*

부~ 하는 부저음에 맞춰 막이 올라가는 것을, 마시로는 객석 구석에서 지켜보고 있었다.

극장 내부가 어두워지더니, 방금까지 술렁거리던 관객들이 숨을 멈춘 것처럼 입을 다물었다.

숲속의 나뭇잎에 달린 잎사귀가 스치는 소리. 이야기의 시작을 알리는 소리가 들리더니, 서서히 음량이 커지는 것에 맞춰 가슴의 두근거림이 커져만 갔다.

—마시로가 쓴 이야기가, 연극이 됐어…….

게임용으로 만든 시나리오에 맞춰, 누구인지는 몰라도 성우가 연기해준 적은 있다.

하지만 살아있는 인간이 연기하는 건, 처음이다.

게다가 이번 이야기는 아키를 향한 마음을 내면에서 곱씹은 후, 있는 그대로의 자신을 드러내듯 쓴 작품이다. 지금까지 쓴 것 중에서도 가장 자신 있는 작품이다.

그러고 보니 히로인 역을 갑작스럽게 이로하 양이 하게 됐다고 했지.

일전에 쇼핑몰에서 마시로를 괴롭히던 아이들을 상대로 위압적인 양아치를 연기한 적이 있다. 그 연기력이라면 연극도 충분히 소화할 수 있을 것이다.

대단하다고 생각하는 것과 동시에, 약간의 의문이 밀려왔다.

제대로 레슨을 받지 않은 평범한 여고생이 그런 연기를 할 수 있을 리가 없다. 하지만 이로하 양이 따로 수업을 받거나 부활동을 한다는 말을 들은 적은 없다.

아키에게 치근덕거린다는 것 말고는 이로하에 대해 아는 게 하나도 없네, 라는 생각이 들었다.

그 애…… 평소에는 뭘 하는 걸까?

『이것은 만남의 이야기. 언젠가 잔혹한 운명에 의해 찢어지고 말 두 사람의, 달콤하지만 안타까운 운명의 만남을 그린 이야기. 아아, 그 행복한 나날이, 영원히 이어진다면 얼마나 좋을까.』

과거를 떠올리며, 안타까워하는 여성의 목소리가 들렸다.

이건…… 이로하 양의 목소리, 맞지?

와아. 미리 알고 있어서 눈치챘지만, 몰랐다면 눈치 못했을지도 몰라. 배우의 연기가 아니라, 이 작품의 히로인이 말하고 있는 듯한 생생한 목소리다.

무대 위가 어렴풋한 빛에 휩싸였다. 배경에 도회지의 풍경이 비쳤다.

오오…… 하고 주위에서 감탄의 목소리가 들렸다.

그것도 당연했다. 그것은 CG가 투영하고 있을 뿐, 물리적인 무대 장치가 아니다. 하지만 진짜에 필적하는, 어쩌면 그 이상의 존재감을 지니고 있었다.

그리고 배경에 녹아들 듯 자연스럽게, 한 소녀가 걸어왔다.

—이로하 양이다.

"……예뻐……."

무심코, 그렇게 중얼거렸다. 미안해. 매너에 어긋나는 짓이네. 하지만 목소리를 억누를 수가 없었어.

도회지에 어울리지 않는 새하얀 드레스를 입은 여자애. 동화 속 세계에서 튀어나온 것처럼 덧없고, 세상 물정을 모르며, 누군가가 손을 잡고 이끌어주지 않는다면 앞으로 나아가지 못하는 약한 아이.

이로하 양과는 정반대지만, 오히려 이 주인공 아이는 마시로가 투영되어 있지만, 마치 처음부터 이 이야기가 이로하 양을 모델로 만든 게 아닐까 하는 착각이 들 정도로 그녀는 배역에 녹아들어 있었다.

『젠장! 지각하겠어……!』

"어……?"

또, 말을 했다. 하지만 양해해줬으면 한다. 그 정도로 뜻밖이었다.

……왜 아키가 나오는 거야?

연극부의 부장이 주인공을 맡았다고 들었다. 미리 들은 바로는 그랬다.

혹시 문제라도 발생한 것일까? 아키가 대신 무대를 설 수밖에 없는 문제가 말이다.

—뭐, 그래도…… 이건 이것대로 괜찮을지도 몰라.

볼이 빨개지는 것이 느껴졌다.

이 시나리오는 마시로의 내면에 있는 마음을 전부 쏟아부어서 만들었다.

즉, 주인공 역의 대사는 애초부터 사랑하는 아키를 상상하며 만든 것이다.

머릿속으로 상상했던 이상적인 주인공이, 눈앞에서 재현되게 됐다.

……상대 역할은 마시로가 아니라, 이로하 양이지만 말이다.

극은 놀라울 정도로 매끄럽게 전개됐다.

도회지 한복판에서 부딪친다는 최악의 형태로 만나게 된 주인공과 히로인. 하지만 두 사람은 서서히 가까워졌고, 상대방을 놀리거나 험담을 하면서도, 그 무엇과도 바꿀 수 없는 소중한 유대로 맺어져 간다.

그런 흔하디흔하고, 눈부시며, 요즘 여고생들이 좋아할 법한 스토리다.

이렇게 자신 이외의 다른 사람에 의해 다듬어진 작품을, 객관적인 시점에서 이야기를 접하자, 깨닫게 된 사실이 있다.

—이 시나리오, 너무 낯뜨거운 거 아냐?

어, 뭐야. 등장인물들이 하나같이 연애 바이러스에 감염된 거 아냐? 낯뜨겁고 입발림 같은 대사가 너무 많잖아?

배우의 연기력과 무대 장치 및 음향 퀄리티로 감추고 있기는 하지만, 각본이 너무 엉망이야.

이상해. 원래 이런 걸 쓸 생각이 아니었어.

어, 그러고 보니 제출한 후에 아키한테서 수정 지시를 받았는데…….

혹시 연극용으로 각본을 고쳐서 그런 게 아니라, 애초부터 마시로 탓인 거야?

꺄아아아!!

거기까지 생각이 미친 순간, 얼굴이 새빨갛게 달아오를 정도로 감정이 샘솟아 나왔다.

부끄러워! 너무 부끄러워! 이딴 걸 아키한테 보라고 준 거야?!

여기가 극장이 아니었다면 바닥을 뒹굴뒹굴했을 만큼 부끄러워!

……뭐, 뭐어, 각본에 관해서는 나중에 반성하기로 하고…….

마음을 다잡으며 다시 연극에 집중했다.

그건 그렇고, 이 연극에는 놀라운 점, 대단한 점이 잔뜩 있었다.

특히 배우의 퀄리티는 그야말로 압도적이었다.

아키는 항상 자기는 평균 수준이라고 떠들어냈지만, 연기 또한 좋은 의미에서 배우 지망생의 평균 수준일 줄은 몰랐다.

이렇게 객석에서 보면서도 위화감은 전혀 느껴지지 않았다.

이로하 양과의 대사 파트 또한, 마치 실제로 대화를 나눈다는 착각마저 들 정도였다.

저 두 사람은 대체 어떤 사이일까.

대본 대로라거나, 연기가 뛰어나다거나 같은 차원을 넘어섰다.

손발이 척척 맞는다고나 할까, 모든 면이 완벽하게 맞아떨어지고 있는 느낌이다.

마치, 몇 년 동안 함께 연습해온 파트너 사이 같다.

『진정한 나를 찾아줘서 고마워. 칠흑 같은 감옥 안에서, 꺼내줘서 고마워.』

"……아!"

그 말을 입에 담은 순간, 이로하 양이 지은 표정…….

같은 여자라서, 안다.

그리고 이것은 아마, **같은 사람을 좋아하기에 비로소 알 수 있는 감각**…….

이제까지 아키와 이로하 양의 말을 믿고, 그런 사이가 아닐 거라고 생각했다.

하지만 그렇지 않다. 이 두 사람은, 분명…….

『다시는 나한테서 눈을 떼지 마. 당신이 지켜봐 주니까, 나는 나일 수 있는 거야.』

아키의 눈을 응시하며, 촉촉이 젖은 목소리로…….

『내 몸과 마음이 뿔뿔이 흩어지지 않도록…… 꼭 잡아줘. —선배.』

—어쩌지. 이로하 양의 연기력이 너무 뛰어나서, 알 수가 없어.

저기, 이로하 양.

그건, 히로인의 대사야? 아니면 코히나타 이로하의 대사야?

가슴이 옥죄어 들었다.

이로하 양은 전학 와서 처음 생긴 친구이며, 아키에게 차이더라도 포기하고 싶지 않을 만큼 좋아하는 사람이다.

아키의 마음은, 솔직히 모르겠다. 연기를 봐도 이로하 양

© tomari

을 어떻게 생각하는지 알 수 없다.

하지만 이로하 양은…… 저렇게 행복한 표정을 짓는데, 어떻게 모르겠어.

아키와 행복한 결말을 맞이한 이로하 양은 정말 행복해 보였다.

친구의 행복에 젖은 얼굴을 보니, 덩달아 기뻤다.

하지만 그 상대가 아키라는 사실을 알게 되자, 마음속에 응어리가 생겨났다.

마시로는…… 그 두 마음 중 어느 쪽에 솔직해지면 돼?

우오오오오오오오오오오오오오오오오오——……!!

연극을 마친 아키와 이로하 양이 손을 잡고 정중히 고개를 숙이자, 흥분한 관객들이 기립박수를 보냈다.

박수와 갈채가 폭풍처럼 휘몰아치는 가운데, 마시로의 주변만이 소리가 사라진 것처럼 느껴졌다.

*

《OZ》 AKI와 이로하의 무대, 정말 엄청났어. 이로하가 이 정도로 뛰어난 재능을 지녔는 줄 몰랐는걸.

《오토이》 흐음, 그래~?

《OZ》 오토이 씨는 알고 있었지? 용케 이제까지 숨겨왔네.

《오토이》 불만 있어?

《OZ》 아냐. 오히려 감사해. AKI와 이로하를 이어준 거잖아.

《오토이》 흐음~.

《OZ》 무대 위에 선 이로하의 표정을 보고, AKI를 향한 마음이 얼마나 깊은지 알았어. 뭐, AKI는 전혀 눈치 못 챈 것 같지만 말이야.

《오토이》 중증 둔감맨.

《OZ》 그 두 사람을 『키스해야 나갈 수 있는 방』에라도 가두면 진전이 있을까?

《오토이》 그럴지도 몰라~.

《OZ》 실현 가능할지, 시스템을 궁리해볼까.

친구 여동생이
나한테만
짜증나게
군다

epilgue ······ 에필로그 ······ 사장 정례회의

인생과 게임은 흡사하다.

강적과의 대결 및 어려운 문제를 극복한 후에 포상을 받게 된다는 설계가 말이다.

노력이 보답을 받는다. 매우 좋은 일이다. 현실은 게임처럼 철저하지는 않지만, 그래도 노력한 후에는 다소의 보답이 발생한다.

그러니 《5층 동맹》의 위기를 극복한 직후, 츠키노모리 사장에게서 『회식 제안』을 받았을 때, 취직 관련으로 진전이 있을 거라는 기대를 할 수밖에 없었다.

전국 고등학교 연극 페스티벌에서 열연을 한 날 밤.

뒤풀이 겸 자축연을 하자는 연극부와 《5층 동맹》 동료들에게, 사장에게 호출을 받았으니 뒤풀이는 다음에 하자고 찬물을 끼얹은 나는 목적지로 서둘러 향했다.

이로하는 불평을 쏟아냈지만, 어쩔 수 없다.

청춘 이벤트보다 사장의 연락이— 허니플레 취직 관련 행동이 최우선이니까 말이다.

가족보다 일을 우선해야만 하는 이 세상 아버지들의 심정을 맛보며, 나는 달렸다.

—그리고, 도착했다.

회식 장소는 딱 봐도 고급스러워 보이는 샤부샤부 가게다.

"허니플레이스 워크스, 츠키노모리란 이름으로 예약이 되어있을 텐데요."

"기다리고 있었습니다. 일행분은 이미 와 계십니다. 자리로 안내할 테니 따라오시죠."

독특한 사투리 억양이 섞인 여주인의 안내를 받으며, 대나무 물통과 대나무 숲 및 등롱 등으로 일본 정원을 모티브로 한 느낌으로 꾸며진 가게 안을 나아갔다.

"여기입니다."

"감사합니다."

장지문을 열어준 여주인에게 인사를 한 후, 나는 방 안으로 들어갔다.

그러자—.

"이야, 아키테루 군. 갑자기 불러서 미안한걸."

이 자리에는 예상대로 나이스 미들이 있었다.

부자 느낌이 물씬 나는 수염을 길렀고, 심플해 보이지만 알만한 이는 고급이라는 걸 한눈에 알 수 있는 정장을 말끔하게 차려입은 중년 남성이 나를 향해 손을 들어 보였다.

내 삼촌이자 마시로의 아버지, 그리고 지금은 나의 귀중한 커넥션— 츠키노모리 마코토 사장이다.

초거대 엔터테인먼트 기업, 허니플레이스 워크스를 이끄는 일본 유수의 경영자.

나는 황송해하면서 츠키노모리 사장의 맞은편에 앉았다.

"아뇨, 고등학생은 언제나 한가하니까요. ……그런데, 무슨 일로 부르신 거죠?"

"아, 요즘 마시로와 어떤가 해서 말이지."

"뭐, 뭐뭐뭐, 뭐가…… 말이에요?"

—빌어먹을!

상대방이 기습적으로 치명적인 화제를 언급한 나머지, 무심코 부자연스러운 반응을 보이고 말았다.

아니, 어쩔 수 없잖아. 마시로와의 문제도 해결됐고, 연극부 소동 또한 결과가 어쨌든 간에 마침표가 찍혔다— 그렇게 여기며 정신적으로 느슨해진 타이밍에 그런 말을 들으면, 누구든 그럴 거라고. 나도 마찬가지고 말이야.

"가짜 커플 행세는 잘 되고 있나? ……혹시 진짜로 좋아하는 사이가 된 건 아니겠지?"

"그, 그럴 리 없잖아요. 제가, 연애 따위로 정신이 팔릴 녀석 같나요?"

"성격은 그럴지 몰라도, 성욕은 솔직할지도 모르니 말이야. 마시로가 적극적으로 애정 공세를 펼치면, 그대로 홀랑 넘어가 버리지 않으려나?"

"그, 그럴 리가 없잖아요.

"뭐라고?! 마시로는 성적 매력이 없다는 소리냐?!"

"하아, 정말! 이 딸바보, 진짜 성가시네!"

좋아. 이렇게 됐으니 요즘 있었던 일을 확 다 털어놔 버릴까. 마시로 녀석이 저한테 홀딱 반해서 고백했고, 우여곡절 끝에 고급 레스토랑에서 식사한 후에 찼지만, 마시로는 포기할 생각이 없는지 앞으로도 애정 공세를 펼칠 생각인 것 같아요— 안 돼. 츠키노모리 사장에게 이 이야기를 한 후에 내가 생존하는 미래가 보이지 않아.

오케이. 진정해, 나. 접대 모드, 접대 모드.

"……나름 잘 풀리고 있어요. 마시로도 친구가 생겨서 하루하루가 즐거워 보이고요."

"그렇겠지. 전화와 메시지로 때때로 연락을 취하고 있는데, 그렇게 즐거워 보이는 마시로는 오래간만이거든. 전학을 보내기 참 잘했어. ……고마워, 아키테루 군."

"아뇨. 딱히 감사받을 일은 한 적은 없어요."

"후후. 겸손을 떨 필요 없어. 네 인격, 그리고 《5층 동맹》의 활약. 너희를 지원해줄 근거가 날이 갈수록 늘고 있지. 덕분에 나도 여러모로 손을 쓰기 쉬워. ……전국 고등학교 연극 페스티벌에서의 활약도 잘 봤지."

"……알고 있었군요."

연극부를 돕게 됐다는 건 알리지 않았다.

게임 제작과는 상관없는 일이기에, 보고할 의무가 없다고 생각했는데…….

"마시로에게 들었지. 너도 무대에 올랐다며? 역시 대단해."

"별일 아니에요. 주연 중 한 명이 문제가 생겨서 올 수 없게 되어서, 대역을 맡은 것뿐이죠."

"긴급한 상황에서 대역을 맡을 수 있는 것만으로도 대단하다고 생각하는데 말이지……. 뭐, 이런 말을 해봤자 납득을 하지 않으려나. 칭찬을 순순히 받아들이는 것도 도량이라고 생각하는데 말이야."

"그럼 저는 아직 도량이 좁나 보네요."

"마시로가 아키테루 군의 사진을 보내줬는데, 꽤 잘 생겼던걸. 보겠나?"

"봐 주세요. 자기 얼굴을 보는 건 고문이라고요."

츠키노모리 사장이 히죽거리며 스마트폰 화면을 내밀자, 나는 정중히 거절했다.

그것보다 마시로가 촬영을 했구나. 무음 카메라로 소리가 안 나게 찍기는 했겠지만, 상영 중의 카메라 촬영은 매너 위반이라고. 나중에 한마디 해야겠어.

"……혹시 오늘은 연극 건을 가지고 저를 놀리려고 부른 건가요?"

나는 언짢은 기색을 감추지 않으려는 듯이 일부러 미간을 찌푸리며 물었다.

그러자 츠키노모리 사장은 입가에 미소를 머금더니…….

“당연히 아니지. 오늘은 너한테 소개해줄 사람이 있어서 부른 거야.”

“소개해줄 사람?”

“그래. 나는 프로듀서로서의 네 실력…… 아니, 경영자로서의 실력을 높이 사고 있지. 장래에 거물이 될 거라고 생각해.”

“그건…… 과찬이에요.”

“물론 지금 바로 일선에서 먹힐 수준은 아니지. 이제부터의 선택과 노력 여하에 달려 있을 거야. ……하지만 이제부터 탑클래스의 사람들과 교우관계를 맺어두면, 수준 높은 시점을 가지게 된다면, 분명 우리 영역에 발을 들일 수 있을 테지.”

“……감사한 말씀이네요. 그럼 오늘 저에게 소개해줄 사람은 누구죠……?”

“주식회사 텐치도의 사장. ……아나?”

“텐치도…… 사장……?!”

나는 경악하고 말았다.

텐치도라면 교토에 본사가 있는, 세계적으로 유명한 게임 회사다. 저연령층에서 고연령층까지 폭넓은 세대의 유저에게 사랑받는 게임을 양산하며, 압도적인 쉐어를 자랑한다. 세계적인 IP를 다수 보유했고, 하드 개발과 소프트 개발을 양립해 시장을 석권하는 강자 중의 강자다.

서쪽의 텐치도, 동쪽의 허니플레. 게임 애호가들 사이에서 그런 대립 구도로 언급되는, 일본이 자랑하는 2대 엔터테인먼트 기업 중 하나다.

"들은 적은 있어요. 스마트폰 보급의 흐름에 편승하지 못한 바람에 한때는 허니플레에게 뒤처질 뻔 했지만— 새로운 사장의 대담한 개혁을 통해 다시 과거의 영광을 되찾았다죠?"

미디어의 인터뷰에는 일절 응하지 않으며, 유명 경영자인데도 그 모습을 세간에 한 번도 드러낸 적이 없는 미스터리어스한 경영자다.

사장은 실체가 없는 가명이며 해외의 실력파 컨설턴트 집단을 브레인으로 삼고 있다는 설, 스마트폰 보급의 주역인 현재 유명을 달리한 실리콘밸리의 영웅을 강령술로 부른 것이 아니냐는 설.

그런 비현실적인 망상마저 뒤따르는, 그 사람이—.

"—여기에, 오는 건가요?"

"그래. 아, 마침 도착했나 보군."

"……윽."

장지문 너머에서 발소리가 들려오자, 나는 등을 꼿꼿이 세웠다.

츠키노모리 사장과 어깨를 나란히 하는 레벨의 경영자가 온다니, 긴장을 안 할 수가 없었다. 츠키노모리 사장은 삼촌이라 다소의 실수는 눈감아주겠지만, 지금 오는 상대는 그렇지 않은 것이다.

전심전력을 다해, 아양을 떨어야만 하는 상대다.
그런, 상대가…….

"기다리게 해서 죄송해요~. 처음 만나는 젊은 사장님이 오기로 했는데, 늦어서 정말 부끄럽— 어머?"

"어?"
그 뜻밖의 인물을 본 나는 경직됐다.
상대방도 마찬가지인지, 커다란 눈동자를 껌뻑이며 나를 뚫어지게 쳐다보았다.
"이쪽은 텐치도의 사장인 아마치 오토하 사장님. 그리고 이쪽은 내 조카인 오오보시 아키테루 군이지. ……음? 두 사람 다 왜 그러지?"
"어머~. 어머어머어머어머. 이런 일도 다 있네."
"으음? 아마치 사장, 혹시…… 그건 관두는 편이 좋지 않을까 싶군. 아무리 내 조카가 나를 닮아서 댄디즘을 내포하고 있다고는 해도, 유부녀가 고등학생을 건드리는 건 문제가 될 거라네."
어이, 이 망할 자식아. 무슨 소리를 하는 거야.
아냐. 아니라고. 그런 게 아냐. 왜, 어째서, 이 사람이 여기에…….
"저기, 츠키노모리 사장님. 성희롱은 안~돼~, 거든요~?"

그녀는 검지를 세우더니, 나쁜 아이를 꾸짖듯 때찌를 했다.

여신님, 이란 말이 잘 어울리는 사람이었다.

황금색 장발을 단정하게 땋은 후, 그것을 가슴 앞쪽으로 늘어뜨리고 있다.

품이 낙낙한 니트 상의를 입었으며, 하의는 롱스커트다. 휴일의 유부녀 같은 패션이며, 초 유명 기업의 실력파 사장으로는 도저히 보이지 않았다.

아니, 보일 리가 없었다. 왜냐하면, 이 사람은—.

"그래도 깜짝 놀랐네~. 츠키노모리 사장님이 소개해주고 싶은 사람이 있대서 와봤더니…… 설마 **옆집에 사는 남자애를 만나게 될 줄은 몰랐다니깐.**"

"저야말로 깜짝 놀랐어요. ……**코히나타 씨.**"

텐치도 사장, 아마치 오토하.

그렇게 소개된 이 유부녀 느낌의 여성은, 내가 사는 맨션의 복도에서 때때로 마주치는 인물— 오즈와 이로하의 어머니였다.

*

"이야, 설마 두 사람이 아는 사이일 줄이야. 기묘한 인연도 다 있는걸."

"정말 그렇군요. 우후후후."

식사는 평온한 분위기 속에서 시작됐다. 접시에 담긴 얇게 썰린 히다산 고급 쇠고기를 젓가락으로 쥔 후, 펄펄 끓는 육수에 넣고 샤부샤부하면서 담소를 나누는 츠키노모리 사장과 아마치 사장 앞에서, 내 손은 땀에 흠뻑 젖었다.

살아있는 느낌이 들지 않았다. 그럴 만도 했다. 이로하는 자기 활동이 들통날 위험을 감수하면서 연극 무대에 섰다. 그 직후에, 이런 형태로 이로하의 어머니를 만난 것이다. 우연이란 생각이 들지 않았다. 이로하에 대해 전부 눈치챘으며, 넌지시 나를 떠보고 있는 것이 아닐까……. 그런 생각이 머릿속에서 어른거리면서, 맛있어야 하는 쇠고기를 기름 덩어리로 느끼게 했다.

"아키테루 군, 왜 그렇게 못 먹지? 자아, 사양 말고 많이 먹어. 남자는 육식을 즐겨야지."

"아, 예. 잘 먹겠습니다……."

"조카는 아직 이런 어른들의 식사 자리에 익숙하지 않아서 말이지. 너그러이 봐줬으면 좋겠군, 아마치 사장님."

"우후후, 풋풋한 느낌이 드는 게 참 귀엽군요~. 먹여줄까요~?"

"아, 아니, 그러실 것까지는……."

어린애 취급 좀 하지 말라는 말을 삼키며, 정중히 거절했다.

이 포용력의 화신은 대체 뭐지. 그러고 보니 이로하 녀석은 과보호하는 어머니 때문에 어린애 취급을 당하는 걸 질색하게 됐다고 했지. ……그래, 이제 이해가 돼.

"개의치 말아요~. 우리 오즈마와 이로하가 항상 신세를 지고 있잖아요. 답례라고 생각해줘요♪"

"으…… 음…… 그, 그럼 앞접시에 담아 주세요."

아마치 사장이 고기를 내밀자, 확 받아먹고 싶은 마음을 억누르며 앞접시를 내밀었다.

아쉽다는 듯이 입술을 삐죽 내민 아마치 사장이 폰즈 소스가 담긴 앞접시에 고기를 넣었다.

"그건 그렇고…… 이렇게 귀여운 애가 《5층 동맹》의 대표였군요. 세상 참 알다가도 모르르겠네요~."

"……윽! 《5층 동맹》을…… 아세요?"

"아마 이 업계에서 모르는 사람은 없을걸요? 업계에서는 꽤 유명하니까요~."

—맙소사.

큰일 났다. 이건 완전 오산이다.

연예계를 싫어하고, 엔터테인먼트를 질색해서, 이로하와 오즈의 곁에서 온갖 오락을 없애버린 원흉—.

두 사람의 어머니가, 이 업계의 중진이라고? 말도 안 돼. 농담에도 정도라는 게 있다고.

《5층 동맹》의 활동이 미디어에서 본격적으로 다뤄질 때까지는 두 사람의 부모님에게 들키지 않을 것이다. 왜냐하면, 엔터테인먼트를 질색하는 어머니가 인디 스마트폰 게임 따위를 접할 리가 없다고 생각했다.

그런데. 하필이면…….

잠깐만, 이상하잖아. 어머니가 텐치도의 사장이라는 건, 이로하와 오즈에게서도 들은 적이 없다.

두 사람이 비밀로 했던 걸까?

아니, 그럴 리가 없다. 그런 짓을 해봤자 아무런 의미도 없다.

"저는 까맣게 몰랐어요. 게다가 아마치 오토하란 이름을 쓰는 군요. 코히나타 오토하, 가 아니라요."

"일을 할 때는 예전 성을 써요~. 원래 업계에는 예전 성으로 알려져 있거든요. 성이 바뀌면 새로운 성을 알려야 하니, 효율이 나쁘잖아요~."

"아하…… 그건, 일리 있네요."

"게다가, 모르는 것도 무리는 아니에요~. 오즈마와 이로하에게는 사장을 맡고 있다는 걸 한 번도 이야기하지 않았으니까요~."

"……한 번도요?"

"예~. **지겨운 일**을 하고 있다는 걸 가족에게 알리고 싶지는 않아서요~. 그래서 본사는 교토에 있지만, 여전히 한참 떨어진 칸토에 살고 있어요. 이사할 마음도 없고요~."

느릿한 말투 속에, 확연한 의지를 담으며…….

"집에서는 『평범한 엄마』로 지내고 있어요~. 미디어에도 얼굴을 비춘 적 없고, 그 아이들은 저의 옛날 성을 모르죠. 그러니 아무리 조사해봤자 알아낼 수는 없을 거예요~."

그렇게 말한 아마치 사장의 눈에는 범상치 않은 감정이 어려 있었다.

그 감정의 정체까지는, 알 수 없다.

하지만 이로하가 재능을 당당히 발휘할 수 없는 이유, 그리고 비정상적일 정도로 어머니를 배려할 수밖에 없는 사정, 그 어둠의 편린이 명확하게 느껴졌다.

그래서 나는 그 단어를 입에 담았다.

"지겨운 일, 인가요."

"예. 그저 체계적으로 콘텐츠를 시장에 투입해서, 예정대로 수익을 낸다. 영원히 그 사이클을 되풀이할 뿐인, 지겨운 일이죠."

"아마치 사장님은 냉철한걸. ……뭐, 그래서 기울어가던 회사를 부활시킬 수 있었던 거겠지. 오랫동안 업계에 몸담아서 근시안적인 인간은 할 수 없는 방식으로, 자네는 개혁을 이뤄냈어."

"후후. 덕분에 수많은 크리에이터에게 미움을 받고 있지만요~."

—아아, 그래. 역시 이 사람은 이로하와 오즈의 어머니야—.

온화한 미소를 머금은 아마치 사장의 얼굴을 보며, 나는 확신했다.

연예계 및 엔터테인먼트 전반을 전부 싫어하는 인간. 그렇기에 거기에 관여하는 인간, 재능있는 이들에게 미움받더라도 전혀 슬퍼하지 않는다.

사랑이, 없는 것이다.

"철저하게 효율을 중시하는 경영수완. 아키테루 군과도 통하는 바가 있겠지. 그녀의 이야기는 앞으로 네가 성장하는 데 있어 크게 도움이 될 거야."

"……."

츠키노모리 사장은 악의가 없을 것이다.

진심으로 내 장래를 생각해서 이렇게 귀중한 자리를 마련해줬으리라.

동과 서, 업계의 쌍두마차라 할 수 있는 두 사장과 함께하는 식사 자리.

업계에 목표를 둔 인간이라면 누구나 탐을 낼 기회다. 그런 자리를 마련해준 츠키노모리 사장에게는 진심으로 감사한다.

하지만…….

"다르다고, 생각해요. 저와 코히나타 씨— 아마치 사장님은, 근본적인 부분이 명백히 달라요."

"……호오?"

"저는 《5층 동맹》의 스태프를 사랑해요. 그들이 만드는 걸, 진심으로 재미있다고 여겨요. ……그저 돈을 벌면 된다고 생각했다면, 게임 따위보다 훨씬 짭짤하게 벌 수 있는 분야를 선택했을 거예요."

"어머나, 어머나."

아마치 사장은 고양이처럼 눈을 가늘게 뜨더니, 뭔가를 캐내려는 듯이 내 눈을 들여다보며…….

"오오보시 군이 그렇게 심취한 스태프는 대체 누구일까? 이 아줌마, 그게 참 궁금하네."

—메두사와 눈이 마주쳤다, 는 착각에 빠졌다.

심장이 옥죄어드는 듯한, 차가운 위압감이 느껴졌다.

역시…… 캐고 있다.

어디까지 알고 있는 건지는 모른다. 하지만 뭔가를 의심하고 있는 듯한 눈빛이다.

식은땀이 났다. 심장이 술렁거렸다.

어떻게 하지? 이로하와 오즈에 관한 걸 밝히고, 선전 포고를 할까?

아니, 그건 아직 이르다. 모든 준비를 마친 후, 돌이킬 수 없는 상황을 갖춘 후에 어머니에게 덤벼야 한다. —그렇게 차근차근 일을 진행해야, 이로하를, 이로하와 오즈를 어머니의 주박에서 해방할 수 있다.

지금 달려들었다간 이제까지의 노력이 전부 물거품으로

돌아간다. 그러니 안 된다. 신중해져야 한다.
끓어오르려 하는 머릿속을 풀 회전시키고 있을 때—.

부글부글부글부글부글!!

"—어이쿠, 넘쳐버렸는걸. 불이 너무 셌나 보군. 실수했어."
갑자기 끓기 시작한 냄비를 본 츠키노모리 사장이 허둥지둥 불을 낮췄다.
"아뜨뜨!! 이런이런, 아마치 사장, 이거 좀 봐. 내 손가락이 새빨개졌어."
"정말, 뭐 하는 거예요? 물수건으로 식히는 게 어때요?"
"아아, 아마치 사장이 입에 물을 머금고 내 덤벙이 손가락을 상냥~하게 쪽쪽 빨아주면, 금방 회복될지도 몰라."
"그런가요~. 꽤 멀쩡해 보이니 좀 더 추가해드리죠~."
"아뜨뜨뜨뜨?! 뜨거운 차가 담긴 잔을 내 손에 쥐여주지마, 아앗, 크윽……!! 아마치 사장의 사디스틱한 일면, 끄, 끝내줘……!!"
"……."
두 어른의 한심한 대화를 들으며, 나는 가슴을 쓸어내렸다.
아까까지 냄비를 데우던 불은 육수가 펄펄 끓을 정도로 화력이 세지 않았다.
—불온한 분위기를 눈치챈 츠키노모리 사장이 화제를 다

른 곳으로 돌려준 것이다.

항상 바보 같지만, 이럴 때는 진짜 사장답네. ……감사해야겠다.

후우~ 후우~ 하고 자기 손가락을 향해 입김을 불던 츠키노모리 사장은 문뜩 뭔가가 생각난 것처럼 스마트폰을 꺼냈다.

"뭐, 살짝~ 건방진 부분이 있기는 하지만 실력 하나는 진짜배기지. 자아."

"어머? 이건—."

"내 딸이 촬영한 아키테루 군의 사진이야. 연극부를 돕기 위해 자기도 무대에 섰지. 게임 애플리케이션을 운영하는 것만으로도 고등학생답지 않은 두드러진 능력이지만, 연기에도 조예가 있을 정도로 다재다능하지. 내 조카는 상당한 인재가 아닐까?"

"……."

아마치 사장이 미간을 모았다.

—큰일 났다!!

츠키노모리 사장은 분위기를 환기하려고 그 사진을 보여줬으리라.

《5층 동맹》에 얽힌 복잡한 사정을 모르기에, 저런 순진한 행동을 취한 것이다.

하지만 아마치 사장에게 그 사진을 보여주면 안 된다……!

저건 아까 말했던, 마시로가 보내준 사진이리라.

그 사진에는 전국 고등학교 연극 페스티벌에서 열연을 펼치는 나와 **이로하가** 찍혀 있을 것이다.

그 사진을 보여줬다간, 틀림없이…….

"……."

아무 말 없이 사진을 잠시 응시하던 아마치 사장이 눈을 점점 치켜뜨더니, 표정 또한 눈에 띄게 변해갔다.

젠장, 다 틀렸나. 그렇다면 전부 들통났다는 심정으로 나도 이론무장을 해두자.

머릿속으로 대화 패턴을 고속 시뮬레이션했다.

변명. 적반하장. 설득. 다양한 방법을 통한 대화를 이미지했다. 가장 효과적인 한 수를 두기 위해, 전력을 다해 머리를 굴렸다.

그리고, 아마치 사장은…….

"어머나아아아아, 이 사진은 대체 뭐죠? 정말정말 귀엽네요~~~!!"

스마트폰을 꼭 끌어안더니, 갑자기 몸을 배배 꼬았다.

…………………….

………….

……어?

너무 뜻밖의 반응이라, 머릿속이 한순간 굳어버렸다.

이 사람이 방금 뭐라고 했지?

"그, 그 정도인가? 조카가 칭찬을 받으니 기쁘지만, 그 정도로 대단하다고는 생각하지 않는데 말이지."

"무슨 소리를 하는 거예요~. 주목해야 하는 건 그게 아니에요~. 귀여운 건 촬영을 한 애라고요♡"

"촬영을 한…… 내 딸인 마시로 말인가?"

"그래요~. 츠키노모리 사장님은 눈치 못 챈 거예요?"

아마치 사장은 그렇게 말하면서 스마트폰을 내밀었다.

스마트폰에는— 무대에 선 **나만**이, 확대되어 찍혀 있었다. 이로하나 다른 배우는 코빼기도 보이지 않았다.

"다른 배우도 있었을 텐데 오오보시 군 말고는 안중에 없다는 듯한 이 느낌! 가장 멋져 보일 각도에서 찍기 위해 몇 번이나 연속 촬영을 했을 거란 걸 알 수 있을 만큼 완벽한 한 장. 이걸 찍은 애의 오오보시 군을 향한 풋풋한 LOVE가 너무 귀여워요~~~!!"

"……하, 하아, 그런가요."

내 어깨에서 힘이 쭉 빠졌다. 솔직히 말해, 김이 샜다.

나는 이로하가 사진에 찍혀 다 들통난 줄 알았는데!

"촬영한 사람은 츠키노모리 사장님의 따님인가요? 이야~, 오오보시 군도 여간내기가 아니네~."

"아, 아니, 저와 마시로는 아무 사이도 아닌데요."

"허둥지둥 부정하기는~. 얼굴까지 붉혔으면서……참, 귀, 여, 워, 라♪"

아마치 사장은 내 볼을 손가락으로 톡 두드리며 그렇게 말했다.

—무지 짜증나게 구네. 이 데자뷔는 대체 뭐야?

"아키테루 군……. 자세한 이야기를 들려주겠나?"

"그러니까, 진짜로 아무 사이 아니라고요! 그러니까 거무튀튀한 아우라 좀 뿜지 말아요!"

"그런다고 속을 것 같아?! 마시로와 풋풋한 청춘 러브코미디 생활을 즐기다니…… 그건, 그건…… 너 무 나 도 부러워!!"

"후후후. 너무 그러지 마세요, 츠키노모리 사장님. 고등학생이면 청춘을 즐겨야죠~."

아랫입술을 피가 날 정도로 깨문 츠키노모리 사장의 어깨를 두드린 아마치 사장은…….

"좋은 사랑, 좋은 청춘을 보내야 고등학생이죠. 마시로 양과의 사랑을 응원할게요, 오오보시 군♪"

빙그레 웃으며 나에게 성원을 보냈다.

"아…… 예. 으음, 진짜로 그런 사이는 아니지만요. 아무튼, 감사해요."

골탕을 먹은 기분이 든 나는 건성으로 대답했다.

이 사람이 좋은 사람인지 나쁜 사람인지 모르겠네.

—이런저런 일을 겪기는 했지만…….

이로하에 관한 게 들통나지 않았다는 사실에 가슴을 쓸어내린 나는 가게가 문 닫을 때까지, 술에 취한 어른 두 명의 치근덕에 시달려야만 했다.

epilgue2 ······ 에필로그2 ······ 축배와 숙배(肅拜)

“그럼 연극부의 성공을 축하하며~~~?”

“““건배~!!”””

텐션이 하늘을 찌를 듯한 무라사키 시키부 선생님의 건배사에 맞춰 다들 음료가 담긴 잔으로 건배를 하면서, 연극부의 지연 예선 돌파를 축하하는 연회가 시작됐다.

지역 예선이 끝나고 며칠이 지난, 어느 금요일 밤.

장소는 내 집 거실이며, 식탁에는 음료와 배달 음식, 이로하가 만든 연어 카르파초를 비롯한 수제 요리가 놓여 있었다.

참가자는 《5층 동맹》의 멤버, 오토이 씨와 마시로, 그리고 연극부 부원들과 부장인 미도리다.

마키가이 나마코 선생님은 이번에도 참가하지 않았지만, 통화 연결 상태에서 문자 채팅으로 참가하고 있다. 평소 같으면 음성 통화를 하겠지만, 이번에는 문자로 참가하겠다며 고집을 부렸다. 그러고 보니 요즘 들어 음성 통화를 하는 빈도가 줄었는걸. 혹시 애인이 생겨서 동거라도 하는 걸까. 그렇다면 요즘 들어 시나리오가 연애물 느낌으로 폭주한 것도 납득이 되긴 했다.

“……대회에 참가 못 했던 내가 이 자리에 있어도 될까?”

처음에 미도리가 머뭇거리며 그렇게 말했지만…….

"……그, 그렇게 치면 마시로도 좀 그래. 모르는 사람, 너무 많아……."

"맞아요~. 미도리 부장님은 사소한 건 신경 쓰지 말고 당당히 행동하라고요. 아, 잔이 비었네요~."

토마토 주스를 마시며 동조한 마시로, 그리고 사소한 건 전혀 개의치 않는 이로하의 한 마디 덕분에 지금은 아무렇지 않게 파티를 즐기고 있었다.

하지만 좀 문제가 있었다.

"저기, 그런데 오오보시—."

"응?"

"폐부 저지 만쉐에에에에에에이!! 나는 자유야아아아아아!! 스카치 더 가져와아아아!!"

"저기, 스미— 무라사키 시키부 선생님, 처음부터 너무 폭주하지 말아요!! 일단 따라주긴 하겠지만요!!"

"마시로 야아아앙~. 아직도 볼이 새하얗네에에에~. 자아, 쭉쭉 들이켜~."

"짜증나……."

"아앙~♪ 매몰차네~."

"……이 주정뱅이, 누구야?"

미도리는 미심쩍은 표정을 지으며 스미레, 아니, 무라사키 시키부 선생님을 손가락으로 가리켰다.

당신 언니예요, 하고 말하고 싶은 심정을 꾹 눌러 참았다.

그렇다. 《5층 동맹》의 정례 파티에 평소 아무리 불러도 절대 안 오는 오토이 씨와 미도리, 연극부 부원들을 부르기로 했다. 그리고 그 과정에서 치명적인 실수를 벌이고 말았다.

스미레의 본성이 들통날 가능성을 깜빡한 것이다.

맨션 5층까지 미도리 일행을 데려왔을 때 퍼뜩 거기까지 생각이 미쳤지만, 이미 늦었다. 체육복 차림으로 병맥주를 세 병이나 비운 상태인 스미레는 변명의 여지가 없을 정도로 맛이 간 상태였다.

……하지만 학교에서와는 캐릭터가 너무 달랐기에, 연극부는 물론이고 미도리조차도 그녀가 스미레 선생님이라는 것을 눈치채지 못했다.

"요즘 연극부의 존속 문제로 스트레스를 무지무지하게 받았어~!! 술도 밤에만 겨우겨우 목을 넘어갔단 말이야!! 아아~, 마음 편히 술 마시니 끝내주네~!! 맥주 더 줘!!"

"어라라, 맥주가 바닥났네요. 어떻게 할래요?"

"맥주가 없으면 와인을 마시면 되잖아. 겸사겸사 안주는 치즈로 플리즈!!"

"이 폭주 기관차는 멈출 줄을 모르네요! 뭐, 오케이예요☆"

당사자인 무라사키 시키부 선생님은 자기 정체가 들통나지 않았다는 걸 알자마자 전심전력을 다 해 술과 파티를 즐기고 있었다.

뭐, 추태를 부리면 부릴수록 들통날 가능성이 줄어드니 그편이 낫겠지만 말이다.

"이 인간 말종은 대체 뭐야……."

"너무 그러지 마. 이래 봬도 연극에 협력해준 멤버 중 한 명이거든. 오즈의 무대 장치 시스템에 쓰인 배경 아트를 그려주신, 무라사키 시키부 선생님이야."

"그, 그렇구나. 그럼 고마워해야겠지만…… 그래도, 그것과 이건 엄연히 별개야!"

반장 체질, 성실 오브 성실인 미도리는 심경이 복잡한 것 같았다.

연극부를 구원해준 《5층 동맹》의 일원이기는 하지만, 눈감아주기 힘들 만큼 윤리 위반을 저지르고 있으니 말이다.

"미성년자가 있는 자리에 아무렇지 않게 술을 퍼마시고 있잖아! 게다가 아까부터 츠키노모리 양에게서 음주를 권하고 있어! 저 정도면 완전 아웃 아냐?!"

"뭐, 권하기는 해도 실제로 마시는 사람은 없거든……."

"믿기지 않아……. 이렇게 문제 많은 어른이 있다니……. 스미레 언니가 봤다면, 불같이 화를 내며 설교를 해줬을 거야."

"아, 응."

눈앞에 있는 이 문제 많은 어른이 스미레라는 사실을 미도리가 알면 얼마나 충격을 받을지 상상조차 안 됐다. 이 사실은 내 마음속에 간직해둬야겠다.

참고로 스미레 선생님은 뒤풀이 같은 경박한 문화에 흥미가 없어서 참가하지 않았다는 설정이다.

내 아이디어지만, 스미레와 무라사키 시키부 선생님이 동시에 존재하지 않아도 되게 해주는 나이스 설정인걸.

"하지만, 연극은 정말 좋았어. 아키라면 대역을 맡을 수 있을 거라고 생각하긴 했지만, 연기도 상상 이상으로 잘하던걸. 역시, 아키는 만능이야."

"그만해, 오즈. 이번에는 운이 좋았을 뿐이야. 각본 내용을 구석구석까지 살펴봤고, 매일 열심히 연기하는 사람들을 가까이에서 지켜본 덕분이라고."

"지켜보기만 했는데 그만큼 따라 할 수 있다는 건, 어엿한 재능이라고 생각하는데 말이지."

대회 당일에 내가 주인공을 대신 맡아서 무대에 선 결과, 지역 대회를 돌파하기는 했다.

예전대로 연극부 부원이 참가했다면, 더 좋은 결과로 이어졌을 거야.

"어이~ 아키~. 지나친 겸손은 미덕이 아니라 비아냥거림에 가깝거든~?"

"그래. 오토이 씨도 아키한테 말 좀 해줘."

"아니, 그래도……."

"연극 초보자가 참가했는데도 대회에서 입상을 했잖아~. 자랑스럽게 여겨도 돼~. 다른 부원들도 잘했고 말이야~.

아, 이거 맛있네~.”

오토이 씨는 식후 디저트용으로 준비한 과자를 먹으면서 그런 후한 평가를 내렸다.

원래 평가가 꽤 야박한 사람이지만, 이렇게 솔직하게 칭찬해주는 게 신기한걸.

“응……. 전부 《5층 동맹》 여러분 덕이에요. 정말 고마워요.”

““““고맙습니다!””””

미도리와 연극부 부원 전원이 한줄로 서더니, 일제히 고개를 숙였다.

“그리고 오오보시와 코히나타 양에게는 정말 미안해. 내 잘못으로, 연극에 참가하게 됐잖아.”

“저는 괜찮아요. 그렇게 큰 무대에서 연기해보니, 참 재미있었거든요.”

“뭐, 맞아. 우리도 귀중한 경험을 했으니까, 개의치 마.”

우리도 자선사업 삼아서 연극부를 도와준 것이 아니다.

연극부가 폐부되면, 스미레가 여자 테니스부의 고문을 맡게 되는 것이다.

안 그래도 마감을 지키지 않는 녀석이, 지금보다 더 바빠지면 곤란하거든.

게다가 또 하나의 문제 또한 **예상대로** 해결된 것 같다.

“정말 고마워. 다음 현 대회는 우리 힘으로 꼭 돌파할게! 모처럼 손에 넣은 기회잖아. 1분 1초라도 더 오랫동안, 이

대회를 즐기고 싶어!!"

미도리가 주먹을 치켜들자, 다른 부원들도 오~ 하고 외치며 동조했다.

그 모습을 본 《5층 동맹》 측도 마음이 흐뭇해졌다.

지금의 연극부라면, 우리가 도와주지 않더라도 어엿한 결과를 내놓을 수 있을 것이다.

"아, 맞다! 각본을 준 마키가이 나마코 선생님에게 감사 인사를 드리고 싶은데……."

"아, 이 자리에는 없지만 이야기는 듣고 있을 거야."

LIME의 《5층 동맹》 그룹 채팅을 펼친 후, 미도리에게 스마트폰의 화면을 보여줬다.

《마키가이 나마코》 인사는 됐어. 그리고, 멋진 연극이었어.

"아뇨! 정말 감사해요. 그렇게 멋진 순애물을 접한 건 처음이었어요!"

미도리는 눈을 반짝이며, 팬인 작가를 만난 듯한 반응을 보였다.

뭐, 진짜 작가지만 말이다. 하지만 유감스럽게도 순애물 작가는 아니다.

《마키가이 나마코》 그래……? 극 자체는 좋았지만, 내 시나리오는 좀 미묘했어……. 반성할 점이 너무 많아…….

부정적인 뉘앙스의 문장이었다.

그렇다. 이것이 바로 내 예상대로 이번 연극을 통해 해결된 또 하나의 문제, 그리고 그 해결 결과다.

"관람하러 와줘서 고마워요, 마키가이 선생님."

《마키가이 나마코》 으, 응. 너희 연기는 대단했어. 응, 연기는 말이지.

마키가이 나마코 선생님을 연극에 초대해서, 실제로 그 각본을 베이스로 만든 연극을 관람하게 한다— 그것이 이 맛이 완전히 가버린 블링블링 러블리 큐트 시나리오를 폐기하고, 원래의 선생님으로 되돌리는 작전이었다.

누구든 자신이 만든 작품에는 극단전인 평가를 하기 마련이다. 최고의 완성도라 생각해 맹목적으로 되거나, 최악의 망작이라며 갈가리 찢어버리거나, 둘 중 한쪽으로 치우치는 경우가 있다.

그렇게 바늘이 극단적일 만큼 한쪽으로 치우쳤을 때, 객관적인 시점을 되찾게 하기 위해서는 그 작품을 자신이 제어할 수 없는 곳에서 완성해 살펴보는 것이 가장 손쉽다.

물론 다른 녀석이 손을 댔기 때문에 재미없다, 라는 식으로 생각하며 납득을 하지 않는 사람도 있겠지만…….

적어도 마키가이 나마코 선생님은 달랐다.

그 연극이 끝난 후, 그는 이런 내용의 LIME 메시지를 나에게 보냈다.

《마키가이 나마코》 미안해. 저렇게 낯뜨거운 시나리오였구나. 저건 『검은 염소』의 작풍이 아냐. 처음부터 다시 쓰겠어.

효과가 엄청났다.

이것으로 『검은 새끼 염소가 우는 밤에』의 퀄리티도 지킬 수 있을 것 같다. 정말 다행이다.

하지만 모처럼 대회장까지 와줬는데 인사를 나누지 못한 건 아쉽다. 베스트셀러 작가인데다 우리 시나리오까지 집필하느라 바쁘겠지만, 잠시 짬을 내줘도 괜찮을 것 같은데 말이다. 뭐, 그런 건조한 부분도 마키가이 나마코 선생님답지만 말이다.

그렇게 연극부와 마키가이 선생님의 일문일답이 이어지는 가운데…….

"마시로 선붸~. 아까부터 스마트폰만 계속 만지작거리던데, 뭐 하는 거예요? 혹시 SNS에 글 올리는 거예요? 그럼 계정 좀 가르쳐줘요~."

지금까지 구석에서 쭉 입을 다물고 있던 마시로에게, 이로하가 치근덕거렸다.

그러자 마시로는 허둥지둥 스마트폰을 품에 넣더니, 다가온 이로하의 얼굴을 손으로 밀어냈다.

"잠깐, 남의 스마트폰을 훔쳐보지 마."

"정말~, 너무하잖아요~. 그러고 보니 마시로 선배도 연극을 보러 왔죠? 어땠어요~?"

"그러고 보니, 마시로도 왔었지. 객석에 있는 널 봤어."

"뭐? 아, 응. 맞아. 여, 연기는 괜찮았다고 생각해. 시나리오가 좀 그랬지만 말이야."

마시로가 작은 목소리로 그렇게 말하자, 미도리가 깜짝 놀랐다.

"뭐~?! 츠키노모리 양이 보기에도 그 이야기는 별로였어? 나는 정말 좋았는데!"

"너, 너무 블링블링해서, 마시로는 좀 낯뜨겁게 느껴졌……어."

"그런 말은 마키가이 나마코 선생님에게 실례야~!"

"으, 으으……."

미도리가 따지듯 그렇게 말하자, 마시로는 뒤돌아서면서 맹렬히 스마트폰을 만지작거렸다.

유심히 보니, 평소 쓰는 스마트폰과 케이스의 무늬가 좀 다른 듯한 느낌이 들었다.

케이스를 바꾼 걸까.

스마트폰에 표시된 LIME 화면이 내 눈에 언뜻 들어왔다. 저 녀석은 누군가와 이야기를 나누고 있는 걸까.

《마키가이 나마코》 마시로란 애의 말이 맞아. 그 시나리오를 집필하던 당시의 나는, 정상이 아니었어. 부탁이니 그걸로 너무 놀리지 마…….

"어라…… 마키가이 나마코 선생님, 원래 느낌으로 돌아온 것 같지 않아?"

"그런 것 같네. 얼마 전까지는『평화가 제일』이라고 말했는데 말이야."

《마키가이 나마코》 AKI, 그 소리 또 하면 다시는 《5층 동맹》을 위한 시나리오는 쓰지 않을 거다.

"잘못했어요. 그것만은 참아 주세요. 다들 그만! 이 이야기는 중지!"

"아하하하! 선배, 너무 필사적이야~! 하긴, 마키가이 선생님이 관두면 위기니까요!"

그렇게 이 연회는 평화롭고 즐겁게 이어져갔다.

이번에는 파란의 연속이었지만, 이렇게 다 함께 웃으며 마무리 지을 수 있게 되어 정말 다행이다.

*

"……휴우."

빈 접시를 부엌으로 옮기며, 한숨 돌렸다.

지금쯤 예의 그 방에서는 오즈, 마시로, 오토이 씨, 미도리가 즐겁게 마작을 하고 있을 것이다.

초보자인 미도리를 마작의 늪에 빠뜨리려 하는 베테랑들의 악의가 느껴졌다.

참고로 어느새 밤 아홉 시가 지났으며, 성실 우등생인 미도리를 이 시간까지 돌려보내지 않는 것에 성공한 시점에서 이미 그녀를 악의 길에 슬그머니 끌어들인 느낌이 들었다. 그래도 오늘은 다소 느슨해져도 괜찮을 것이다.

마작을 두는 소리를 들으며 설거지를 하고 있을 때, 고양이처럼 슬그머니 다가오는 누군가의 기척이 느껴졌다.

"선배~. 수고가 많아요~. 이 이로하 님이 도와주러 왔어요~."

마작을 관전하던 이로하가 부엌으로 왔다.

"너도 수고 많았어. 마작 쪽은 어떻게 되어가고 있어?"

"다른 사람들에게 호구 취급을 당한 미도리 부장님이 울상을 짓고 있어요~."

"저 녀석들, 초보자한테도 인정사정없네……. 마작을 가르쳐주면서 같이 두기로 했었잖아."

"훈수 겸 교육 담당인 무라사키 시키부 선생님이 도중에 자리를 비웠거든요. 중요한 전화가 왔는지, 취한 상태에서도 진지한 표정을 지으며 베란다로 가더라니까요."

"흐음."

이런 시간에 전화가 온 건가. 학교 교사도 고생이 많네. 일러스트 업무에 영향이 갈 만한 문제가 아니면 좋겠는데 말이야. 아, 문제 하니 생각났어.

"저기, 이로하. 너, 집에서 어머니한테 무슨 소리 안 들었어?"

"으음~, 딱히 들은 건 없는데요? 왜 그런 걸 묻는 거예요~?"

"연극 페스티벌에 대타로 나간 게 들켰나 해서 말이야."

"선배는 진짜 걱정이 많네요~! 괜찮아요~. 엄마는 연극 같은 건 흥미 없거든요."

"그럼 괜찮지만 말이야."

나는 일전에 만났던 아마치 오토하의 얼굴을 떠올렸다. 그 만만치 않은 사람이라면 집에서 자식들 상대로 어떤 액션을 취했을지도 모른다고 생각했지만, 아무래도 내 기우인 것 같았다.

이로하와 오즈한테 두 사람의 어머니가 텐치도의 사장이라는 걸 알려줘야 할까. 좀 망설여졌다.

엔터테인먼트를 질색하는 어머니가 실은 이 업계의 거물

이었다는 사실을 알면, 그리고 그녀가 나와 접촉했다는 것을 알면, 괜히 불안에 사로잡힐지도 모른다. 그리고 이 길을 나아가는 것을 잠시라도 머뭇거렸다간, 멈춰 서게 될지도 모른다. ―그것만은, 피하고 싶다.

"연극하니 말인데! 아까도 말했지만, 선배도 초보자치고는 나이스 연기였어요."

내 생각을 끊듯, 옆에서 설거지하던 이로하가 그런 말을 입에 담았다.

"선배가 저를 유혹하는 대사를 읊조렸을 때는, 무심코 가슴이 뛰었다니까요☆"

"그만해. 내 연기를 떠올리며 몇 번이나 침대에서 몸부림을 쳤다고……."

"예~? 하지만 선배는 현실에서도 그 주인공 같은 대사를 때때로 늘어놓는데요?"

"뭐? 거짓말이지?"

"자각을 못 하는 것 딱 주인공 같네요! 「응? 뭐라고?」 하고 말해보세요~."

"확 날려버린다."

그 하이콘텍스트한 헛소리는 뭐냐고.

어처구니없는 데도 정도라는 게 있단 말이다.

"……그런데, 처음으로 연기를 해본 감상이 어때요?"

"뭐, 나쁘지는 않았어. 또 하는 건 사양하고 싶지만, 신선

한 체험이긴 했어."

이로하는 연거푸 고개를 끄덕였다.

"저도 신선하고 즐거웠어요. 그렇게 얼굴을 드러내놓고, 당당히 연기를 한 건 처음이거든요."

"……그랬구나. 다행인걸."

"예☆ 실은 말이죠? 미도리 부장님이 지각하게 됐다는 말을 듣고도, 저는 딱히 당황하지 않았어요."

나는 설거지를 멈추며, 이로하를 쳐다보았다.

이로하는 자신의 손 언저리를 쳐다보며 살며시 미소짓더니…….

"선배가 어떻게든 해줄 거라고 믿었거든요."

속삭이듯, 그렇게 말했다.

"……윽."

말로 표현하기는 어렵지만…….

평소의 그 짜증 덩어리 같은 느낌이 완전히 가신 이로하의 표정을 보고, 한순간…….

심장이 뛴 듯한, 느낌이 들었다.

바로 그때였다.

"……마시로도 도울래."

불쑥 나타난 마시로가 우리 사이에 쑥 끼어들었다.

"으…… 응. 땡큐, 마시로."

덕분에 나는 냉정을 되찾았다.

방금까지 나는 어마어마하게 무시무시한 무언가에 사로잡힌 것만 같았다.

마시로가 와줘서 다행이다.

“마작은 이제 어떻게 했어?”

“연극부 애와 교대했어. 야마다란 애 말이야. ……이로하양이, 부엌으로 가는 걸 봤거든.”

마시로는 볼을 약간 부풀리더니, 나와 어깨를 맞댄 채 설거지를 시작했다.

“흐음~. 그럼 경쟁, 이네요~.”

내 왼편에 있는 마시로와 경쟁하듯, 이로하도 오른편에 서서 접시를 닦기 시작했다.

양쪽에 있는 두 사람과 계속 어깨가 부딪치니, 설거지를 하기 힘든데…….

왜 이러는 걸까. 마시로의 이런 행동은…… 내가 자기를 좋아하게 만들겠다는 선언과 관련이 있는 걸까. 내가 이로하와 이야기를 나누는 것만으로도, 질투심을 느꼈나……?

그렇다면 마시로와 경쟁하는 이로하도…… 아니, 이 녀석은 이런 승부를 좋아할 뿐일 거야.

우리 셋이 좁은 부엌에서 이리저리 치이며 작업을 하고 있을 때…….

“아키테루 님…….”

무라사키 시키부 선생님까지 나타났다.

거실에서 비틀거리며 부엌으로 온 그녀가 긴 앞 머리카락을 축 늘어뜨리고 있는 모습은, 일본산 공포 영화에 나온 여자 유령을 연상케 했다.

"어? 왜 그래요, 무라사키 시키부 선…… 선생님?"

나는 쓰러지려 하는 그녀의 몸을 무심결에 부둥켜안았다. 체육복에 식기용 세제 거품이 묻었지만, 그런 걸 신경 쓸 여유는 없었다.

그녀는 몸을 부들부들 떨고 있었던 것이다.

"왜 그래요? 급성 알코올 중독이라면, 빨리 응급차를 부를게요."

"부탁이야……."

그녀의 목소리는 가늘기 그지없었다. 그녀가 평소에 술을 얼마나 마시는지 생각하면 급성 알코올 중독일 가능성도 있다고 생각했지만, 목소리 상태로 보아하니 그렇지 않은 것 같았다. 의식은 또렷했다. 이 목소리에는 명확한 감정이 어려 있었다.

두려움. —그런, 가녀린 여성의 감정이 말이다.

이런 스미레는 본 적이 없다. 카게이시 스미레란 여자는, 무라사키 시키부 선생님이란 생물은, 이런 적이—.

"부탁……이에요……."

그녀는 내 몸을 잡은 채, 미끄러지듯 바닥에 주저앉았다.

나는, 처음 보았다. 이런—.

카게이시 스미레가, 무라사키 시키부 선생님이, 이렇게— 진심을 담아, 고개를 조아리는 모습을…….

그리고, 그녀는 말했다.

그 말은 나에게 있어 너무나도 충격적이었기에, 직후에 들려온 접시 두 장이 깨지는 소리마저 어렴풋하게 들렸다.

"저와— 결혼, 해주세요."

© tomari

■작가 후기

독자 여러분, 항상 응원해주셔서 감사합니다. GA문고의 개, 미카와 고스트입니다. 『친구 여동생이 나한테만 짜증나게 군다』 제2권을 구매해주셔서 정말 감사합니다.

경사스럽게도 『친구 여동생이 나한테만 짜증나게 군다』 시리즈, 1권 발매 직후부터 큰 반향을 일으키면서, 발매일 당일에 제 개인 사상 최대 규모의 중판이 결정됐습니다. 구체적인 숫자는 밝힐 수 없어 이 놀라움을 공유하는 건 어렵습니다만, 지금까지 「중판 많이 됐네」 라는 말을 들은 중판부수의 두 배나 되어서, 경악을 금치 못할 만큼 감사하고 있습니다.

게다가 이번 띠지에 적혀 있는 것처럼, 코미컬라이즈도 바로 결정됐습니다! 정말 기쁘군요!

이건 전부 구매해주신 독자 여러분 덕택입니다. 감사합니다!

자아, 이제부터 2권 내용에 관련된 이야기를 할까 하니, 아직 본문을 읽지 않은 분께서는 열람을 주의해주시길. 지금 바로 손바닥으로 페이지를 가린 후, 1페이지로 돌아가서 처음부터 읽어주십시오. 하지만, 딱히 심각한 스포일러는 하지 않을 겁니다만, 혹시나 해서 말이죠.

……준비는 됐습니까?
아직 2권을 읽지 않으신 분은 남아 있지 않죠?

그럼 이야기를 시작하겠습니다.
사실 이번 2권에서는 어느 캐릭터와 야경의 아름다운 고급 프랑스 요리점에 가는 장면이 있습니다. 프러포즈를 코앞에 둔 커플만 시킬 듯한 고급 프렌치로 분위기를 띄운 후, 둘만의 로맨틱한 디너 시간을 보낸다— 고등학생인 아키테루 일행에게는 어울리지 않지만, 그래서 무리하는 느낌이 팍팍 나는 중요한 장면이죠.
하지만, 이 부분을 쓰려던 순간, 어떤 문제에 직면했습니다.
"……어라? 나, 고급 프렌치 먹으러 가본 적 없잖아?"
어떤 장소이며, 어떤 분위기에, 어떤 요리가 나오고, 어떤 규칙이 있는가. 검색과 책을 통한 지식으로 그 정보는 파악하고 있지만, 실제 경험이 없기에 묘사에서 사실감이 느껴지지 않았습니다.
그래서 저는 결의를 했습니다. 좋아, 취재하러 가자— 하고 말이죠.
아키테루와 히로인이 단둘이서 즐길 고급 프렌치를 맛보

며, 그 광경을 현실에서 체험해보자고 말입니다.

저는 고급 프렌치 레스토랑에 갔습니다.

혼자서요.

저는 「맞은편에 히로인이 앉아 있어. 누가 뭐라든 진짜로 앉아 있단 말이야」 하고 되뇌면서 홀로 고급 프렌치의 코스 요리를 즐겼습니다. 주위 사람들이 때때로 불쌍하다는 듯이 쳐다봤지만, 그래도 완주했죠. 이 정도면 거의 운동경기 아닐까요?

혼자 노래방, 혼자 고깃집, 호자 샤부샤부 등, 「솔로가 흔히 접하는 라이프워크」는 지금까지 대부분 경험해봤습니다만, 그중에서도 압도적으로 허들이 높은 경험이었습니다.

사람들 눈에 잘 띄지 않는 구석 자리를 준비해준 점원분, 당신 덕분에 저는 마음을 부여잡고 『동생짜증』 2권을 쓸 수 있었습니다. 정말 감사합니다.

다음에 그런 곳을 취재할 일이 생길 때까지, 그런 가게에 같이 갈 파트너가 생기면 좋겠다고 구구절절하게 생각했습니다.

……………………………………………………………

……………………………………………………………

…………………………………우는 거 아니거든요?

감사 인사를 드립니다.

일러스트를 맡아주신 토마리 선생님. 이번에도 신들린 일러스트를 그려주셔서 정말 감사합니다! 신 캐릭터인 미도리와 오토이 씨도 완벽하게 이미지 그대로, 아니, 이미지를 아득히 초월하는 매력적인 디자인이라 감동했습니다. 캐릭터의 매력은 그림과 문장의 곱셈으로 결정된다고 생각합니다. 신들린 일러스트에 밀리지 않도록, 더욱 매력적인 문장을 쓸 수 있게 노력하겠습니다. 앞으로도 『동생짜증』을 함께 히트시킵시다! 앞으로도 잘 부탁드립니다.

담당 편집자이신 누루 씨. 항상 진지하게 도와주셔서 정말 감사합니다. 이번에 독자 관점에서의 날카로운 감상, 그리고 이런 장면을 보고 싶다, 등의 의견을 주셔서 매우 참고가 됐습니다. 앞으로도 함께 『동생짜증』을 재미있게 만들어 가죠!

그리고 『동생짜증』의 반향을 함께 기뻐해 주시고, 트위터에서도 저를 재미있게 대해주신 GA문고 관계자 여러분. 다양한 시책으로 서포트해주시는 영업부 여러분, 매장에서의 코멘트 및 적극적인 전개로 판매량을 늘려주시는 서점원 여러분— 그리고 이 책의 출판에 관여해주신 모든 분께 진심으로 감사드립니다. 한마음 한뜻으로 이 책을 판매해주시는 여러분에게, 진심으로 감사드리고 있습니다.

그리고 이 책을 사주신, 혹은 읽어주신 모든 독자 여러분. 정말 감사드립니다. 기대에 부응할 수 있도록 앞으로도 전력을 다해 집필할 테니, 이제부터도 『동생짜증』을 응원해 주시면 감사하겠습니다.

과연 3권에서는 어떤 이야기가 기다리고 있을까요? 다음 페이지에 있는 3권 예고로 그 내용을 상상하며, 고대해주시면 감사하겠습니다. 미카와 고스트였습니다.

■역자 후기

안녕하십니까. 근로청년 번역가 이승원입니다.

『친구 여동생이 나한테만 짜증나게 군다』 2권을 구매해주셔서 진심으로 감사드립니다.

어느새 여름이 지나고 가을의 초입에 들어섰습니다.

독자 여러분은 올해 여름을 잘 보내셨는지요.

외출을 자제해야 하는 상황이 몇 달째 이어지는 것으로 모자라, 제가 사는 부산에는 큰 태풍이 연달아 와서 정말 큰일 날 뻔했습니다.

첫 태풍이 지나가고 어머니 집의 피해가 얼마나 심한가 살피려고 옥상에 올라갔더니, 옆집 지붕이 떡 하니 놓여 있는 걸 봤을 때는 정말…….

그 외에도 침수와 상수도관 고장 등등, 이 정도로 태풍 피해를 심각하게 입은 건 처음입니다.

그나마 인명피해가 없다는 점에 안도 중입니다.^^

독자 여러분도 큰 피해 없으셨기를 진심으로 빕니다!

그럼 『친구 여동생이 나한테만 짜증나게 군다』 2권에 관해 이야기를 좀 해볼까 합니다.

스포일러가 포함되어 있을 수도 있으니 본편을 안 읽으신 분은 유의해주시길!

『친구 여동생이 나한테만 짜증나게 군다』 2권은 연극부 편이라 할 수 있지 않을까 합니다.

마감 따위 밥 말아 먹은(뜨끔!!) 일러스트레이터 무라사키 시키부 선생님. 연극부가 대회에서 입상을 못 해 폐부되면 바쁘기로 유명한 여자 테니스부 고문이 되게 생긴 그녀는 이 위기에서 벗어나기 위해 아키테루에게 매달립니다. 하지만 그는 이로하와 마시로가 일으킨 트러블 때문에 정신이 없었고…… 이로하의 비밀을 공유하고 있는 사운드 엔지니어 오토이 씨의 도움으로 냉정함을 되찾은 그는 모든 문제를 해결하기 위한 한 수를 둡니다.

그것이 마시로와의 고급 레스토랑 이벤트, 이로하의 방 작당난입, 그리고 연극부의 대회 입상이죠.

항상 자기는 어떤 분야에서나 평균 수준에 불과하다고 하는 아키. 하지만 그 평균의 기준점이 얼마나 무시무시한지 이번 권에서 여실히 드러납니다.

히로인들 못지않게 먼치킨인 아키의 대활약(?)을 즐겨주시길!

그럼 이만 줄이겠습니다.

언제나 재미있는 작품을 맡겨주시는 L노벨 편집부 여러분에게 진심으로 감사드립니다. 태풍 및 개인 사정으로 공수표(?)를 너무 날린 점 양해 부탁드립니다.(넙죽)

오래간만에 짜가 포틀럭 파티를 하기로 해놓고, 펑크내서 미안하다, 악우들아. 어머니 모시고 병원 가느라……. 울 집 냉장고 안에 있는 돼지 갈비찜을 내가 없는 사이에 와서 꺼내 갔던데, 나중에 맛 평가나 들려주라ㅠㅜ.

마지막으로 언제나 제게 버팀목이 되어주시는 어머니와 『친구 여동생이 나한테만 짜증나게 군다』를 읽어주신 모든 분들에게 진심으로 감사드립니다.

여름방학=수영복 편이란 기대감을 여지없이 박살내는(?!) 3권 역자 후기 코너에서 다시 뵙겠습니다!

2020년 9월 중순

역자 이승원 올림

친구 여동생이 나에게만 짜증나게 군다 2

1판 1쇄 발행 2020년 10월 10일
1판 3쇄 발행 2021년 5월 28일

지은이_ mikawaghost
일러스트_ tomari
옮긴이_ 이승원

발행인_ 신현호
편집부장_ 윤영천
편집진행_ 김기준 · 김승신 · 원현선 · 권세라
편집디자인_ 양우연
관리 · 영업_ 김민원 · 조인희

펴낸곳_ (주)디앤씨미디어
등록_ 2002년 4월 25일 제20-260호
주소_ 서울시 구로구 디지털로 26길 111 JnK디지털타워 503호
전화_ 02-333-2513(대표)
팩시밀리_ 02-333-2514
이메일_ lnovelpiya@naver.com
L노벨 공식 카페_ http://cafe.naver.com/lnovel11

ISBN 979-11-278-5712-7 04830
ISBN 979-11-278-5641-0 (세트)

값 7,800원